내가 예뻐진 그 여름

뉴욕 타임스 베스트 셀러 『내가 사랑했던 모든 남자들에게』 제니 한 소설

내가
예뻐진
그 여름

THE SUMMER I
TURNED PRETTY

JENNY HAN 제니 한 지음
이나경 번역

arte

제 인생에서 소중한 자매가 되어 준 여성 모두,
특히 클레어에게 바칩니다.

감사의 글

우선 그리고 언제나, 피핀에이전시의 여성 여러분, 에밀리 반 비크, 홀리 맥기, 서맨사 코센티노에게 감사드립니다. 그 누구보다 저를 응원해 준 최고의 편집자 에밀리 미헌과 코트니 본지오라티, 루시 루스 커민스, 사이먼앤슈스터출판사의 모든 분에게 감사드립니다. 작가로서의 삶을 늘 지지해 주는 제나와 베벌리, 캘헌스쿨에 큰 감사를 표합니다. 글쓰기 모임 롱스타킹스, 특히 매주 월요일 제 앞에 앉아 응원해 준 시오반 회원에게 감사드립니다. 지켜보고 있을게요. 그리고 영원한 우정, 연인과 해변과 어린 시절, 평생에 걸쳐 이어지는 우정을 담은 글을 쓰게끔 영감을 준 애럼에게 감사드립니다.

– 제니 한

내가 말했다. "정말 여길 오다니 믿기지 않아."

콘래드는 수줍은 말투로 말했다. "나도 마찬가지야."

그러더니 머뭇거리다가 물었다. "나랑 같이 갈 거야?"

그것을 물어봐야 안다니 어이없었다. 어디라도 갈 수 있었다.

"응." 내가 말했다.

그 말, 그 순간 말고는 그 무엇도 존재하지 않는 느낌이었다.

온 세상에 우리뿐이었다.

지난여름과 그 전의 모든 여름에 있었던 일들이 하나하나 모여

이 순간이 됐다.

지금이 됐다.

차를 타고 7천 년쯤 달린 것 같았다. 적어도 내 느낌은 그랬다. 오빠 스티븐은 우리 할머니보다 느리게 운전했다. 나는 조수석에 앉아 글러브 박스에 발을 올리고 있었고, 엄마는 뒷좌석에서 거의 기절 상태였다. 엄마는 잠이 들었어도 경계 중인 것 같았다. 언제라도 일어나 교통정리를 시작할 것처럼.

"좀 빨리 가." 나는 오빠를 다그치며 어깨를 쿡 찔렀다. "저기 자전거 탄 애는 따라잡자."

오빠는 내 손을 털어 냈다. "운전하는 사람 건드리면 안 돼." 오빠가 말했다. "그리고 내 차 글러브 박스에서 더러운 발 좀 치우시지."

나는 일부러 발가락을 꼼지락거렸다. 내 눈엔 깨끗해 보였다. "오빠 차 아니거든. 이 차는 좀 있으면 내 거라고."

"면허 따고 나서 말이지?" 오빠가 코웃음을 쳤다. "너 같은 애는 운전 하면 안 되는데."

"헐, 저길 봐." 내가 창밖을 가리키며 말했다. "휠체어 탄 아저씨가 우리릴 추월했어!"

오빠가 들은 체도 안 해서 나는 라디오를 만지기 시작했다. 해변으로 가서 좋은 점 중 하나는 라디오였다. Q94 방송을 들으면 해변에 도착했다는 사실이 실감 났다.

팝부터 옛날 곡, 힙합까지 온갖 장르가 다 나오는 채널을 찾았다. 톰 페티의 〈프리 폴린(Free Fallin')〉이 흘러나오고 있었다. 나도 곧장 따라 불렀다. "그녀는 좋은 소녀예요. 엘비스에 빠져 있죠. 말을 사랑하고 그녀의 남자 친구도 사랑하죠."

오빠가 채널을 바꾸려고 손을 뻗길래 내가 쳐 냈다. "벨리, 네 노래를 듣느니 차라리 바다로 뛰어들고 싶다." 오빠가 핸들을 오른쪽으로 꺾는 척했다.

내가 더 크게 노래하니 엄마도 눈을 뜨고 함께 부르기 시작했다. 엄마랑 난 지독한 음치였다. 오빠는 혐오스럽다는 특유의 표정으로 고개를 절레절레 흔들었다. 오빠는 수로 밀리는 상황을 싫어했다. 엄마 아빠가 이혼할 때 오빠는 그 점을 가장 신경 썼다. 편들어 줄 아빠가 없으니, 남자는 자기 혼자뿐이라는 점을.

시내를 천천히 지나갔다. 오빠를 놀리기는 했지만 사실 난 아무래도 좋았다. 이렇게 차를 타고 가는 순간이 참 좋았으니까. 지미의 게 요리 식당, 퍼트퍼트 퍼팅 연습장, 서핑 숍들을 다시 보니 반가웠다. 아주 오래 떠나 있던 고향에 돌아온 느낌이었다. 그곳에 가면 여름 동안 무슨 일이 일어날지, 기대감에 벅찼다.

집이 가까워질수록 가슴이 두근거리는 익숙한 느낌이 들었다. 거의 다 온 것 같다.

창문을 내리고 그곳의 모든 것을 느꼈다. 바람의 맛도, 냄새도 전과 같았다. 바다에서 불어오는 짭짤한 바람에 머리가 끈적였지만 그래도 좋았다. 그곳이 내가 오기만을 기다리고 있었던 것 같았다.

오빠가 팔꿈치로 나를 툭 쳤다. "콘래드 생각하냐?" 놀리는 말투였다.

적어도 지금은 아니었다. "아니거든." 내가 쏘아붙였다.

엄마가 우리 둘의 좌석 사이로 머리를 밀어 넣었다. "벨리, 너 아직 콘래드 좋아하니? 지난여름에 보아하니 너랑 제러마이아 사이에 뭔가 있는 줄 알았는데."

"뭐? 너랑 제러마이아?" 오빠가 토할 것 같다는 표정을 지었다. "제러마이아랑 무슨 일이 있었길래?"

"아무 일도 없었어." 나는 두 사람에게 말했다. 가슴부터 얼굴로 빨갛게 달아오르는 것이 느껴졌다. 어서 태닝을 해서 빨개진 얼굴을 감추고 싶었다. "엄마, 친하다고 다 그렇게 되는 건 아니야. 그 이야기는 이제 꺼내지 말아 줘."

엄마는 뒷좌석에 다시 등을 기댔다. "끝." 엄마가 모든 걸 정리한 듯 말했지만, 오빠는 여기서 끝내지 않는다는 걸 나는 알고 있다.

오빠는 오빠니까, 어쨌든 그 이야기를 다시 끄집어냈다. "제러마이아랑 무슨 일이 있었는데? 그런 소릴 하곤 그냥 넘어가기냐."

"잊어버려." 내가 말했다. 오빠에게 그런 이야기를 하면 놀림감이 될 뿐이다. 게다가 할 이야기도 없었다. 사실 이야기를 할 만한 일은 전혀 없었다.

콘래드와 제러마이아는 벡 아줌마의 아들이다. 벡은 수재나 아줌마의 결혼 전 이름이다. 수재나 벡. 지금은 수재나 피셔지만, 엄마는 여전히 벡이라고 부른다. 엄마와 수재나 아줌마는 아홉 살 때부터 친구 사이였다. 피로 맺은 자매지간이라고 했다. 그 사실을 증명하는 흉터도 있었다. 두 사람 손목에 있는 똑같이 생긴 하트 모양 표시가 그것이다.

수재나 아줌마는 내가 태어나자 자기 아들 중 한 명과 짝이 될 것이라고 믿었다. 그게 운명이라고. 운명 같은 것은 잘 믿지 않는 엄마도 내가 그들 중 하나와 짝이 되면 좋겠다고 했다. 그 전에 우선 내가 남자 친구를 서너 명쯤 사귀어 본다는 조건으로. 사실 엄마는 '애인'이라고 했지만, 내겐 그 단어가 너무 오글거린다. 수재나 아줌마는 내 뺨을 쓰다듬으며 말했다. "벨리, 너라면 무조건 찬성이란다. 다른 사람에게 내 아들을 빼앗기기는 싫어."

내가 아기였던 시절부터, 아니 태어나기도 전부터, 우리 가족은 매년 여름 커즌스 해변에 있는 수재나 아줌마의 별장에 갔다. 난 커즌스라고 하면 도시 전체보다는 그 집이 떠올랐다. 그 집은 내 세상이었다. 우리만 쓸 수 있는 해변이 따로 있었고, 별장엔 없는 것이 없었다. 주위를 빙 두른 테라스가 있어서 마음껏 뛰어다닐 수 있었고, 언제나 마실 수 있는 아이스티가 몇 주전자나 있었으며, 밤이면 수영장에서 놀았다. 하지만 내게 무엇보다도 중요한 것은, 콘래드와 제러마이아였다.

나는 늘 12월의 콘래드와 제러마이아가 궁금했다. 크랜베리 색깔 목도리에 터틀넥 스웨터를 입고 양 볼이 발그레해져서 크리스마스트리 옆에 서 있는 그들의 모습을 상상해 봤지만, 그 모습은 가짜 같았다. 겨울의 콘래드와 제러마이아는 본 적이 없었기 때문에 그 모습을 아는 사람들을 질투했다. 내가 아는 건 플립플롭 슬리퍼와 볕에 그을린 콧등, 수영복과 모래뿐이다. 그들과 숲속에서 함께 눈싸움을 하고, 따뜻한 자동차 안에서 그들에게 안기고, 날씨가 추우면 그들이 벗어 준 외투를 걸치는 여자애들도 있었겠지? 음, 제러마이아는 그럴지도 모르겠다. 콘래드는 아니다. 콘래드는 절대 그럴 사람이 아니었다. 그런 스타일이 아니니까. 어쨌든, 억울한 기분이 들었다.

라디에이터 옆에 앉아 그들이 무엇을 하고 있을지, 그들도 어딘가의 라디에이터 밑에서 발을 녹이고 있을지 궁금해하곤 했다. 다시 여름까지 얼마나 남았는지 세면서. 내게 겨울은 존재하지 않는 셈이었다. 의미 있는 시간은 여름뿐이었으니까. 여름이 곧 내 삶이었다. 6월까지는, 그 해변, 그 집에 도착하기 전까지는 진짜 사는 것이 아니라는 듯이.

콘래드는 제러마이아보다 1년 6개월 나이 많은 형이었다. 콘래드는 어둡고, 어둡고, 또 어두웠다. 절대 가질 수 없는, 손에 넣을 수 없는 존재였다. 입가에는 언제나 빈정대는 웃음을 띠었고, 나는 늘 그 입매에 눈길이 갔다. 비웃음이 걸린 입술을 보면 키스하고 싶어진다. 입술을 부드럽게 펴고, 키스로 비웃음을 지우고 싶어진다. 아니, 지울 수 없다면…… 어떻게든 그 입술을 통제하고 싶어진다. 내 것으로 만들고 싶어진다. 콘래드에게 원한 것은 바로 그것이었다. 내 것으로 만드는 것.

하지만 제러마이아는, 그는 친구였다. 내게 잘해 줬다. 제러마이아는 다 자라서도 엄마를 안아 주고, 엄마 손을 잡고 싶어 하는 그런 남자아이였다. 부끄러워하지도 않았다. 삶을 즐기느라 부끄러움을 느낄 겨를이 없었다.

학교에서 친구가 많은 쪽은 분명 콘래드가 아니라 제러마이아였을 것이다. 여자아이들도 분명 제러마이아를 더 좋아했을 것이다. 콘래드는 풋볼도 하지 않았으니 분명 대단치 않았을 것이다. 말수 없고 우울한 콘래드였을 테니까. 그런데 나는 그게 좋았다. 콘래드가 혼자 기타 치는 걸 좋아한다는 점이 좋았다. 고등학교에서 벌어지는 유치한 일들은 초월한 사람처럼. 콘래드와 같은 학교에 다니면서 함께 문학 클럽에 들어가는 상상을 하면 기분 좋았다.

드디어 도착했다. 제러마이아와 콘래드가 테라스에 앉아 있는 게 보였다. 나는 오빠 쪽으로 몸을 기울여 클랙슨을 빵빵 울렸다. 그것은 우리만의 언어로 '어서 와서 가방을 들어 줘.'라는 뜻이었다.

콘래드는 열여덟 살이 됐다. 얼마 전에 생일이었다. 믿기 어렵지만, 지난해보다도 키가 더 컸다. 귀 주변을 짧게 자른 머리칼은 언제나 그렇듯이 어두운색이었다. 그와 달리 제러마이아의 머리는 길어서 살짝 덥수룩했지만, 1970년대 테니스 선수처럼 보이는 그 모습도 나쁘지 않았다. 어릴 때 제러마이아의 머리카락은 곱슬곱슬한 노란색이었고, 여름에는 거의 은발이었다. 제러마이아는 곱슬머리를 싫어했다. 콘래드가 빵 껍질을 먹으면 곱슬머리가 난다고 해서 제러마이아가 한동안 샌드위치 빵 껍질을 먹지 않은 적도 있었다. 물론 빵 껍질은 콘래드가 먹어 치우곤 했다. 하지만 나이가 들면서 제러마이아의 머리카락이 점점 펴지더니 굵은 웨이브만 남았다. 제러마이아의 곱슬머리가 그리웠다. 수재나 아줌마는 제러마이아를 아기 천사라고 불렀다. 장밋빛 뺨과 노란색 곱슬머리를 한 그 애는 정말 천사 같았다. 뺨은 여전히 사랑스러운 장밋빛이었다.

제러마이아가 손을 모아 외쳤다. "스티-보!"

나는 오빠가 느릿느릿 걸어가 남자들이 으레 하듯이 끌어안으며 인사를 나누는 모습을 차에서 지켜봤다. 언제라도 바닷물을 머금은 비가 올 것처럼 공기가 찝찔하고 눅눅했다. 나는 운동화 끈을 묶는 척했지만, 사실은 그들을, 그 집을 혼자 잠시 지켜보고 있었다. 회색과 흰색으로 이루어진 큰 별장은 그 길에 있는 다른 집들과 비슷하면서도 더 좋았다. 내가 생각하는 바닷가 별장은 그런 곳이었다. 고향 집 같은.

엄마도 차에서 내렸다. "안녕, 얘들아. 오랜만이구나. 엄마는 어디 계시니?" 엄마가 물었다.

"아줌마, 안녕하세요. 엄마는 지금 낮잠 자고 있어요." 제러마이아가 대답했다. 보통은 우리 차가 서자마자 수재나 아줌마가 집에서 달려 나왔었다.

엄마는 성큼성큼 다가가 형제를 꼭 끌어안았다. 엄마의 포옹은 악수처럼 단호하고 강했다. 엄마는 선글라스를 머리로 올리고는 집 안으로 사라졌다.

나는 차에서 내려 가방을 어깨에 멨다. 콘래드와 제러마이아는 내가 다가가는 것을 처음에는 알아차리지도 못했다. 그러다가 날 봤다. 그리고 다시 제대로 봤다. 콘래드는 쇼핑몰에서 지나치는 남자애들처럼 나를 힐끔거렸다. 콘래드가 나를 그런 시선으로 본 적은 없었다. 단 한 번도. 나는 아까 차에서 그랬던 것처럼 다시 얼굴이 빨개지는 걸 느꼈다. 반면, 제러마이아는 두 번이나 봤다. 날 알아보지도 못하는 표정이었다. 이 모든 일이 일어나는 데 3초밖에 걸리지 않았지만, 훨씬 더 길게 느껴졌다.

먼저 콘래드가 날 안았다. 바짝 붙지 않으려고 주의하며 거리를 두는 포옹이었다. 머리를 커트한 지 얼마 안 된 콘래드의 목덜미는 아기처럼 보드라운 분홍빛이었다. 그에게서 바다 냄새가 났다. 콘래드 냄새가 났다. "안경 쓴 게 더 좋았는데." 콘래드가 내 귀에 입술을 바짝 대고서 말했다.

쓰라린 소리였다. 나는 그를 밀어 내며 말했다. "음, 아쉽네. 렌즈를 계속 낄 거라서."

콘래드는 내게 미소를 지었다. 그 미소는 나를 무장 해제시켰다. 그의 미소는 항상 그렇다. "또 몇 개가 새로 생긴 것 같군." 콘래드가 내 코를 건드리며 말했다. 내가 주근깨를 얼마나 부끄러워하는지 알면서도 볼 때마다 놀렸다.

그다음에는 제러마이아가 날 붙잡더니 안아 올리다시피 했다. "벨리 버튼(벨리의 이름에 버튼을 붙여 '배꼽'이란 뜻으로 만든 별명—옮긴이)이 다 컸네." 힘겨운 목소리였다.

나는 웃음을 터뜨렸다. "내려놔. 암내 나." 내가 말했다.

제러마이아가 깔깔 웃었다. "벨리는 여전하구나." 하지만 내가 누군지 헷갈리는 듯 빤히 쳐다봤다. 그가 고개를 갸웃거리며 말했다. "벨리, 어딘가 달라진 거 같은데."

나는 준비한 대사를 날렸다. "뭐? 렌즈 꼈잖아." 가장 친한 친구 테일러가 6학년 때부터 렌즈를 써 보라고 설득했고, 결국 그 말을 듣긴 했지만 아직은 나도 안경을 안 쓴 내 얼굴이 익숙하지 않았다.

제러마이아가 미소를 지었다. "그거 말고. 그냥 달라 보이는데."

우리는 빠르게 짐을 내렸고, 나는 짐 가방과 책가방을 챙겨 들고 전부터 쓰던 내 방으로 갔다. 수재나 아줌마가 어릴 적에 쓰던 방이었다. 빛바랜 캘리코 벽지에 하얀 가구가 놓여 있는 방. 그곳엔 내가 좋아하는 뮤직 박스도 있었다. 뚜껑을 열면 발레리나가 옛날 버전 〈로미오와 줄리엣〉

영화 주제곡에 맞춰 빙글빙글 춤을 췄다. 나는 액세서리를 거기 넣어 뒀다. 그 방은 모든 것이 오래되고 빛바랬지만, 그래서 좋았다. 그 벽에, 네 모서리 기둥에 커튼을 드리운 사주식 침대에, 특히 뮤직 박스에 비밀이 담겨 있는 것만 같았다.

콘래드를 다시 만나면서, 나는 그의 그런 눈길로부터 숨 돌릴 곳이 필요했다. 서랍장 위 북극곰 인형을 집어 들어 품에 꼭 끌어안았다. 이름은 주니어 민트, 줄여서 주니어였다. 주니어와 함께 침대에 앉았다. 심장이 너무 크게 뛰어 쿵쿵 소리가 들렸다. 변한 건 없었지만, 모든 게 달라졌다. 그들은 여자를 보는 눈으로 날 봤다. 더 이상 나는 누군가의 여동생이 아니었다.

12세

내가 처음으로 실연을 한 곳도 그 별장이었다. 열두 살 때였다.

그날 밤, 스티븐 오빠와 제러마이아는 아케이드에서 만난 아이들과 밤샘 낚시를 하러 갔다. 콘래드는 가고 싶지 않다고 했고, 나는 당연히 끼워주지 않았으니 나와 콘래드만 남았다.

아니, 남은 게 아니라 한집에 함께 있는 거였다.

내 방에서 벽에 발을 올린 채 로맨스 소설을 읽고 있는데, 지나가던 콘래드가 문 앞에 서더니 말했다. "벨리, 오늘 밤에 뭐 해?"

나는 재빨리 책을 덮었다. "아무것도 안 해." 흥분이나 간절함 없이 담담하게 대답하려고 애썼다. 사실 콘래드가 들르기를 바라며 일부러 방문을 열어 뒀다.

"나랑 보드워크(해변 산책로. 미국에서는 놀이공원과 상점이 모여 있는 지역에 특히 많다–옮긴이)에 갈래?" 콘래드가 물었다. 무심한, 좀 지나치게 무심한 말투였다.

기다리던 순간이었다. 바로 그것이었다. 마침내 때가 왔다. 나도 속으로는 알고 있었다. 내 마음이 정해진 것을. 나 역시 무심하게 콘래드에게 시선을 던졌다. "글쎄, 캐러멜사과(막대에 사과를 끼우고 겉에 녹인 캐러멜을 씌운 디저트–옮긴이)가 먹고 싶긴 했어."

"하나 사 줄게." 콘래드가 제안했다. "얼른 옷 입고 나가자. 엄마들은 영화 보러 간대. 가는 길에 우릴 데려다줄 거야."

나는 일어나 앉아서 말했다. "알았어."

콘래드가 가자마자 나는 방문을 닫고 거울 앞으로 달려갔다. 땋았던 머리를 풀고 빗질했다. 내 머리칼은 허리에 닿을 정도로 길었다. 수영복을 벗고 흰색 반바지와 가장 좋아하는 회색 셔츠를 입었다. 아빠는 그 셔츠가 내 눈동자 색과 어울린다고 했다. 입술에 딸기 크림색 립글로스를 바르고 나중을 위해 주머니에 넣었다. 혹시 다시 발라야 할지 모르니까.

차를 타고 가는 동안 수재나 아줌마가 백미러로 나를 보며 계속 웃었다. 나는 제발 그만하라는 표정을 지었지만, 사실은 마주 웃고 싶었다. 콘래드는 신경 쓰지 않았다. 그는 가는 내내 창밖만 내다보고 있었다.

"재미있게 놀아라, 얘들아." 아줌마가 차에서 내리는 내게 윙크하며 말했다.

콘래드는 캐러멜사과부터 사 줬다. 자기 몫으로는 탄산음료를 샀지만 그게 전부였다. 보통은 적어도 사과 한두 개, 아니면 퍼넬케이크를 먹었는데. 콘래드는 긴장한 모습이었고, 덕분에 나는 덜 긴장했다.

보드워크에서 나는 팔을 늘어뜨리고 걸었다. 혹시 몰라서. 하지만 콘래드는 내 손을 잡지 않았다. 완벽한 여름밤이다 싶은 그런 밤이었다. 산들바람이 시원하게 불고 비는 한 방울도 내리지 않는 밤. 다음 날엔 비가 온다고 했지만, 그날 밤에는 시원한 바람만 불었다.

내가 말했다. "나 사과 먹게 앉자." 우리는 바닷가를 향해 있는 벤치에 앉았다.

나는 조심스레 사과를 베어 물었다. 이에 캐러멜이 잔뜩 들러붙으면 콘래드가 어떻게 키스하나 싶어서.

콘래드는 콜라를 꿀꺽 마시더니 시계를 내려다봤다. "그거 다 먹고 링 던지기 하러 가자."

내게 인형을 따 주려는 거구나! 나는 어떤 인형을 고를지 이미 정해 뒀다. 동그랗고 까만 안경을 쓰고 빨간 목도리를 두른 북극곰이었다. 여름 내내 그 인형을 봐 뒀다. 테일러에게 자랑하는 내 모습이 벌써 눈에 선했다. 아, 그거? 콘래드가 날 위해 따 줬어.

남은 사과를 두 입 만에 먹어 치웠다. "좋아." 나는 손등으로 입을 닦으며 말했다. "가자."

콘래드는 링 던지기 쪽으로 곧장 걸어갔고 나는 허둥지둥 따라가야 했다. 평소처럼 콘래드가 별로 말이 없어 내가 말을 더 많이 했다. "돌아가면 엄마가 드디어 케이블 방송을 설치할 거 같아. 스티븐 오빠랑 얼마나 졸랐는지 몰라. 엄마는 티브이를 보지 말라고 해 놓곤 여기 와선 계속 A&E에서 영화를 보잖아. 정말 위선적이야." 나는 콘래드가 전혀 듣지 않고 있다는 것을 깨닫고 말끝을 흐렸다. 그는 링 던지기에서 일하는 여자애를 보고 있었다.

열넷이나 열다섯 살쯤 되어 보였다. 가장 먼저 눈에 띈 것은 그 애가 입은 반바지였다. 샛노란 색에 정말 정말 짧았다. 이틀 전 내가 입었을 때 그들이 놀렸던 딱 그 반바지였다. 수재나 아줌마랑 그 반바지를 살 때 무척 기뻤는데, 그들은 웃어 댔다. 그런데 저 여자애가 입으니 훨씬 더 근사해 보였다.

그 애 다리는 가늘고 주근깨가 있었고, 팔도 마찬가지였다. 온몸이 가녀린 아이였다. 심지어 입술까지도. 머리카락은 길게 물결쳤다. 붉은 머리였지만 옅은 색이라 분홍색처럼 보였다. 내가 본 머리카락 중 가장 예쁜 머리카락일 것이다. 그 애가 사람들에게 링을 건넬 때마다 한쪽으로 모아서 길게 늘어뜨린 머리카락이 나부꼈다.

콘래드는 그 애 때문에 보드워크에 오자고 했던 거다. 혼자 오기는 싫고, 스티븐 오빠와 제러마이아의 먹잇감이 되고 싶지도 않아서 날 데려왔을 것이다. 그렇다. 그것이 이유였다. 그 애를 바라보는 콘래드의 모습에서, 숨도 제대로 못 쉬는 그 모습에서 모든 것을 알 수 있었다.

"아는 애야?" 내가 시큰둥하게 물었다.

콘래드는 놀란 표정을 지었다. 내가 거기 있다는 걸 까맣게 잊은 것처럼. "쟤? 아니, 몰라."

나는 입술을 깨물었다. "음, 알고 싶어?"

"뭘 알고 싶어?" 내 말을 못 알아듣는 척하는 콘래드한테 짜증이 더럭 났다.

"쟤, 알고 싶냐고!" 내가 재촉하듯 물었다.

"그런 것 같아."

나는 콘래드의 소매를 잡아끌고 부스로 다가갔다. 여자애는 우리에게 미소를 지었고, 나도 마주 웃었다. 그건 연극이었다. 나는 연기를 했다.

"링 몇 개 드릴까요?" 그 애가 물었다. 치아 교정기를 하고 있었지만, 그 애가 하니 그것마저도 예뻐 보였다. 보철이 아니라 액세서리처럼.

"세 개 주세요." 내가 말했다. "반바지 예뻐요."

"고마워요." 그 애가 말했다.

콘래드가 목청을 가다듬었다. "멋지네요."

"내가 이틀 전에 똑같은 걸 입었을 땐 너무 짧다고 했잖아." 나는 그 여자애에게 이렇게 말했다. "콘래드는 간섭이 지나치다니까요. 혹시 오빠 있어요?"

여자애가 웃었다. "아뇨." 콘래드에게 그 여자애가 물었다. "너무 짧은 것 같아요?"

콘래드는 얼굴을 붉혔다. 콘래드가 얼굴 붉히는 모습을 나는 그때 처음 봤다. 그리고 그게 마지막일 것이라는 느낌이 들었다. 나는 시계를 보는 척하면서 말했다. "콘, 난 돌아가기 전에 대관람차 타러 갈래. 인형 꼭 타 줘, 응?"

콘래드는 잽싸게 고개를 끄덕였다. 나는 여자애에게 인사를 하고 돌아섰다. 우는 내 모습을 그 두 사람이 볼 수 없도록 대관람차를 향해 빠르게 걸어갔다.

나중에 그 여자애 이름이 앤지라는 것을 알게 됐다. 콘래드는 내게 안경을 쓰고 목도리를 두른 북극곰 인형을 따 줬다. 앤지가 그 곰이 최고 인기 상품이라고 알려 줬다고 했다. 나도 좋아할 것 같았다고도 했다. 나는 콘래드에게 기린을 갖고 싶었다고 말하고는 어쨌든 고맙다고 했다. 나는 곰한테 주니어 민트라는 이름을 붙여 주고 녀석에게 어울리는 그곳, 여름 별장에 뒀다.

나는 짐을 풀고 곧장 수영장으로 갔다. 그들이 그곳에 있을 테니까. 그들은 접이식 의자에 누워 지저분한 맨발을 쭉 뻗고 있었다.

제러마이아는 나를 보자마자 벌떡 일어났다. "숙녀, 신사, 신사, 신사 여러분." 제러마이아가 서커스 사회자처럼 고개 숙여 인사하고는 연극 투로 말했다. "올해 첫 벨리 퐁당 시간이 돌아온 것 같습니다."

나는 불안한 표정으로 그들에게서 살금살금 떨어져 섰다. 너무 빨리 움직이면 다 끝나 버린다. 그들이 나를 쫓아올 테니까. "안 해." 내가 말했다.

그러자 콘래드와 스티븐 오빠가 일어나더니 내 주위를 맴돌았다. "전통을 지켜야지." 오빠가 말했다. 콘래드는 사악한 미소만 짓고 있었다.

"내가 다 컸는데도 이런다고?" 나는 기를 쓰며 말했다. 뒷걸음질 치는데, 그들이 날 붙잡았다. 스티븐 오빠와 제러마이아가 양쪽에서 내 손목을 잡았다.

"하지 마." 나는 그들의 손아귀에서 벗어나려고 했다. 발을 끌어도 그들이 나를 잡아당겼다. 나는 소용없다는 것을 알면서도 늘 바닥에 발바닥이 밀려 뜨거워질 정도로 버텼다.

"준비됐어?" 제러마이아가 내 겨드랑이에 손을 넣어 들어 올리며 말했다.

콘래드가 내 발을 잡고 스티븐 오빠는 오른팔을, 제러마이아는 왼팔을 붙들었다. 그들은 나를 밀가루 포대처럼 앞뒤로 흔들었다. "난 너희가 싫어." 그들의 웃음소리 속에서 내가 외쳤다.

"하나." 제러마이아가 시작했다.

"둘." 스티븐 오빠가 이어받았다.

"셋." 콘래드가 끝맺었다. 그리고 마침내 그들은 나를 수영장에 던졌다. 옷을 입은 채로. 나는 첨벙 소리를 내며 물에 떨어졌다. 물속에서 그들이 웃어 대는 소리를 들었다.

그들이 벨리 퐁당이라는 장난을 친 지는 백만 년쯤 됐다. 아마 스티븐 오빠가 시작했을 것이다. 나는 그 장난이 싫었다. 그들이 나를 끼워 줄 때는 그때뿐이라 해도, 나만 타격을 받는 것이 싫었다. 무기력해지는 것 같았다. 내가 그들과 싸울 수 없는 존재라는 사실을 확인하는 기분이었다.

전에는 울면서 수재나 아줌마나 엄마에게 달려갔지만, 그래도 소용없었다. 오히려 그들은 나를 고자질쟁이라고 놀렸다. 하지만 이번엔 그러지 않았다. 이번에는 웃어넘길 생각이었다. 내가 웃어넘기면 그들의 즐거움이 줄어들지 않을까?

나는 수면 위로 올라와 웃으며 말했다. "너희, 하는 짓이 꼭 열 살짜리 아이 같아."

"평생 그럴걸." 스티븐 오빠가 의기양양하게 말했다. 그 얼굴을 보니 오빠가 3주나 일해서 산 애지중지하는 휴고보스 선글라스에 물을 끼얹고 싶었다.

내가 말했다. "콘래드, 나 발목을 삐끗한 것 같아." 나는 헤엄치기 어려운 척했다.

콘래드가 수영장 가장자리로 다가왔다. 그러고는 히죽거리며 말했다. "죽진 않을 거야."

"여기서 나가게는 해 줘야지." 내가 요구했다.

콘래드가 쪼그리고 앉아 손을 내밀었다. 나는 그의 손을 잡았다.

"고마워." 나는 신이 나서 말했다. 그런 다음 그의 팔을 꽉 잡고서 있는 힘껏 당겼다. 그는 비틀거리다 앞으로 고꾸라지더니 나보다 더 큰 소리를 내며 수영장에 떨어졌다. 그 순간 나는 살면서 가장 크게 웃었던 것 같다. 제러마이아와 스티븐 오빠도 마찬가지였다. 커즌스 해변에 있던 사람들 전부 우리 웃음소리를 들었을 것이다.

콘래드가 재빨리 물 위로 머리를 내밀더니 두어 번 팔을 저어 내게 헤엄쳐 왔다. 나는 그가 화를 낼까 봐 걱정했지만, 그러진 않았다. 웃고 있었지만, 좀 무서웠달까. 눈치를 챈 나는 그에게서 달아났다. "날 못 잡을 걸." 내가 신이 나서 말했다. "느림보!"

그가 다가올 때마다 나는 헤엄쳐서 멀어졌다. "마르코." 내가 키득거리며 외쳤다.

제러마이아와 스티븐 오빠가 집으로 들어가며 말했다. "폴로!"

그 소리에 웃느라 헤엄치는 속도가 느려졌고, 콘래드가 내 발을 잡았다. "놔줘." 나는 계속 웃으며 숨을 몰아쉬었다.

콘래드가 고개를 저었다. 그는 물을 헤치며 내게 더 다가왔다. 우리는 수영장에 함께 있었다. 그의 흰색 티셔츠가 흠뻑 젖어, 분홍색이 감도는 금빛 살결이 비쳤다.

불현듯 우리 사이에 어색한 침묵이 감돌았다. 콘래드는 여전히 내 발을 잡고 있었고 나는 가라앉지 않으려고 버둥거렸다. 문득 제러마이아와 스티븐 오빠가 가 버리지 않고 같이 있었으면 싶었다. 이유는 알 수 없었다.

"놔." 내가 다시 말했다.

콘래드는 내 발을 잡고서 나를 가까이 당겼다. 그와 그렇게 가까이 있으니 어지럽고 불안했다. 나는 다시, 마지막으로 마음에도 없는 소리를 했다. "콘래드, 날 놔줘."

콘래드는 손을 놓았다. 그리고 날 물속에 처넣었다. 상관없었다. 나는 이미 숨을 참고 있었으니까.

04

젖은 옷을 갈아입고 나오자 이제 일어난 듯 보이는 수재나 아줌마가 내려왔다. 아줌마는 여전히 졸린 얼굴이었고 머리카락 한쪽은 아이처럼 온통 헝클어져 있었다. 아줌마는 도착할 때 맞이하지 못해 미안하다고 하며 엄마와 먼저 포옹했다. 힘껏, 길게. 엄마는 아줌마가 너무 반가운 나머지 눈물을 글썽거렸다. 무슨 일이 있어도 울지 않는 우리 엄마가!

그다음은 내 차례였다. 수재나 아줌마는 나를 끌어당겨 꼭 안았다. 얼마나 안고 있을지, 누가 먼저 몸을 뗄지 궁금해질 정도로 오랫동안.

"왜 이렇게 마르셨어요?" 내가 아줌마에게 말했다. 실제로 그렇기도 했지만, 아줌마가 그 말을 듣기 좋아하는 걸 알기 때문이었다. 수재나 아줌마는 늘 다이어트를 했고 먹는 것을 신경 썼다. 내가 보기에 아줌마는 완벽했다.

"고맙다, 아가." 수재나 아줌마는 이렇게 말하더니 그제야 떨어져서 나를 봤다. 그리고 고개를 저으며 말했다. "언제 이렇게 컸니? 언제 이렇게 멋진 어른이 된 거야?"

나는 수줍어하며 미소를 지었다. 그들이 위층에 올라가 아줌마 말을 듣지 못해 다행이다 싶었다. "전 똑같은걸요."

"넌 항상 귀여웠지만, 애, 네 모습을 좀 보렴." 아줌마는 마치 경이로운 것을 보듯 고개를 저었다. "벨리, 정말 예쁘구나. 정말 예뻐졌어. 올해는 굉장한 여름을 보내게 될 거야. 절대 잊지 못할 여름을." 아줌마는 늘 그렇게 확고하게 말했다. 수재나 아줌마가 그렇게 말하면, 현실이 될 것 같았다.

그런데 수재나 아줌마의 말이 맞았다. 그해 여름을 나는 결코, 절대 잊지 못했다. 모든 것이 시작된 여름, 내가 예뻐진 여름을. 처음으로 내가 예쁘다고 느꼈던 여름이었다. 매년 여름이면 나는 달라질 것이라고 믿었다. 삶이 달라질 것이라고. 그리고 그해 여름, 드디어 모든 것이 달라졌다. 나도 달라졌다.

도착한 날의 저녁 식사는 늘 같았다. 수재나 아줌마가 우리가 도착하기를 기다리며 큼지막한 냄비에 끓인 매콤한 부야베스였다. 새우와 게 다리, 오징어가 잔뜩 들었다. 수재나 아줌마는 내가 오징어를 좋아하는 것을 알았다. 나는 어릴 때도 오징어를 골라 아껴 두고 마지막에 먹곤 했다. 수재나 아줌마는 식탁 한가운데 냄비를 놓고 근처 빵집에서 사 온 껍질이 바삭한 프랑스 빵도 함께 차렸다.

  우리는 저마다 그릇을 받아 저녁 내내 원하는 만큼 부야베스를 떠먹었다. 아줌마와 엄마는 늘 레드 와인을 마셨고, 우리는 포도 맛 환타를 마셨다. 하지만 그날 밤에는 모두 와인 잔을 받았다.

  "이제 다 같이 한잔할 나이가 된 것 같은데. 그렇지, 로럴?" 수재나 아줌마가 말했다.

  "잘 모르겠는데." 엄마가 말하다가 멈췄다. "아, 그래. 좋아. 내가 촌스럽게 굴었네. 그렇지, 벡?"

아줌마가 웃으며 병을 땄다. "네가? 그럴 리가." 아줌마는 우리에게 와인을 조금씩 따라 줬다. "특별한 밤이잖아. 여름이 시작되는 밤인걸."

콘래드는 두 모금에 와인 잔을 비웠다. 마시는 모습을 보니 익숙한 것 같았다. 1년 전과는 다른 모습이었다. 콘래드가 말했다. "엄마, 여름이 오늘부터는 아니죠."

"아냐, 오늘이 맞아. 우리가 여기 모여야 여름이 시작되는 거지." 아줌마가 식탁 위로 손을 뻗어 내 손을, 그리고 콘래드의 손을 쓰다듬으며 말했다.

콘래드는 손을 휙 뺐다. 마치 의도하지 않은 것처럼. 아줌마는 알아 차리지 못한 것 같았지만 나는 똑똑히 봤다. 나는 늘 콘래드를 의식했으 니까.

제러마이아도 본 것이 분명했다. 그래서 화제를 바꾼 것이다. "벨리, 새로 생긴 흉터 볼래?" 셔츠를 당겨 올리며 그가 말했다. "그날 밤에 세 골을 기록했어." 풋볼을 하는 제러마이아는 전투에서 얻은 흉터들을 모 두 자랑스러워했다.

나는 다가가 자세히 살폈다. 배 아래쪽을 길게 가로지르는 흉터가 옅 어지고 있었다. 제러마이아는 운동을 열심히 하는 것이 틀림없었다. 복 부가 납작하고 단단했고 작년 여름과도 달랐다. 체격이 콘래드보다 더 커 진 것 같았다. "우아." 내가 감탄했다.

콘래드는 코웃음을 쳤다. "제러가 복근 자랑하려는 거야." 그가 이렇 게 말하며 빵을 한 조각 찢어 자기 그릇에 담았다. "벨리 말고 다른 사람 들한테도 보여 주지 그래?"

"그래. 우리도 보여 줘, 제러." 스티븐 오빠가 활짝 웃으며 말했다.

제러마이아도 씩 웃으며 콘래드에게 말했다. "형, 풋볼 그만두고 부러워서 그러지?" 콘래드가 풋볼을 그만뒀다고? 처음 듣는 이야기였다.

"콘래드, 풋볼 그만뒀어?" 스티븐 오빠가 물었다. 오빠도 처음 듣는 모양이었다. 콘래드는 풋볼을 정말 잘했다. 수재나 아줌마는 신문 기사를 스크랩해서 우편으로 보내 주곤 했다. 콘래드와 제러마이아는 지난 2년 간 같은 팀에서 뛰었는데, 스타는 늘 콘래드였다.

콘래드는 무심하게 어깨만 으쓱였다. 수영장에 빠지는 바람에 그의 머리카락은 여전히 젖어 있었고, 나도 마찬가지였다. "지루해졌어." 콘래드가 말했다.

"무슨 뜻이냐면, 풋볼이 아니라 형이 지루한 사람이 됐단 거지." 제러마이아가 거들었다. 그리고 일어나서 셔츠를 벗었다. "어때? 꽤 괜찮지 않아?"

아줌마가 고개를 젖히고 웃었고 엄마도 웃었다. "앉아, 제러마이아." 엄마가 길쭉한 빵 덩어리를 칼처럼 제러마이아에게 겨누며 말했다.

"어때, 벨리?" 제러마이아가 물었다. 그는 가만있어도 윙크하는 것처럼 보였다.

"봐 줄 만하네." 나는 맞장구쳐 주며 웃음을 꾹 참았다.

"이제 벨리가 자랑할 차례군." 콘래드가 놀리듯이 말했다.

"벨리는 자랑할 필요 없어. 딱 봐도 얼마나 귀여운지 알 수 있잖니." 수재나 아줌마가 미소를 머금고 와인을 홀짝이며 말했다. "쟤가 귀엽다고요? 아이고, 그렇고말고요." 오빠가 말했다. "귀여운 골칫거리죠."

"스티븐." 엄마가 주의를 줬다.

"뭐? 내가 뭐랬다고?" 오빠가 물었다.

"오빠는 돼지라서 귀엽다는 개념을 이해하기 어려워요." 내가 상냥한 목소리로 말했다. 그리고 빵을 오빠에게 밀어 줬다. "꿀, 꿀, 오빠, 빵 좀 더 먹어."

"사양할 것 없지." 오빠가 대꾸하며 바삭한 빵을 떼어 갔다.

"벨리, 우리한테 소개할 만한 괜찮은 친구 이야기 좀 해 봐." 제러마이아가 말했다.

"그건 이미 했잖아." 내가 말했다. "테일러를 벌써 잊었다곤 하지 마."

그러자 모두가 웃음을 터뜨렸다. 콘래드까지도.

제러마이아의 뺨이 분홍빛으로 물들었지만, 그도 고개를 저으며 함께 웃었다. "너무해, 벨리." 제러마이아가 말했다. "컨트리클럽에도 귀여운 여자애는 많으니까 내 걱정은 마. 우리 형이나 걱정하라고. 외로운 건 형이니까."

원래 계획은 제러마이아와 콘래드 모두 컨트리클럽에서 인명 구조 요원으로 일하는 것이었다. 콘래드는 지난해 여름에도 그렇게 일했지만 이번 여름, 마음을 바꿔 고급 해산물 뷔페에서 그릇 치우는 일을 했다.

우리도 전에 늘 가던 식당이었다. 열두 살 미만은 20달러만 내면 뷔페 식사를 할 수 있었다. 열두 살 미만은 나쁘이던 시절, 엄마는 늘 내게 아직 열두 살이 안 됐다고 말하라고 시켰다. 그래야 한다고. 엄마가 그럴 때마다 나는 어디론가 사라지고 싶었다. 투명 인간이 되고 싶었다. 그들은 그 사실을 대수로이 여기지도 않았지만, 그래도 나만 아웃사이더처럼, 다른 존재처럼 느껴지는 것이 싫었다. 주목받는 것도 싫었다. 나도 그들과 같아지고 싶을 뿐이었다.

10세

처음부터 그들은 한 팀을 이뤘다. 콘래드가 대장이었다. 콘래드의 말은 법이나 다름없었다. 스티븐 오빠는 부사령관, 제러마이아는 어릿광대였다. 처음 만난 날 밤, 그들끼리 해변에서 불을 피우고 침낭에서 잔다고 했다. 보이 스카우트였던 콘래드는 그런 것을 다 할 줄 알았다.

나는 그들이 계획 짜는 모습을 부러운 마음으로 지켜봤다. 특히 그들이 간식으로 먹을 크래커와 마시멜로를 쌀 때도 그랬다. 한 통 다 가져가지는 말라고 말하고 싶었지만 말하지 못했다. 그곳은 내가 사는 곳이 아니었으니까. 심지어 내 집도 아니었으니까.

"스티븐, 손전등 꼭 가져와." 콘래드가 지시했다. 스티븐 오빠는 재빨리 고개를 끄덕였다. 오빠가 남의 명령을 따르는 것을 그때 처음 봤다. 오빠는 8개월 먼저 태어난 콘래드를 따랐다. 항상 그랬다. 나 말고는 모두

다 친구가 있었다. 나는 아빠와 버터 스카치 아이스크림을 만들어 거실 바닥에 앉아서 먹고 싶어졌다.

"제러마이아, 카드 잊지 마." 콘래드가 침낭을 챙기면서 덧붙였다.

제러마이아는 경례를 하고서 짧게 춤을 췄고, 나는 그 모습을 보며 키득거렸다. "네, 알겠습니다, 대장님." 제러마이아는 소파에 앉아 있는 나를 보고 말했다. "형은 우리 아빠처럼 명령해. 근데 너는 우리 형 말 안 들어도 돼."

제러마이아가 말을 걸어 준 덕분에 나는 용기를 내서 물었다. "나도 가도 돼?"

스티븐 오빠가 곧바로 말했다. "안 돼. 그렇지, 콘?"

콘래드는 망설였다. "미안, 벨리." 콘래드는 정말로 미안한 표정을 1초간 지었다. 아니, 무려 2초간. 그러더니 다시 침낭을 챙겼다.

나는 그들에게서 고개를 돌려 티브이를 봤다. "괜찮아. 별로 가고 싶지도 않았어."

"어어, 조심해. 벨리 울겠다." 스티븐 오빠가 신이 나서 말하더니 제러마이아와 콘래드에게 이렇게 말했다. "쟤는 마음대로 안 되면 울어. 그럼 아빠가 다 들어주거든."

"시끄러워, 오빠!" 내가 외쳤다. 정말로 눈물이 날 것 같아 무서웠다. 첫날부터 울보가 될 수는 없었다. 그러면 그들이 정말 앞으로도 나를 끼워 주지 않을 것 같았다.

"울보 벨리래요." 오빠가 노래하듯 말했다. 그러고는 제러마이아와 함께 춤을 췄다.

"그러지 마." 콘래드가 말했다.

스티븐 오빠가 춤을 멈췄다. "뭐라고?" 무슨 소리인지 얼떨떨한 표정이었다.

"참 유치하다." 콘래드가 고개를 저으며 말했다.

나는 그들이 짐을 챙기고 나갈 준비를 하는 모습을 지켜봤다. 캠핑 기회를, 그들과 어울릴 기회를 잃기 직전이었다. 그래서 재빨리 말했다. "오빠, 나도 끼워 줘. 안 그러면 엄마한테 이를 거야."

스티븐 오빠의 얼굴이 일그러졌다. "아니, 넌 못 일러. 엄마는 네가 고자질하는 거 싫어하니까."

사실이었다. 내가 이런 일로 오빠를 이르면 엄마는 싫어했다. 엄마는 오빠에게 오빠만의 시간이 필요하고, 나는 다음에 함께 가면 되고, 엄마와 수재나 아줌마랑 집에서 놀면 더 재미있을 것이라고 타이를 게 분명했다. 나는 팔짱을 끼고 소파에 기대앉았다. 기회는 날아갔다. 나는 고자질쟁이, 어린애처럼 보일 뿐이었다.

제러마이아가 나가다 말고 돌아서서 내게 짧게 춤을 춰 보였고, 나는 참지 못하고 웃었다. 콘래드가 어깨 너머로 돌아보며 말했다. "잘 자라, 벨리."

그 순간이었다. 내가 사랑에 빠진 것은.

수재나 아줌마 가족이 우리보다 돈이 많다는 사실을 바로 알아차리지는 못했다. 바닷가 별장은 화려한 곳이 아니었다. 정말 순수하게 바닷가에 있는, 평범하고 지내기 편안한 집이었다. 오래되어 빛바랜 천 소파, 우리가 서로 앉겠다고 싸우는 삐걱거리는 리클라이너가 있고, 흰색 페인트 칠이 군데군데 벗겨지고 목재로 바닥을 깐 그런 곳이었다.

　하지만 별장은 넓었다. 우리 모두 쓰고도 방이 남았다. 몇 년 전에는 증축까지 했다. 한쪽 끝에는 엄마의 방, 수재나 아줌마와 피셔 아저씨의 방, 빈 손님방이 있었다. 반대쪽에는 내 방, 또 손님방, 콘래드와 제러마이아, 스티븐 오빠가 함께 쓰는 방이 있었다. 나는 그게 부러웠다. 그 방에는 이층 침대와 트윈 베드가 있었고 벽을 통해 웃어 대고 속닥이는 소리가 밤새 들려오는데, 나만 혼자 자야 하는 것이 싫었다. 두어 번쯤 그들이 나도 그 방에서 재워 줬는데, 특히 무서운 이야기를 하고 싶을 때만 그랬다. 나는 훌륭한 청중이었다. 적절한 부분에서 늘 비명을 질렀으니까.

나이가 들면서 그들은 각자 방을 썼다. 스티븐 오빠는 부모님 방과 가까운 방에서 지내기 시작했고, 제러마이아와 콘래드는 내 방과 가까운 방을 썼다. 처음부터 그들과 나는 욕실을 함께 썼다. 우리 욕실은 집 끝 쪽에 있었고, 세면대가 두 개였다. 제러마이아와 콘래드가 하나를 썼고, 오빠와 내가 다른 하나를 썼다. 엄마는 욕실을 따로 썼으며, 수재나 아줌마의 욕실은 침실에 연결되어 있었다.

어릴 때 그들은 변기 시트를 내려놓지 않았는데, 커서도 마찬가지였다. 그것은 내가 다르다는, 나는 동떨어진 존재라는 사실을 끊임없이 상기시켰다. 하지만 작은 것들이 계속 변했다. 전에는 그들이 물장난하거나 부주의해서 욕실이 온통 젖어 있었다. 커서 면도를 하면서부터는 세면대가 수염투성이였다. 선반에는 그들이 쓰는 이런저런 데오도란트와 면도 크림, 향수가 가득했다.

그들은 나보다 향수가 많았다. 나는 열세 살 때 아빠가 크리스마스 선물로 준, 분홍빛 프랑스제 향수 한 병뿐이었다. 바닐라와 태운 설탕, 레몬 향이 나는 향수였다. 아빠의 대학원생 여자 친구가 골라 준 모양이다. 아빠는 여자아이가 무엇을 좋아하는지 잘 몰랐으니까. 어쨌든 나는 내 향수를 그들 물건이 있는 욕실이 아니라 내 방 화장대에 뒀다. 하지만 한 번도 뿌리지는 않았다. 향수를 그곳에 왜 가져갔는지 모르겠다.

저녁 식사가 끝난 뒤 나는 아래층 소파에 앉아 있었고, 콘래드도 그랬다. 콘래드는 내 맞은편에 앉아서 고개를 숙이고 기타를 쳤다.

"여자 친구 생겼다면서?" 내가 말했다. "되게 진지한 사이라던데."

"내 동생 입이 싸구나."

우리가 커즌스로 떠나기 한 달 전쯤, 제러마이아가 스티븐 오빠에게 전화를 걸었었다. 둘이 한참 통화를 했고 나는 오빠 방문 밖에서 엿들었다. 오빠는 말을 많이 하지 않았지만, 심각한 대화 같았다. 나는 오빠 방에 들어가 무슨 이야기를 했냐고 물었고, 오빠는 나더러 참견쟁이 스파이라며 말해 주길 꺼렸지만, 결국 콘래드에게 여자 친구가 생겼다는 사실을 알려 줬었다.

"그래서 어떤 사람인데?" 나는 이렇게 말하며 콘래드에게서 시선을 돌렸다. 내가 얼마나 신경을 쓰는지 들킬 것만 같았다.

콘래드는 헛기침을 했다. "헤어졌어."

나는 헉 소리를 낼 뻔했다. 심장이 저릿했다. "수재나 아줌마 말씀이 옳아. 콘래드는 참 냉정하지." 농담처럼 꺼낸 말이었지만, 마치 공표라도 한 것처럼 내 머릿속으로, 공기 중으로 울려 퍼졌다.

콘래드가 흠칫했다. "그 애가 날 찼거든." 단호했다.

콘래드와 헤어지길 바라는 사람이 있다니, 상상할 수 없었다. 어떤 여자인지 궁금했다. 갑자기 그 여자의 존재가 강렬하고 실감 나게 와닿았다. "이름은 뭐였어?"

"무슨 상관인데?" 콘래드가 거친 목소리로 말했다. 그러더니 답했다. "오브리. 이름은 오브리야."

"그 여자가 왜 헤어지자고 했는데?" 어쩔 수 없었다. 너무 궁금했다. 그 여자는 누굴까? 연한 은발에 청록색 눈동자, 손톱을 타원형으로 완벽하게 정리한 사람을 떠올렸다. 나는 피아노를 치느라 손톱을 늘 짧게 잘라야 했고, 피아노를 그만둔 뒤에도 짧은 손톱이 익숙해서 그렇게 유지했다.

콘래드가 기타를 내려놓더니 우울한 표정으로 멍하니 밖을 응시했다. "내가 변했대."

"정말 변했어?"

"모르겠어. 모두 다 변하잖아. 너도 변했고."

"내가 어떻게 변했는데?"

콘래드는 어깨를 으쓱해 보이고는 다시 기타를 들었다. "말했잖아. 모두 다 변한다고."

콘래드는 중학생 때 기타를 시작했다. 나는 그가 기타를 치는 것이 싫었다. 옆에 앉아 기타를 퉁기며 노래를 흥얼거렸지만, 절반쯤 딴 데 정신을 팔고 있었다. 우리가 함께 티브이를 보거나 카드 게임을 할 때도 콘래드는 혼자 기타를 쳤다. 아니면 자기 방에 들어가 버린 적도 있었다. 무엇 때문인지 알 수 없었다. 분명한 것은, 기타 때문에 콘래드가 우리와 보내는 시간이 줄었다는 것이다.

콘래드가 헤드폰 한쪽을 당겨 내 귀에 가져다 댄 적이 있었다. "이거 한번 들어 봐." 우리 머리가 닿았다. "대단하지 않아?"

'이거'는 펄 잼이었다. 콘래드는 마치 자기가 그들을 발견하기라도 한 것처럼 행복해하며 노래에 열중했다. 나는 펄 잼을 처음 들었는데, 그때까지 들어 본 노래 중 최고의 곡이었다. 나는 《텐(Ten)》 앨범을 사서 계속해서 들었다. 5번 트랙 〈블랙(Black)〉을 들으면 그때 그 순간으로 돌아간 느낌이었다.

그해 여름이 끝난 뒤, 집에 돌아와 곧장 악보를 샀고, 피아노로 연주하는 법을 배웠다. 언젠가 콘래드와 함께 연주하면 밴드 같겠다고 생각했다. 정말 바보 같은 생각이었다. 별장에는 피아노도 없었으니까. 수재나 아줌마는 내가 연습할 수 있도록 별장에 피아노를 장만하려고 했지만, 엄마가 허락하지 않았다.

잠이 오지 않는 밤이면 살그머니 아래층으로 내려가 수영을 하곤 했다. 지칠 때까지 수영을 하고 잠자리에 들면 온몸이 기분 좋게 노곤했다. 몸이 으슬으슬하면서 편안하기도 했다. 수영을 하고 나서 수재나 아줌마의 하늘색 목욕 시트로 몸을 감싸는 것이 좋았다. 아줌마가 알려 주기 전까지는 목욕 시트라는 말을 들어 본 적도 없었다. 그리고 살그머니 위층으로 올라가 머리도 말리지 않은 채 잠들었다. 물에 들어갔다가 나오면 잠을 푹 잔다. 그 무엇과도 다른 느낌이다.

2년 전 여름밤, 수재나 아줌마가 수영장에서 나를 발견하고 함께 수영한 적도 몇 번 있었다. 우리는 대화하지 않았다. 그저 수영만 했을 뿐이지만 아줌마와 함께 있으니 편안했다. 아줌마가 가발을 쓰지 않은 것은 그때뿐이었다.

그때 수재나 아줌마는 항암 치료 때문에 늘 가발을 썼다. 엄마도 아줌마가 가발을 벗은 모습은 보지 못했다. 아줌마는 정말 예쁜 머리카락을 가졌었다. 솜사탕처럼 부드러운 캐러멜 빛깔의 긴 머리카락이었다. 진짜 사람 머리카락으로 만든, 돈으로 살 수 있는 최고급 가발과도 비교할 수 없을 정도였다. 항암 치료가 끝나고 머리카락이 다시 자랐는데도 아줌마는 턱선 바로 아래까지 오는 단발로 짧게 잘랐다. 예쁘기는 하지만 전보다는 아니었다. 지금의 아줌마를 처음 보는 사람은 나 같은 10대처럼 긴 머리를 한 아줌마를 상상할 수 없을 것이다.

그해 여름의 첫날 밤, 나는 잠들 수가 없었다. 매년 여름이면 그곳에서 잤지만, 내 침대에 다시 적응하기까지 언제나 하루 이틀이 걸렸다. 나는 한동안 뒤척이다가 더 견딜 수 없을 즈음, 작아져서 잘 맞지도 않는, 예전에 수영부에서 입던 수영복으로 갈아입었다. 금색 줄무늬가 그려진 선수용 수영복이었다. 그해 여름, 첫 밤 수영이었다.

밤에 혼자 수영을 하면 모든 것이 훨씬 더 또렷하게 느껴졌다. 내가 호흡하는 소리를 들으면 차분하고 한결같고 강한 사람이 된 것 같았다. 영원히 수영할 수 있을 것만 같았다.

몇 번 왕복하다가 네 번째 트랙에서 플립 턴을 시작했다. 그런데 뭔가 단단한 것이 발에 닿았다. 물 위로 고개를 들고 보니 콘래드의 다리였다. 콘래드가 수영장 가장자리에 걸터앉아 물속에 다리를 담그고 있었다. 내내 나를 보고 있었던 것이다. 게다가 담배를 피우고 있었다.

나는 턱까지 물에 담그고 있었다. 갑자기 너무 작은 수영복이 신경 쓰였다. 콘래드가 알아챌까 봐 물 밖으로 나갈 수 없었다.

"담배는 언제부터 피운 거야?" 내가 비난하듯 물었다. "게다가 여기서 뭐 하고 있어?"

"뭐부터 대답할까?" 콘래드는 느긋하고 잘난 체하는 특유의 표정을 짓고 있었다. 날 미치게 만드는 표정을.

나는 벽 쪽으로 헤엄쳐 가서 가장자리에 팔을 걸쳤다. "두 번째."

"잠이 안 와서 산책하러 나왔어." 콘래드가 어깨를 으쓱이며 말했다. 거짓말. 그는 담배를 피우러 나온 것이다.

"내가 여기 있는 건 어떻게 알았어?" 내가 따졌다.

"넌 밤이면 여기서 수영하잖아, 벨리. 문긴……." 콘래드가 담배를 한 모금 빨아들였다.

내가 밤에 수영하는 것을 안다고? 나만의, 그리고 나와 수재나 아줌마만의 비밀인 줄 알았다. 그가 얼마나 오랫동안 알고 있었는지 궁금했다. 다른 사람들도 다 아는지 궁금했다. 그게 왜 중요한지는 알 수 없었지만, 궁금했다. 내게는 중요했다. "좋아. 그럼 언제부터 담배를 피웠어?"

"글쎄, 작년인가?" 그는 일부러 얼버무렸다. 답답했다.

"음, 담배 피우지 마. 당장 끊어. 중독된 거야?"

콘래드는 웃었다. "아니."

"그럼 끊어. 마음만 먹으면 할 수 있잖아." 나는 그가 마음만 먹으면 무엇이든지 할 수 있다는 걸 알았다.

"끊기 싫은데."

"끊어야 해, 콘. 담배는 몸에 정말 해롭다고."

"내가 끊으면 뭘 해 줄래?" 콘래드가 놀리듯 물었다. 그는 맥주 캔 위로 담배 쥔 손을 허공에 치켜들었다.

갑자기 분위기가 달라졌다. 번갯불이 닿은 것처럼 긴장되고 짜릿한 느낌이었다. 나는 수영장 가장자리에서 팔을 떼고 그로부터 멀리, 물속을 걸어가기 시작했다. 한참 지난 느낌이 들었고, 내가 말했다. "해 주긴 뭘

해 줘. 자신을 위해 끊어."

"맞아." 콘래드가 대답하면서 긴장감이 감도는 그 순간이 지나갔다. 콘래드는 일어나더니 맥주 캔에 담배를 문질러 껐다. "잘 자라, 벨리. 여기 너무 늦게까지 있진 말고. 밤중에 괴물이 나타날지도 모르잖아."

다시 모든 것이 정상으로 돌아간 느낌이 들었다. 나는 걸어가는 그의 다리에 물을 뿌렸다. "헛소리." 그의 등에 대고 말했다. 오래전에 콘래드와 제러마이아, 스티븐 오빠는 갈색 머리카락에 회청색 눈동자를 한 통통한 여자아이를 좋아하는 아동 살인범이 돌아다닌다고 내게 말했었다.

"잠깐만! 담배 끊을 거야, 말 거야?" 내가 외쳤다.

콘래드는 대답하지 않았다. 그저 웃기만 했다. 돌아서서 문을 닫을 때 들썩이는 그의 어깨만 봐도 알 수 있었다.

콘래드가 돌아간 뒤, 나는 물에 누워 떠다녔다. 귀에서 심장 뛰는 소리가 들렸다. 메트로놈처럼 콩-콩-콩 뛰었다.

콘래드는 달라졌다. 저녁 식사를 하면서도, 오브리 이야기를 듣기 전부터도 뭔가 느낄 수 있었다. 그는 변했다. 하지만 그가 내게 영향을 준다는 사실만은 여전했다. 그를 마주하면 언제나 같은 느낌이 들었다. 킹스 도미니언 놀이공원에서 롤러코스터를 타고 올라가 첫 번째 언덕에서 곤두박질치기 직전 같은 느낌이었다.

"벨리, 아빠한테 전화했니?" 엄마가 물었다.

"아니."

"아빠한테 전화해서 안부 전해야지."

나는 어이없다는 표정을 지었다. "아빠는 신경도 안 쓰고 있을 텐데?"

"그래도."

"음, 오빠에게도 전화하라고 시켰어?" 내가 받아쳤다.

"아니." 엄마는 태연한 어조로 말했다. "아빠와 스티븐은 대학을 돌아보면서 2주간 함께 지낼 거잖니. 너는 여름이 끝날 때까지 아빠를 못 만날 테고."

엄마는 왜 이렇게 이성적일까? 항상 이런 식이다. 이혼할 때마저 이성적일 수 있는 사람은 내가 아는 사람 중에 엄마가 유일했다.

엄마가 일어나 내게 전화기를 건넨다. "아빠에게 전화해." 엄마는 그렇게 말하고 방을 나갔다. 내가 아빠와 통화할 때 엄마는 항상 자리를 비켜 줬다. 내 프라이버시를 지켜 주려는 것처럼. 엄마 앞에서 아빠에게 말 못 할 비밀이 있는 것도 아닌데.

나는 아빠에게 전화하지 않았다. 전화기도 다시 제자리에 가져다 놓았다. 아빠가 내게 전화를 하는 것이 옳았다. 내가 아니라. 아빠는 아빠였고 나는 아이였으니까.

그리고 어쨌든, 아빠들은 여름의 이 별장에 어울리지 않았다. 우리 아빠도, 피셔 아저씨도. 물론 아빠들이 우리를 만나러 오기는 했지만, 이곳은 그들이 지내는 곳이 아니었다.

아빠들은 이곳에 속한 사람이 아니었다. 엄마들과 우리와는 달랐다.

9세

우리가 테라스에서 카드 게임을 하는 동안 엄마와 수재나 아줌마는 마르가리타를 마시며 따로 카드 게임을 하고 있었다. 해가 지기 시작했다. 엄마들은 들어가서 옥수수와 핫도그 소시지로 저녁 식사를 준비해야 했지만, 아직 시간이 좀 있어서 카드 게임을 계속했다.

"아줌마는 왜 우리 엄마를 벡이라고 불러요? 다들 수재나라고 부르는데?" 제러마이아가 물었다. 제러마이아와 스티븐 오빠가 한 팀이었는데, 지고 있었다. 제러마이아는 카드 게임을 지루해했다. 늘 더 재미있는 놀이, 더 재미있는 이야깃거리를 찾았다.

"그야 처녀 때 이름이 벡이니까." 엄마가 담배를 끄며 대답했다. 엄마들은 둘이 있을 때만 담배를 피웠지만 그날은 예외였다. 엄마는 수재나 아줌마와 함께 담배를 피우면 다시 젊어진 기분이 든다고 했다. 나는 홉

연을 하면 수명이 여러 해 줄어든다고 말했지만, 엄마는 내 염려를 아랑 곳하지 않고 그런 재앙은 일어나지 않는다고 했다.

"처녀 때 이름이라니, 그게 뭐예요?" 제러마이아가 물었다. 오빠는 제러마이아가 든 카드를 톡톡 두드리며 카드 게임을 계속하자고 채근했지만, 제러마이아는 못 들은 체했다.

"결혼하기 전 이름 말이야, 바보야." 콘래드가 말했다.

"동생한테 바보라고 하지 마, 콘래드." 수재나 아줌마가 반사적으로 주의를 주며 카드를 골랐다.

"엄마들은 왜 이름을 바꿔야 하는데요?" 제러마이아가 물었다.

"꼭 바꿀 필요는 없어. 나는 안 바꿨어. 내 이름은 태어난 날부터 지금까지 로럴 던이야. 멋지지?" 엄마는 수재나 아줌마와 달리 이름을 바꾸지 않은 자신이 우월하다고 느꼈다. "따지고 보면, 여자가 남자 때문에 이름을 바꿀 필요가 있나? 그럴 필요 없다고."

"로럴, 그만 좀 해." 수재나 아줌마가 탁자 위에 카드를 몇 장 던지며 말했다.

엄마는 한숨을 쉬면서 자기 카드도 던졌다. "이제 다른 거 하자. 얘들이랑 고 피시 할래?"

"얘는 지면 꼭 이러더라." 수재나 아줌마가 말했다.

"엄마, 우린 고 피시 안 해. 하츠 하고 있어. 그래도 엄마는 안 끼워 줘. 엄마는 항상 속임수를 쓰려고 하니까." 내가 말했다. 나는 콘래드와 짝이었고 우리가 이기리라는 확신이 있었다. 콘래드를 짝으로 고른 데는 이유가 있었다. 콘래드는 뭐든지 이겼다. 수영도 가장 빨랐고, 서핑도 가장 잘했으며, 카드 게임은 언제나, 항상 이겼다.

수재나 아줌마가 손뼉을 치며 웃었다. "로럴, 얘는 너랑 똑같다."

엄마가 말했다. "아냐, 벨리는 제 아빠를 닮았지." 그리고 둘이 몰래 눈짓을 교환했다. 나는 "뭐, 뭔데?"라고 묻고 싶었지만, 엄마는 대답하지 않을 것이 뻔했다. 엄마는 언제나 비밀을 지켰다. 그리고 나도 내가 아빠를 닮은 것 같았다. 아빠처럼 눈꼬리가 올라간 데다 코와 툭 튀어나온 턱까지 아빠를 쏙 빼닮았으니까. 엄마랑 닮은 곳은 손뿐이었다.

잠시 후 수재나 아줌마가 내게 미소 지으며 말했다. "네 말이 맞아, 벨리. 너희 엄마는 속임수를 쓴다니까. 하츠 게임을 할 때면 꼭 속임수를 쓰지. 아가들아, 속임수 쓰면 성공 못 한다."

아줌마는 늘 우리를 '아가들'이라고 불렀는데, 그래도 아무렇지 않았다. 보통은 아이라고 불리면 싫었을 것이다. 하지만 아줌마의 말투에서는 어리고 유치하다는, 나쁜 뜻이 느껴지지 않았다. 오히려 우리 앞에 멋진 인생이 펼쳐질 것만 같은 느낌이었다.

피셔 아저씨는 이따금 주말에, 그리고 8월 첫 주에는 항상 별장을 찾
아오곤 했다. 아저씨는 은행에 다녔는데, 아저씨 말에 따르면 장기 휴가
는 절대 불가라고 했다. 어쨌든 아저씨 없이 우리끼리 있는 게 더 좋았다.
아저씨가 자주 오지는 않지만, 오면 우리는 긴장했다. 모두 마찬가지
였다. 아니, 수재나 아줌마랑 엄마는 물론 예외였다. 재미있는 사실은 엄
마가 아저씨를 알고 지낸 세월이 수재나 아줌마와 같다는 것이다. 세 사
람은 같은 대학에 다녔다. 그다지 크지 않은 학교였다.

피셔 아저씨는 늘 금요일 저녁 식사 때쯤 도착했고, 우리는 식사 준비
를 하곤 했다. 수재나 아줌마는 아저씨가 좋아하는 진저에일과 메이커스
마크(켄터키에서 제조되는 버번위스키 상표─옮긴이)를 준비해 놓았다. 엄마
는 아줌마가 피셔 아저씨를 기다린다며 놀렸지만, 아줌마는 개의치 않았
다. 엄마는 아저씨도 놀렸다. 아저씨도 엄마를 놀렸다. 아니, 놀린다는
말은 적당하지 않다. 비웃는 편에 가까웠다. 그들은 서로 비웃기도 하고

싱글거리기도 했다. 보고 있으면 재미있었다. 엄마와 아빠는 다투는 일
도 드물었지만 웃는 일도 별로 없었으니까.

피셔 아저씨는 우리 또래의 아빠치고는 잘생긴 편인 듯했다. 어쨌든
우리 아빠보다 잘생겼고, 아빠보다 자만심도 강했다. 수재나 아줌마가
아름다운 만큼 피셔 아저씨도 잘생겼는지는 잘 모르겠다. 그렇게 생각하
는 것은 내가 수재나 아줌마를 그 누구보다 사랑하기 때문일 수도 있다.
그토록 사랑하는 사람과 견줄 수 있는 상대는 없다. 사랑하는 사람은 실
제보다 백만 배 아름다울 수도 있다. 그들은 특수 렌즈를 통해서 보는 셈
이니까. 하지만 상대를 그런 마음으로 바라본다면, 그것이 참모습일 수
도 있다. "내가 그의 이름을 불러 주었을 때 그는 나에게로 와서 꽃이 되
었다." 따위의 철학적 해석 같은 것이다.

피셔 아저씨는 우리가 어디를 가나 늘 20달러를 줬다. 그 돈은 언제
나 콘래드가 맡았다. "아이스크림 사 먹어라." "과자 사 먹어라.", 늘 그랬
다. 콘래드는 자신의 아빠인 피셔 아저씨를 존경했다. 오랜 세월 동안 콘
래드의 영웅은 자신의 아빠였다. 대부분 사람보다 더 오래. 아빠가 엄마
와 헤어진 뒤 박사 과정 대학원생과 사귀는 것을 보고 나는 아빠를 영웅
으로 여기지 않게 됐다. 그 여자는 예쁘지도 않았다.

이혼이나 이사 같은 모든 일들이 아빠 탓이라고 생각할 수도 있었을
것이다. 하지만 굳이 누군가를 탓해야 한다면, 그건 엄마였다. 엄마는
왜 그토록 침착하고 차분해야 했을까? 아빠는 울기라도 했다. 괴로워는
했다. 엄마는 아무 말도 하지 않았고, 아무 감정도 드러내지 않았다. 우
리 가족이 깨졌는데, 엄마는 그저 하던 일을 했다. 그것은 옳지 않았다.

그해 여름, 집으로 돌아왔을 땐 아빠가 이미 짐을 뺀 뒤였다. 아빠의

초판 헤밍웨이 소설, 체스 세트, 빌리 조엘 시디, 그리고 클로드가 사라졌다. 클로드는 아빠가 데려온 고양이인데, 녀석은 아빠만 따랐다. 아빠가 클로드를 데려가는 게 당연했다. 그래도 나는 슬펐다. 어떤 면에서는 클로드가 떠난 것이 아빠가 떠난 것만큼이나 힘들었다. 클로드는 언제나 우리 집에 살았고, 모든 공간에 존재했으니까. 녀석이 우리 집 주인 같았다.

아빠는 나를 데리고 애플비 식당에서 점심을 먹다가 사과하듯이 말했다. "클로드를 데려가서 미안하다. 보고 싶지?" 아빠는 새로 기른 턱수염에 거의 내내 드레싱을 묻히고 있었다. 짜증 났다. 턱수염이 짜증 났다. 점심 식사도 짜증 났다.

"아니." 내가 말했다. 양파수프 그릇에서 고개를 들 수 없었다. "어쨌든 아빠 고양이잖아."

그렇게 아빠는 클로드를, 엄마는 오빠와 나를 데려갔다. 모두에게 좋은 선택이었다. 우리는 거의 주말마다 아빠를 만났다. 아빠가 사는 아파트에서 지내기도 했다. 아무리 향을 피워도 곰팡내가 나는 곳이었다.

나는 향을 싫어했고, 엄마도 그랬다. 재채기가 났다. 아빠가 '새 거주지'라고 부르는 그곳에 향을 실컷 피우면 독립한 것 같고 이국적인 곳에 사는 기분이 드는가 보다. 그 아파트에 들어서자마자 나는 비난하는 투로 말했다. "여기서 향 피웠어?" 벌써 내 알레르기를 잊었단 말이야?

아빠는 찔리는 표정으로 앞으로는 안 피우겠다고 했다. 하지만 아빠는 내가 없을 때 창밖에서 피웠다. 그래도 향냄새가 났다.

방 두 개짜리 아파트였다. 아빠는 큰방에서 잤고 나는 작은 방에 있는 분홍색 시트를 깐 트윈 베드에서 잤다. 오빠는 소파 베드에서 잤다. 내심 부러웠다. 거기서는 티브이를 보면서 늦게까지 깨어 있을 수 있으니까.

이 방에 있는 가구라고는 침대와 쓰지도 않는 흰색 화장대뿐이었다. 서랍 하나에만 옷이 들어 있었고 나머지는 비어 있었다. 아빠가 사 준 책을 꽂아 두는 책꽂이도 있었다. 아빠는 늘 내게 책을 사 줬다. 내가 아빠처럼 글을 좋아하고 독서를 좋아하는 똑똑한 사람이 되기를 바랐다. 나는 독서를 좋아하기는 했지만, 아빠가 원하는 책은 아니었다. 학자가 되려는 사람이 읽는 책은 아니었다. 나는 논픽션이 아니라 소설을 좋아했다. 그리고 따끔거리는 분홍색 시트가 싫었다. 아빠가 내게 물어봤다면, 나는 분홍색이 아니라 노란색을 원한다고 대답했을 것이다.

하지만 아빠는 아빠 나름의 방식으로 노력했다. 아빠는 중고 피아노를 사서 좁은 주방에 밀어 넣었다. 오로지 나를 위해서. 내가 피아노 연습을 할 수 있도록. 하지만 나는 거의 연습하지 않았다. 피아노 조율이 안 되어 있었는데, 아빠에게 그걸 말할 용기가 없었다.

그 때문에 여름을 간절히 기다리기도 했다. 여름에는 아빠의 우울한 아파트에서 지내지 않아도 되니까. 아빠를 만나기 싫은 것은 아니었다. 좋았다. 아빠가 너무 보고 싶었다. 하지만 그 아파트는 우울했다. 아빠를 우리 집에서 만나고 싶었다. 예전으로 돌아가고 싶었다.

엄마가 여름 내내 우리를 데리고 있었으니, 돌아가면 아빠가 오빠와 나를 데리고 여행을 갔다. 보통은 플로리다에 할머니를 만나러 갔다. 그것 역시 우울한 여행이었다. 할머니는 줄곧 엄마와 재결합하라고 아빠를 설득했다. 할머니는 엄마를 아주 좋아했다. "로럴과 최근에 이야기 나눠 봤니?" 할머니는 이혼한 지 한참이 지난 뒤에도 이렇게 묻곤 했다.

나는 재결합하라는 할머니의 잔소리가 듣기 싫었다. 어쨌든 아빠가 결정할 수 있는 문제도 아니었다. 아빠에게는 굴욕이었다. 먼저 헤어지자고 한 것은 엄마였으니까. 이혼 수속을 시작하고 끝까지 밀어붙인 것은 엄마였다. 나도 그 정도는 알고 있었다. 아빠는 클로드가 있는 파란 이층 집에서 책과 함께 사는 생활에 완벽하게 만족했을 것이다.

윈스턴 처칠이 러시아는 미스터리에 휩싸인 불가사의한 존재라고 말 했다고 아빠가 알려 준 적이 있었다. 아빠는 처칠의 말이 엄마에게도 해 당한다고 했다. 이혼 전이었는데, 아빠는 반쯤은 씁쓸하게, 반쯤은 경 의를 표하며 그렇게 말했다. 아빠는 엄마를 미워하면서도 우러러봤다.

아빠는 엄마와 평생 함께 살면서 그 미스터리를 풀어 보려고 했을 것 이다. 아빠는 법칙과 이론을 좋아하고 퍼즐 풀기를 즐기는 사람이었다. 언제나 X에 해당하는 값을 찾으려고 했다. X가 그저 X일 수는 없었다.

내게 엄마는 그렇게 신비롭지 않았다. 그저 내 엄마일 뿐이었다. 언제 나 이성적이고 자신만만한 사람일 뿐이었다. 내가 보기에 엄마는 그다지 신비로울 것이 없었다. 엄마는 자신이 원하는 것과 원치 않는 것이 분명 했다. 아빠와의 결혼도 마찬가지였다. 엄마가 사랑에 빠졌다가 나온 것 인지, 한 번도 사랑한 적 없는 것인지는 잘 모르겠다.

우리가 할머니 집에서 지낼 때 엄마는 헝가리나 알래스카처럼 먼 곳 으로 여행을 떠나곤 했는데, 늘 혼자 떠났다. 나는 엄마에게 여행 사진 을 보여 달라고 하지 않았고, 엄마도 나에게 보고 싶은지를 묻지 않았다.

애디론댁 체어(팔걸이가 있고 등받이에 기대 누울 수 있는 야외용 의자—옮긴이)에 앉아서 토스트를 먹으며 잡지를 읽고 있는데 엄마가 오더니 옆에 앉았다. 엄마는 모녀끼리 대화를 나누고 싶을 때 짓는, 진지하고 굳은 표정을 하고 있었다. 나는 월경만큼이나 그런 대화가 두려웠다.

"오늘 뭐 하니?" 엄마가 아무렇지 않게 물었다.

나는 남은 토스트를 입에 마저 넣었다. "이거?"

"고급 영어 예습을 시작해야지." 엄마가 손을 뻗어 내 뺨에서 빵 부스러기를 털어 주며 말했다.

"응, 그럴 계획이었어." 사실이 아니었지만 그렇게 대답했다.

엄마가 헛기침을 했다. "혹시 콘래드, 약 하니?" 엄마가 물었다.

"뭐?"

"콘래드가 마약을 하냐고."

나는 빵이 목에 걸릴 뻔했다. "아니! 그리고 그걸 왜 나한테 물어? 콘래드는 나한테 그런 이야기 안 해. 스티븐 오빠한테 물어보든가."

"벌써 물어봤지. 스티븐도 모른대. 거짓말은 아닐 거야." 엄마가 나를 힐끔거렸다.

"아, 나도 거짓말 안 해!"

엄마는 한숨을 쉬었다. "알아. 수재나 아줌마가 걱정하더라. 콘래드가 이상해졌다고. 풋볼도 그만두고……."

"나도 댄스 그만뒀어." 내가 어이없다는 표정으로 말했다. "그렇다고 내가 코카인 파이프를 들고 돌아다니는 건 아니잖아."

엄마가 입을 꾹 다물었다. "뭘 알게 되면 엄마한테도 말해 준다고 약속할래?"

"글쎄……." 나는 놀리듯 말했다. 약속할 필요는 없었다. 콘래드가 마약을 안 하는 것을 알고 있었으니까. 맥주는 마셔도, 마약은 절대 안 할 사람이었다. 내 목숨이라도 걸 수 있다.

"벨리, 심각한 이야기야."

"엄마, 진정해. 콘래드는 마약 안 해. 어쩌다 마약 전담 수사관이 된 거야? 말해 봐." 나는 장난치듯 팔꿈치로 엄마를 쿡 찔렀다.

엄마는 웃음을 억지로 참으면서 고개를 저었다. "그만해."

14

13세

엄마와 수재나 아줌마는 자기들이 '그것'을 한다는 사실을 우리가 모른다고 생각한 모양이다.

웬일로 우리가 모두 집에 있는 밤이었다. 우리는 거실에 모여 있었다. 콘래드는 헤드폰을 쓰고 음악을 듣고 있었고, 제러마이아와 스티븐 오빠는 비디오 게임을 하고 있었다. 나는 리클라이너에 앉아 《에마(Emma)》를 읽고 있었다. 정말 재미있어서가 아니라 똑똑해 보이려고 읽었다. 독서를 즐길 생각이었다면 방에 틀어박혀 제인 오스틴 대신 《다락방에 핀 꽃(Flowers in the Attic)》을 읽었을 것이다.

오빠가 먼저 냄새를 맡았던 것 같다. 강아지처럼 킁킁거리며 주위를 둘러보더니 말했다. "너희도 냄새나냐?"

"콩 다 먹지 말라고 했잖아, 스티븐." 제러마이아는 티브이에서 눈을 떼지 않고 말했다.

나는 키득거렸다. 하지만 방귀 냄새가 아니었다. 나도 그 냄새를 맡았다. 마리화나였다. "마리화나야." 내가 큰 소리로 말했다. 내가 먼저 말하고 싶었다. 예리하고 아는 것이 많다는 사실을 증명하고 싶었다.

"말도 안 돼." 제러마이아가 말했다.

콘래드가 헤드폰을 벗고 말했다. "벨리 말이 맞아. 마리화나야."

오빠가 게임을 정지시키더니 나를 돌아봤다. "네가 마리화나 냄새를 어떻게 아냐, 벨리?" 수상쩍은 눈초리였다.

"오빠, 나 항상 취해 있잖아. 내가 중독자인 거 몰랐어?" 스티븐 오빠가 오빠 행세를 할 때, 특히 콘래드와 제러마이아 앞에서 그럴 때면 기분이 나빴다. 오빠가 일부러 나를 어린아이 취급하는 것 같았다.

오빠는 내 말을 무시했다. "위층에서 나는 냄새야?"

"엄마 방이야." 콘래드가 헤드폰을 다시 쓰면서 말했다. "항암 치료 때문에."

제러마이아는 모르고 있었던 것이 분명했다. 아무 말도 하지 않았지만 당황하고 상처받은 듯, 목덜미를 긁적이며 잠시 멍한 표정을 지었다. 오빠와 나는 눈빛을 주고받았다. 수재나 아줌마의 암 이야기가 나올 때마다 우리 둘은 제삼자가 되어 어색해졌다. 뭐라고 말하면 좋을지 몰라서 아무 말도 하지 않았다. 우리는 대체로 아무 일도 없는 척했다. 제러마이아처럼.

하지만 엄마는 그러지 않았다. 엄마는 거의 모든 일에 그렇듯이 있는 그대로를 받아들이고 침착하게 대처했다. 수재나 아줌마는 엄마 덕분에 정상이라는 느낌이 든다고 했다. 엄마는 남을 안심시키는 능력이 있었다. 엄마가 그 자리에 있기만 하면, 정말 나쁜 일은 일어나지 않을 것처럼 안전하게 느껴졌다.

잠시 후 아래층에 내려온 수재나 아줌마와 엄마는 부모님의 술 캐비닛을 몰래 열어 본 10대 아이들처럼 키득거렸다. 엄마도 함께 마리화나를 피운 것이 틀림없었다.

오빠와 나는 한 번 더 겁에 질린 표정으로 마주 봤다. 이 세상에서 끝까지 마리화나를 하지 않을 사람이 바로 엄마라고 생각했었다. 엄마의 엄마, 외할머니를 제외하면 말이다.

"너희, 치토스 다 먹었니?" 엄마가 찬장을 뒤지며 말했다. "배고프다."

"응." 오빠가 말했다. 오빠는 엄마를 똑바로 보지도 않았다.

"프리토스는 어때? 그거 먹어." 수재나 아줌마가 말하며 내 의자 뒤로 다가왔다. 아줌마가 내 머리카락을 살짝 쓰다듬었다. 나는 그럴 때가 좋았다. 아줌마는 그런 면에서 엄마보다 다정했고, 늘 나를 수양딸이라고 불렀다. 아줌마는 엄마와 함께 내 엄마 노릇 하기를 좋아했고, 엄마도 개의치 않았다. 나도 마찬가지였다.

"《에마》는 마음에 드니?" 아줌마가 물었다. 아줌마와 있으면 세상에서 가장 재미있는 사람이 된 것만 같은 기분이 들었다. 아줌마는 상대방을 그렇게 만드는 재주가 있었다.

입을 열어 훌륭한 책이라고 거짓말을 하려는데, 콘래드가 아주 큰 소리로 먼저 말했다. "걔 한 시간 내내 한 페이지도 안 넘겼어." 여전히 헤드폰을 쓴 상태로 한 말이었다.

나는 콘래드를 노려봤지만, 마음속으로는 그가 그걸 알고 있었다는 사실에 전율했다. 그가 나를 보고 있었다는 뜻이니까. 하지만 콘래드가 아는 것은 당연한 일이었다. 그는 거의 모든 것을 놓치지 않는 사람이었다. 이웃집 개가 한쪽 눈에만 눈곱이 많이 끼는 것도, 피자 배달원이 평소와 다른 차를 몰고 온 것까지도 콘래드는 알아차렸다. 콘래드가 알아준 것은 사실 좋아할 일은 아니었다. 당연한 일이었으니까.

"계속 읽다 보면 좋아질 거야." 아줌마가 내 이마에서 앞머리를 쓸어 주며 말했다.

"책에 집중하기까지 시간이 좀 걸려요." 나는 변명하듯이 말했다. 아줌마가 추천한 책으로 아줌마의 기분을 상하게 하고 싶지 않았다.

그때 엄마가 트위즐러 한 봉지와 반쯤 남은 프리토스 봉지를 가지고 돌아왔다. 엄마는 아줌마에게 트위즐러를 던지고는 뒤늦게 "잡아!"라고 말했다.

아줌마가 팔을 뻗었지만, 과자는 바닥에 떨어졌다. 아줌마는 과자를 집어 들며 키득거렸다. "나 둔하네." 아줌마는 빨대를 씹듯이 트위즐러 끝을 씹었다. "나 왜 이러니?"

"엄마, 로럴 아줌마랑 위층에서 마리화나 한 거 다 알아." 콘래드가 자기만 듣는 음악에 맞추어 머리를 살짝 흔들며 말했다.

수재나 아줌마는 손으로 입을 막았다. 아무 말도 하지 않았지만, 정말로 속상한 표정이었다.

"저런." 엄마가 말했다. "들킨 것 같네, 벡. 얘들아, 너희 엄마가 항암 치료 때문에 속이 메슥거려서 의료용 마리화나를 하고 있어."

스티븐 오빠는 티브이에서 눈을 떼지 않고 말했다. "엄마는? 엄마도 항암 치료 때문에 피웠어?"

분위기 반전을 위해 한 말이었는데, 효과가 있었다. 오빠에게는 그런 능력이 있었다.

수재나 아줌마가 웃음을 터뜨렸고 엄마는 오빠 뒤통수에 트위즐러를 던졌다. "잘난 척은. 세상에서 가장 친한 친구를 응원하려고 좀 했다. 그게 뭐 대수라고."

오빠는 트위즐러를 집어 먼지를 털더니 입에 넣었다. "그럼 나도 위층에서 담배 피워도 돼?"

"유방암에 걸리면." 엄마가 세상에서 가장 친한 친구인 수재나 아줌마와 미소를 나누며 말했다.

"혹은 너랑 가장 친한 친구가 유방암에 걸리면." 수재나 아줌마가 말했다.

이런 대화가 오가는 내내, 제러마이아는 아무 말도 하지 않았다. 수재나 아줌마와 티브이만 번갈아 보면서 자신이 등을 돌리면 그사이 아줌마가 사라져 버릴까 염려하는 것 같았다.

엄마들은 그날 오후 우리가 모두 해변에 나간 줄 알고 있었다. 지루해진 제러마이아와 내가 간식을 먹으러 집에 돌아온 것을 모른 채 말이다. 우리는 발코니 계단을 오르다가 창문을 통해 흘러나오는 엄마들의 대화를 들었다.

제러마이아는 수재나 아줌마가 이렇게 말하자 걸음을 우뚝 멈췄다. "로럴, 이런 생각 하는 내가 싫지만, 가슴을 잃느니 차라리 죽는 게 나을 것 같아." 제러마이아는 그곳에 선 채 숨도 쉬지 않았다. 그가 그대로 계단에 앉길래 나도 따라 앉았다.

엄마가 말했다. "진심이 아니라는 거 알아."

나는 엄마가 그렇게 말하는 것이 싫었고, 아줌마도 그래서 이렇게 말한 것 같다. "내 진심을 네가 결정하지 마." 아줌마가 그렇게 냉정하고 노한 목소리로 말하는 것은 처음이었다.

"알았어, 알았어. 안 그럴게."

아줌마가 울기 시작했다. 엄마가 아줌마의 등을 큰 원을 그리며 문지르는 것은 보지 않아도 알 수 있었다. 내가 속상해할 때 해 주는 것처럼.

나도 제러마이아에게 그렇게 해 주고 싶었다. 그러면 제러마이아의 기분이 나아졌을 테니까. 하지만 그럴 수 없었다. 대신 나는 손을 뻗어 제러마이아의 손을 꼭 잡았다. 제러마이아는 나를 보지 않았지만, 손을 뿌리치지도 않았다. 그 순간 우리는 진정한 친구가 됐다.

엄마가 정말 진지하게, 단호한 목소리로 말했다. "네 가슴이 더럽게 멋지긴 하지."

수재나 아줌마는 바다표범이 짖는 듯한 소리로 웃음을 터뜨리더니 울면서 동시에 웃었다. 다 잘될 것 같았다. 엄마가 욕을 하고 수재나 아줌마가 웃으면 다 잘될 것 같았다.

나는 제러마이아의 손을 놓고 일어났다. 제러마이아도 일어났다. 우리는 아무 말 없이 다시 해변으로 돌아갔다. 대체 뭐라고 한단 말인가? "네 엄마가 암에 걸려서 유감이야."라고? "아줌마가 가슴을 잃지 않으면 좋겠다."라고?

해변에 돌아가니 콘래드와 스티븐 오빠가 보드를 챙겨 물 밖에 나와 있었다. 우리는 여전히 아무 말도 하지 않았고 오빠도 이상한 낌새를 알아차렸다. 콘래드도 눈치챈 것 같았지만, 아무 말도 하지 않았다. 오빠가 물었다. "너희 무슨 일 있어?"

"아니." 나는 무릎을 끌어안으며 말했다.

"첫 키스라도 한 거야?" 오빠가 수영복에 묻은 물을 내 무릎 쪽으로 털며 물었다.

"시끄러워." 오직 화제를 바꾸기 위해 오빠 바지를 벗기고 싶은 충동을 느꼈다. 그 전 여름, 그들은 사람들 앞에서 서로의 바지를 벗기려고 난리였다. 나는 동참하지 않았지만, 그 순간만큼은 진심으로 하고 싶었다.

"어이구, 그럴 줄 알았다!" 오빠가 내 어깨를 쿡쿡 찌르며 말했다. 나는 오빠를 뿌리치고 다시 시끄럽다고 말했다. 오빠가 노래하기 시작했다. "여름의 연애, 나는 터져 버렸지, 여름의 연애, 순식간에 일어나……."

"오빠, 장난 좀 그만해." 나는 고개를 돌려 제러마이아를 보면서 어이없다는 표정을 지으려고 했다.

하지만 제러마이아는 일어나서 반바지에서 모래를 털더니 바다를 향해, 우리와 집으로부터 멀어져 갔다.

"제러마이아, 너 생리하냐? 장난이라고!" 오빠가 외쳤다. 제러마이아는 돌아보지 않았다. 계속 바다로 걸어갔다. "이봐!"

"그냥 놔둬." 콘래드가 말했다. 둘은 별로 가까워 보이지 않았지만, 서로를 잘 이해한다는 느낌이 드는 순간이 있는데, 그때도 그랬다. 제러마이아를 보호해 주는 것을 보고 콘래드에 대한 애정이 새삼 솟구쳤다. 가슴속에서 치는 파도가 나를 휩쓰는 것만 같았다. 그리고 나는 죄책감을 느꼈다. 수재나 아줌마가 암에 걸렸는데 콘래드에게 반해서 어쩔 줄 모르다니…….

스티븐 오빠가 어리둥절한 채 속상해하는 것을 알 수 있었다. 자리를 피하는 건 제러마이아답지 않은 행동이었다. 그는 항상 먼저 웃어넘기고, 농담으로 받아치는 성격이었으니까.

나는 오빠가 느낀 속상함에 소금을 뿌리고 싶어서 이렇게 말했다. "오빠는 참 못됐어."

스티븐 오빠가 놀라서 입을 딱 벌리며 내게 말했다. "야, 내가 뭐랬다고 그래?"

그러거나 말거나 나는 타월 위에 다시 누워 눈을 감았다. 콘래드의 이어폰이 부러웠다. 그날 있었던 일을 다 잊고 싶은 마음이었다.

나중에 콘래드와 스티븐 오빠가 밤낚시를 가자고 했을 때, 제러마이아는 가장 좋아하는 낚시를 마다했다. 늘 밤낚시 가자고 사람들을 모았던 제러마이아가 그날 밤에는 내키지 않는다고 했다. 둘은 낚시를 하러 가고 제러마이아는 나와 남았다. 우리는 티브이를 보고 카드 게임을 했다. 그해 여름을 우리는 둘이서만 그렇게 보냈고 우리 사이는 돈독해졌다. 제러마이아가 아침 일찍 나를 깨우면 같이 조개껍데기나 모래게를 줍거나, 자전거를 타고 5킬로미터 거리의 아이스크림 가게에 가곤 했다. 우리 둘만 있을 때 제러마이아가 평소처럼 실없는 소리를 많이 하지는 않았지만, 그래도 여전히 제러마이아였다.

그때부터 나는 콘래드보다 제러마이아를 더 가깝게 느꼈다. 어쩌면 제러마이아도 누군가의 동생이어서, 혹은 원래 친절한 성격이어서 그랬을 수도 있지만 어쨌든, 그는 모두에게 상냥했다. 그는 상대를 편하게 해 주는 능력이 있었다.

사흘 동안 비가 왔다. 사흘째 되던 날 오후 4시쯤 되었을까, 제러마이아는 가만히 있지 못해 미칠 지경이었다. 그는 실내에서 지내는 성격이 아니었다. 늘 움직였다. 늘 새로운 곳에 가는 길이었다. 제러마이아는 더는 못 참겠다면서 극장에 갈 사람을 찾았다. 자동차극장을 빼면 커즌스에 극장이라고는 쇼핑몰에 있는 딱 한 곳뿐이었다.

콘래드는 거절했다. 스티븐 오빠는 콘래드가 자기 방에서 혼자 지내며 많은 시간을 보내는 것을 서운해했다. 오빠가 곧 아빠와 대학을 돌아보러 떠나는데, 콘래드는 신경 쓰지 않는 것 같았다. 콘래드는 일하지 않을 때는 기타를 치고 음악을 듣기 바빴다.

그래서 제러마이아, 스티븐 오빠, 나만 갔다. 나는 개를 산책시키던 두 사람이 사랑에 빠지는 로맨틱 코미디를 보자고 둘을 설득했다. 상영 중인 영화는 그것뿐이었다. 다음 영화는 한 시간 뒤에 시작했다. 5분쯤 지나자 스티븐 오빠가 짜증을 내며 일어섰다. "도저히 못 보겠다." 오빠가 말했다. "너도 갈래, 제러?"

제러마이아가 말했다. "아니, 벨리랑 있을게."

오빠가 놀란 표정을 지었다. 어깨를 으쓱이더니 말했다. "끝나면 만나자."

나도 놀랐다. 영화가 정말 별로였으니까.

오빠가 나간 뒤, 덩치 큰 남자가 바로 내 앞자리에 앉았다. "자리 바꿔 줄게." 제러마이아가 속삭였다.

속마음과 달리 "괜찮아."라고 말하려다가 그만뒀다. 상대는 제러마이아였다. 예의를 차리지 않아도 됐다. 나는 고맙다고 하고 자리를 바꿨다. 제러마이아는 화면을 보려면 목을 계속 오른쪽으로 뽑으며 내게 기대야 했다. 제러마이아의 머리에서 아시아 배 냄새가 났다. 수재나 아줌마가 쓰는 고급 샴푸 향이었다. 재미있었다. 키가 큰 풋볼 선수에게서 그렇게 달콤한 향이 나다니. 그가 다가올 때마다 나는 그 달착지근한 머리카락 냄새를 들이마셨다. 내 머리카락에서도 그런 냄새가 나길 바랐다.

영화가 절반쯤 흘렀을 때, 제러마이아가 갑자기 일어나 나가더니 큰 탄산음료와 트위즐러 한 통을 사 왔다. 나도 한 모금 마시려고 했는데 빨대가 없었다. "빨대를 안 가져왔네." 내가 말했다.

제러마이아는 트위즐러 상자를 뜯더니 트위즐러 두 개를 꺼내 컵에 꽂았다. 활짝 웃으면서. 너무나 자랑스러운 표정이었다. 어릴 적 트위즐러를 빨대로 쓰던 것을 나는 잊고 있었다. 전에는 늘 그렇게 했었는데.

우리는 1950년대 코카콜라 광고처럼 동시에 음료수를 마셨다. 머리를 숙이고, 이마가 닿을 듯이. 우리가 데이트하는 것처럼 보일지 궁금했다.

제러마이아는 나를 보더니 낯익은 표정으로 미소 지었고, 문득 나는 정신 나간 생각을 떠올렸다. '제러마이아가 내게 키스하고 싶어 해.'

그건, 미친 생각이었다. 그는 제러마이아였으니까. 그는 나를 그렇게 본 적 없었다. 내가 좋아하는 상대는 콘래드였다. 비록 그때처럼 우울하고 배타적으로 굴어도. 늘 콘래드였다. 제러마이아를 진지하게 생각해 본 적은 없었다. 콘래드가 있었으니까. 그리고 물론 제러마이아도 전에는 나를 그렇게 본 적 없었다. 난 그의 친구였다. 영화 파트너였고, 욕실을 함께 쓰고 비밀을 나누는 사이였다. 그런 내가 제러마이아의 키스 상대라니 터무니없었다.

14세

　테일러를 데리고 가는 것은 실수였다. 나는 알고 있었다. 알고 있었지만 그래도 데리고 갔다. 테일러 주얼, 내 베스트 프렌드. 우리 학년 남자아이들은 테일러를 주얼('보석'이라는 뜻 – 옮긴이)이라고 불렀고, 테일러는 싫은 척하면서 속으로는 좋아했다.

　테일러는 내가 별장에서 돌아올 때마다 내가 다시 자기 세상으로 들어와야 한다고 했다. 학교와 학교 남자아이들, 학교 친구들이 있는 현실 세계에 내가 있고 싶게 만들려고 했다. 테일러는 그때 빠져 있던 남자애의 아주 귀여운 친구랑 나를 연결해 주려고 애썼다. 나도 싫다고 하지는 않았다. 극장이나 와플 하우스에 함께 가기도 했지만, 사실 그 아이들과의 교제에 완전히 집중한 적은 없었다. 그 아이들은 콘래드나 제러마이아와 상대가 되지 않았으니, 만나도 의미가 없었다.

테일러는 늘 예뻤고 모두의 시선을 바로 끄는 아이였다. 나는 재미있는 아이, 남자아이들을 웃기는 쪽이었다. 별장에 테일러를 데려가면 나도 예쁜 쪽임을 증명할 수 있을 것 같았다. 봤지? 이것 봐, 나도 얘랑 비슷하잖아. 우린 같아. 하지만 우린 같지 않았고, 모두 그 사실을 알았다. 테일러를 데려가면 그들이 늦은 밤 보드워크 산책을 갈 때나 해변의 침낭에서 잘 때 나도 따라갈 수 있을 줄 알았다. 그해 여름, 내 사교 생활의 폭이 넓어지고, 나도 드디어, 마침내, 가장 신나는 시간을 함께할 줄 알았다.

적어도 그 점에 있어서는 틀리지 않았다.

테일러는 데려가 달라고 끝없이 졸랐다. 나는 집이 좁다고 거절했지만, 테일러는 설득력이 매우 좋았다. 다 내 잘못이었다. 콘래드와 제러마이아에 대해 너무 떠들어 댔던 탓이다. 그리고 내심 나도 테일러를 데려가고 싶었다. 따지고 보면 나랑 가장 친한 친구였으니까. 테일러는 우리가 모든 것, 모든 순간과 모든 경험을 나누지 못하는 것을 싫어했다. 테일러는 스페인어 클럽에 들어가더니 스페인어 수업을 듣지도 않는 내게 함께 가입하자고 졸랐다. "졸업한 뒤에 우리가 카보(Cabo)에 갈 때를 위해서야." 테일러가 말했다. 나는 졸업 후 갈라파고스 제도에 가고 싶었다. 내 꿈이었다. 푸른발얼가니새를 꼭 보고 싶었다. 아빠가 데려가 준다고 했다. 하지만 테일러에게는 말하지 않았다. 분명 싫어할 테니까.

엄마와 나는 공항으로 테일러를 마중 나갔다. 테일러는 아주 짧은 반바지에 처음 보는 탱크톱을 입고 비행기에서 걸어 나왔다. 나는 부러움을 감추고 테일러를 끌어안으면서 물었다. "이거 언제 샀어?"

"여기 오기 전에 마미랑 쇼핑했지." 테일러가 내게 가방 하나를 건네며 말했다. "귀엽지?"

"응, 귀엽다." 가방이 무거웠다. 일주일만 지낸다는 사실을 잊었나 싶었다.

"마미가 아빠랑 이혼하는 게 미안한지 별걸 다 사 줘." 테일러가 어이없다는 표정으로 말했다. "마미랑 매니큐어랑 페디큐어도 같이 했다니까. 이것 봐!" 테일러가 오른손을 들어 보였다. 손톱은 길고 네모난 모양에 라즈베리 색이었다.

"진짜야?"

"그럼! 야, 난 가짜는 안 해, 벨리."

"바이올린 때문에 손톱 안 기르는 줄 알았는데."

"아, 그거. 마미가 드디어 바이올린 그만둬도 된대. 이것도 역시 이혼 죄책감 때문이지." 테일러가 다 안다는 듯 말했다. "너도 알잖아."

우리 또래 중에 엄마를 마미(Mommy)라고 부르는 여자아이는 테일러뿐이었다. 그러고도 아무 비난을 듣지 않는 아이 역시 테일러뿐이었다.

콘래드와 제러마이아는 곧바로 테일러에게 관심을 가졌다. 가슴과 금발을 눈여겨봤다. 미러클 브라와 염색약 반병 덕이라고 말하고 싶었다. 테일러의 가슴은 작은 B컵이고 머리카락은 원래 그렇게 노랗지 않다고. 그렇다고 해도 그들은 개의치 않았을 것이다.

반면 스티븐 오빠는 티브이에서 눈도 돌리지 않았다. 오빠는 항상 테일러를 성가시다고 했다. 오빠가 콘래드와 제러마이아에게 미리 경고했는지 궁금했다.

"안녕, 스티-븐." 테일러가 노래하듯 말했다.

"안녕." 오빠가 우물거렸다.

테일러는 눈을 사시처럼 만들며 나를 봤다. "뚱하네." '뚱'을 강조하며 입 모양으로 말했다.

나는 웃었다. "테일러, 콘래드랑 제러마이아야. 스티븐 오빠는 알지?" 테일러가 누구를 고를지, 누가 더 귀엽고 재미있다고, 더 마음에 든다고 여길지 궁금했다.

"안녕." 테일러가 두 사람을 견주며 바라본 순간 콘래드에게 끌린 것을 알 수 있었다. 그리고 기뻤다. 콘래드는 절대, 결코, 테일러에게 관심을 가지지 않을 테니까.

콘래드는 내 예상대로 티브이로 시선을 돌렸다. 제러마이아는 한쪽 입 꼬리만 올리는 특유의 미소를 지어 보이고는 말했다. "벨리 친구구나? 벨리에게 친구가 있는지 몰랐네."

나는 제러마이아가 농담이라는 뜻으로 나를 향해 씩 웃기를 기다렸지만, 내 쪽은 보지도 않았다. "시끄러워, 제러마이아." 내가 말하니 그제야 제러마이아가 나를 보고 웃었다. 하지만 대충 지나가는 미소였고, 그는 곧바로 테일러에게 눈을 돌렸다.

"벨리는 친구 엄청 많아." 테일러가 가벼운 말투로 말했다. "내가 친구 없는 애랑 어울릴 것 같니?"

"응." 스티븐 오빠가 소파에서 불쑥 머리를 쳐들며 말했다.

테일러가 오빠를 노려봤다. "하던 거나 계속하시지, 스티븐." 그리고는 내게 말했다. "우리 방 보여 줄래?"

"응, 그러지 그래, 벨리? 테이-테이 노예 노릇이나 하려무나." 스티븐 오빠가 말했다. 그리고 다시 누웠다.

나는 오빠를 무시했다. "가자, 테일러."

내 방에 들어가자마자 테일러는 내가 쓰는 창가 침대에 털썩 누웠다.

"와, 쟤 진짜 귀여워."

"누구?" 나는 알면서도 물었다.

"물론 어두운 쪽이지. 나는 어두운 남자가 좋아."

나는 속으로 어이없어하며 눈을 굴렸다. 남자? 테일러는 남자와 사귄 경험이 겨우 두 번뿐이었다. 하지만 그 둘 중 누구도 남자라고 부를 만한 상대는 아니었다.

"글쎄 모르겠네." 내가 말했다. "콘래드는 여자애들에게 관심이 없어." 사실이 아니라는 것은 나도 알고 있었다. 콘래드는 여자아이에게 관심이 있었다. 지난여름엔 앤지라는 여자아이를 만나기 위해 보드워크에 갈 정도였으니까.

테일러의 갈색 눈이 번득였다. "난 도전하는 게 좋아. 나 작년에 학년 회장이 됐잖아? 재작년에는 학년 부회장이었고."

"물론 잘 알지. 내가 네 선거 운동 매니저였잖아. 하지만 콘래드는 달라. 콘래드는……." 나는 머뭇거렸다. 테일러에게 겁을 주기 적당한 단어를 찾느라. "그러니까 뭐랄까, 좀, 정서 불안이거든."

"뭐?" 테일러가 소리 질렀다.

나는 재빨리 후퇴했다. '정서 불안'은 너무 과한 단어였던 것 같다. "정확히 말하면 '불안 장애'까지는 아니고. 콘래드는 너무 심각하게 굴어. 진지하다고. 제러마이아가 나아. 걔가 네 이상형에 가까워."

"그게 무슨 뜻이야, 벨리?" 테일러가 따졌다. "난 가볍다는 말이야?"

"음……." 솔직히 테일러의 무게는 먼지 정도였다.

"대답하지 마." 테일러는 가방을 열어 물건들을 꺼내기 시작했다. "제러마이아가 귀엽긴 하지만, 난 콘래드를 원해. 그 애 머리가 빙빙 돌게 만들어 주겠어."

"내가 경고 안 했다는 소리만 하지 마." 나는 때가 오면 "내가 뭐랬니?"
라고 말하고 싶어 안달이 났다. 부디 그 순간이 어서 오길 바랐다.

테일러가 노란색 물방울무늬 비키니를 꺼냈다. "이 정도면 콘래드가
좋아할 것 같아?"

"그 비키니는 브리짓한테도 안 맞겠다." 내가 말했다. 테일러의 여동
생 브리짓은 일곱 살이었고, 나이에 비해 작았다.

"바로 그걸 노렸지."

나는 어이없다는 표정을 지었다. "나는 경고했다? 잊지 마. 그리고 지
금 네가 앉아 있는 건 내 침대야."

우리 둘은 곧 수영복으로 갈아입었다. 테일러는 조그만 노란색 비키
니로, 나는 서포트 브라에 목둘레선이 아주 높은 검은색 원피스 수영복
으로. 옷을 갈아입다가 테일러가 나를 보더니 말했다. "벨리, 너 가슴 진
짜 커졌다!"

나는 티셔츠를 벗으며 말했다. "아니거든."

하지만 사실이었다. 작년 여름까지만 해도 확실히 가슴이 작았었는데
거의 하룻밤 새 그렇게 됐다. 나는 큰 가슴이 싫었다. 그것 때문에 나는
느려졌다. 빨리 달릴 수가 없었다. 너무 부끄러웠다. 그래서 헐렁한 티
셔츠와 원피스 수영복을 입었다. 그들이 내 가슴을 보고 자기들끼리 쑥
덕거릴 거라고 생각하니 견딜 수 없었다. 그들은 틀림없이 나를 놀릴 것
이고, 스티븐 오빠가 옷 좀 제대로 입으라고 하면 죽고 싶을 것 같았다.

"지금 사이즈 몇이니?" 테일러가 놀리듯 물었다.

"B." 거짓말이었다. C에 가까웠다.

테일러는 안심하는 표정이었다. "아, 그럼 아직 나랑 같구나. 나도 B 거든. 너도 내 비키니 입지 그래? 그런 수영복 입으면 수영 선수 팀에 시험 보러 온 줄 알겠다." 테일러는 파란색과 흰색 줄무늬에 옆에 빨간 리본이 달린 비키니를 들어 보였다.

"나 수영 선수 팀 맞거든." 테일러에게 상기시켜 줬다. 나는 동네 수영팀에서 겨울 수영을 했다. 여름에는 항상 커즌스에서 지냈기 때문에 대회에 나가지 못했다. 수영 팀에 들어가면 곧 해변으로 돌아갈 수 있을 것처럼, 여름과 연결된 느낌이 들었다.

"으, 알았어." 테일러가 말했다. 그리고 비키니를 이리저리 흔들었다. "네가 이거 입으면 정말 귀여울 텐데. 갈색 머리칼이랑 커진 가슴이랑."

나는 얼굴을 찡그리며 비키니를 치웠다.

마음 한구석으로는 내가 얼마나 자랐는지, 성숙한 모습을 자랑하며 놀라게 해 주고 싶었지만, 머리로는 그것이 자살 충동이나 다름없음을 알고 있었다. 스티븐 오빠는 내 머리에 타월을 던질 것이고, 나는 열셋이 아니라 열 살 때로 돌아간 느낌이 들 것 같았다.

"왜 그래?"

"수영장에서 수영하고 싶어서." 내가 말했다. 그건 사실이었다. 정말로 그랬으니까.

테일러가 어깨를 으쓱이며 말했다. "좋아. 하지만 남자애들이 너랑 말 안 해도 내게 뭐라고 하지 마."

나는 바로 어깨를 으쓱해 보였다. "걔들이 나한테 말을 하든 말든 상관없어. 걔들을 그런 식으로 생각 안 하니까."

"거짓말! 나랑 알고 지낸 내내 콘래드 얘기만 했으면서! 작년에는 학교에서 남자애들이랑은 말도 안 했잖아."

"테일러, 그건 아주 옛날 일이야. 그들은 나한테는 남매나 마찬가지
야. 스티븐 오빠랑 똑같다고." 나는 운동복 반바지를 입으며 말했다. "너
나 실컷 이야기해."

사실, 나는 다른 이유로 그들을 둘 다 좋아했지만, 테일러에게 그렇다
고 말하고 싶지 않았다. 테일러가 어떤 애를 고르든 내가 버린 상대로 느
껴질 것 같아서였다. 그렇다고 테일러는 흔들리지도 않았다. 어쨌든 테
일러는 콘래드를 고를 생각이었으니까. 나는 콘래드만 빼고 아무나 고르
라고 하고 싶었지만, 그건 진심이 아니었다. 테일러가 제러마이아를 고
른다 해도 나는 질투했을 것이다. 제러마이아는 테일러의 친구가 아니라
'내' 친구였으니까.

테일러가 비키니에 어울리는 선글라스(네 개나 가져왔다.)와 잡지 두
권, 선탠오일을 고르는 데 시간이 끝도 없이 걸렸다. 밖으로 나가니 그들
은 이미 수영장 안에 들어가 있었다.

나는 곧바로 옷을 벗고 뛰어들려고 했지만, 테일러는 폴로 타월을 어
깨에 꼭 묶고 망설였다. 테일러가 작은 비키니 때문에 갑자기 불안해하는
모습을 보니 고소했다. 테일러의 잘난 체에 조금 지쳤던 참이었으니까.

그들은 우리에게 눈길도 주지 않았다. 나는 테일러와 함께 있으면 그
들이 평소와 다르게 행동할까 봐 내심 걱정했다. 하지만 그들은 평소처
럼, 뭐가 그렇게 재밌는지 서로 물에 밀어 넣는 데 열심이었다.

나는 플립플롭을 벗어 던지며 말했다. "물에 들어가자."

"난 좀 누워 있을래." 테일러가 말했다. 드디어 타월을 벗어 라운지체

어에 깔았다. "너도 눕지 않을래?"

"아니, 더워서 수영하고 싶어. 게다가 난 벌써 태닝했거든." 사실이었다. 나는 진한 갈색으로 변하고 있었다. 여름에 나는 완전히 다른 사람이된 것 같았고, 그 점이 가장 좋았다.

반면 테일러는 밀가루 반죽처럼 허옇고 반짝였다. 하지만 테일러가 빠르게 나를 따라잡을 것 같았다. 그게 테일러의 주특기니까.

나는 안경을 벗어 옷가지 위에 뒀다. 그리고 깊은 쪽으로 가서 바로 뛰어들었다. 물은 온몸에 최고의 충격처럼 느껴졌다. 숨을 쉬려고 물 위로 얼굴을 내밀고서 그들에게 다가갔다. "마르코 폴로 하자." 내가 말했다.

콘래드를 물에 집어넣느라 바쁘던 스티븐 오빠가 멈추고 말했다. "마르코 폴로는 식상해."

"치킨 게임 하자." 제러마이아가 제안했다.

"그게 뭐야?" 내가 물었다.

"둘씩 짝을 지어서 한 사람이 어깨에 올라가 상대를 끌어 내리는 거야." 오빠가 설명했다.

"재미있어, 진짜." 제러마이아가 나를 설득했다. 그러고는 테일러를 불렀다. "타일러, 같이 치킨 게임 할래? 겁이 많아서 안 하나?"

테일러는 잡지에서 눈을 들었다. 선글라스 때문에 테일러의 눈이 보이지 않았지만, 짜증 난 것이 분명했다. "타일러가 아니라 테일-러야, 제러미. 그리고 됐어. 게임은 하고 싶지 않아."

스티븐 오빠와 콘래드가 눈빛을 주고받았다. 무슨 생각을 하는지 알 것 같았다. "그러지 말고 이리 와, 테일러. 재미있을 거야." 내가 어이없다는 표정으로 말했다. "겁쟁이처럼 굴지 말고."

테일러는 한숨을 푹 쉬는 척하더니 잡지를 내려놓고 일어나서 비키니를 매만졌다. "선글라스 벗어야 해?"

제러마이아가 씩 웃었다. "나랑 한 팀이면 안 벗어도 돼. 넌 떨어지지 않을 테니까."

테일러는 어쨌든 선글라스를 벗었고, 나는 그제야 우리 수가 홀수라 누군가는 빠져야 한다는 사실을 깨달았다. "나는 구경할게." 게임을 하고 싶었지만 나는 그렇게 말했다.

"괜찮아. 내가 안 할 거야." 콘래드가 말했다.

"두 판 하면 되지." 스티븐 오빠가 말했다.

콘래드가 어깨를 으쓱였다. "괜찮아." 그리고 수영장 옆쪽으로 헤엄쳐 갔다.

"나는 테일−러!" 제러마이아가 외쳤다.

"불공평해. 쟤가 더 가볍잖아." 스티븐 오빠가 말했다. 그리고 내 표정을 보더니 변명했다. "네가 쟤보다 키가 커서 그래."

게임을 하고 싶은 마음이 싹 사라졌다. "그럼 내가 빠지면 되겠네? 오빠 허리를 부러뜨리긴 싫으니까."

제러마이아가 말했다. "아아, 나랑 한 팀 해, 벨리. 쟤들을 쓰러뜨리자. 네가 꼬마 테일−러보다 훨씬 강할 거야."

테일러는 계단을 딛고 수영장으로 천천히 들어오며 수온에 몸을 움츠렸다. "나도 아주 강하거든, 제러미." 테일러가 말했다.

그때 제러마이아가 물속에 쪼그리고 앉더니 나를 어깨에 얹었다. 처음에는 미끄러워서 어깨에 올라타기가 어려웠다. 타고 나자 제러마이아가 일어서며 몸을 세웠다.

나는 움찔거리며 제러마이아의 머리를 붙잡고서 균형을 잡았다. "나 너무 무거워?" 내가 조용히 물었다. 제러마이아가 워낙 빳빳하고 말라서 내가 그를 부러뜨릴까 겁났다.

"넌, 깃털처럼, 가벼워." 제러마이아가 숨을 몰아쉬면서 내 다리를 붙잡고 거짓말을 했다.

그 순간 제러마이아의 정수리에 키스하고 싶었다.

맞은편에서는 테일러가 스티븐 오빠 어깨에 올라앉아 키득거리면서 오빠 머리카락을 잡아당기며 균형을 잡으려 하고 있었다. 오빠는 언제라도 테일러를 들어 내던지고 싶은 표정이었다.

"준비됐어?" 제러마이아가 물었다. 그러고는 낮은 목소리로 내게 속삭였다. "가만히 있는 게 요령이야."

스티븐 오빠가 고개를 끄덕였고, 우리는 수영장 가운데로 어기적거리며 나아갔다.

수영장 가장자리에 있던 콘래드가 말했다. "준비, 시작!"

테일러와 나는 서로에게 팔을 뻗어 밀고 쳤다. 테일러는 계속 키득거리다가 내가 한 번 세게 밀자 "앗, 젠장!"이라고 하더니 오빠와 함께 자빠졌다.

제러마이아와 나는 웃음을 터뜨리며 하이 파이브를 했다. 수면 위로 나온 스티븐 오빠는 테일러를 노려보며 말했다. "꽉 잡으라고 했잖아."

테일러는 오빠 얼굴에 물을 튕기며 말했다. "잡았거든!" 테일러의 아이라이너가 번지고 마스카라는 흐르기 시작했다. 그래도 여전히 예뻐 보였다.

제러마이아가 말했다. "벨리?"

내가 "응?" 했다. 그 높이가 꽤 편하게 느껴지기 시작했다.

"조심해." 제러마이아가 앞으로 고꾸라져 나는 물속에 날아들었고, 그도 마찬가지였다. 웃음이 멈추지 않아 물을 한 주전자는 마셨지만 상관없었다.

우리가 함께 머리를 내밀었을 때, 나는 제러마이아에게 불쑥 다가가 기습으로 그의 머리를 물에 다시 밀어 넣었다.

그때 테일러가 말했다. "다시 하자. 이번에는 제러미랑 할래. 스티븐, 벨리랑 한 팀 해."

스티븐 오빠는 여전히 부루퉁한 표정으로 콘래드에게 말했다. "콘, 네가 나 대신 해."

"좋아." 콘래드는 전혀 원하지 않는 목소리로 대답했다.

콘래드가 내 쪽으로 헤엄쳐 오자, 나는 변명하듯 말했다. "나 그렇게 무겁진 않아."

"무겁다고 안 했어." 콘래드가 내 앞에서 몸을 수그렸고 나는 그의 어깨 위에 올라갔다. 그의 어깨는 제러마이아보다 근육이 많고 탄탄했다. "잘 올라갔어?"

"응."

맞은편에서는 테일러가 제러마이아 어깨에 오르지 못하고 있었다. 테일러는 자꾸 미끄러지며 웃었다. 둘은 즐거워했다. 너무나 즐거워했다. 나는 질투 섞인 마음으로 두 사람을 보느라 콘래드가 내 다리를 잡고 있다는 사실을 잊고 있었다. 내가 기억하는 한, 콘래드는 우연으로도 내 무릎을 건드리는 일이 없었다.

"어서 시작하자." 내가 말했다. 내 목소리는 내가 듣기에도 질투가 가득했다. 나는 그게 싫었다.

콘래드는 어렵지 않게 수영장 가운데로 이동했다. 나는 그가 어깨에 내 체중을 싣고도 쉽게 돌아다니는 것에 놀랐다.

"준비됐어?" 콘래드가 제러마이아와 겨우 자리를 잡은 테일러에게 말했다.

"응!" 테일러가 외쳤다.

나는 머릿속으로 '넌 떨어질 거다, 주얼.'이라고 말했다. "응." 나도 크게 외쳤다.

나는 몸을 앞으로 내밀어 양손으로 테일러를 세게 밀었다. 테일러는 옆으로 휘청했지만 떨어지지 않고 외쳤다. "야!"

나는 미소를 지으며 "왜?"라고 대꾸했다. 그러고는 테일러를 다시 밀었다.

테일러가 눈을 가늘게 뜨며 나를 밀었지만, 나를 떨어뜨릴 만큼 세지는 않았다.

그러고 나서 우리는 서로 밀치기 시작했다. 콘래드의 어깨는 안정감이 있어서 훨씬 더 쉽게 공격할 수 있었다. 내가 한 번 힘껏 밀치자 테일러는 앞으로 고꾸라졌지만, 제러마이아는 여전히 서 있었다. 나는 크게 손뼉을 쳤다. 아주 재미있었다.

콘래드가 하이 파이브를 하자고 손을 내밀어서 나는 놀랐다. 그는 하이 파이브 같은 것을 안 하는 사람이니까.

수면 위로 올라온 테일러는 웃지 않았다. 테일러의 금발은 물에 흠뻑 젖어 헝클어져 있었다. 테일러가 "이 게임 별로야. 난 그만할래."라고 말했다.

"지면 꼭 저러더라." 내가 말했고, 콘래드가 나를 물속에 내려 줬다.

"잘했어." 콘래드가 드물게 미소를 지어 줬다. 그 미소 한 방에 로또에 당첨된 기분이 들었다.

"난 이기려고 게임 해." 내가 말했다. 콘래드 역시 나와 같다는 걸 나는 알고 있었다.

극장에서 함께 트위즐러를 먹은 며칠 뒤, 제러마이아가 말했다. "오늘 벨리에게 수동 기어 운전하는 법을 가르쳐 주려고."

"정말?" 내가 반가워하며 물었다. 일주일 만에 맞이한 맑은 날이었다. 운전하기 좋은 날씨였다. 제러마이아가 쉬는 날인데도 내게 운전을 가르쳐 준다니 믿을 수 없었다. 그 전 해부터 가르쳐 달라고 졸랐었다. 스티븐 오빠는 세 번 가르쳐 주고는 포기했다.

스티븐 오빠는 고개를 저으며 식탁 위 오렌지 주스를 한 모금 마셨다. "죽고 싶냐, 친구? 벨리 때문에 둘 다 죽을 거다. 네 차 클러치도 사망할 거고. 하지 마. 친구로서 하는 조언이다."

"시끄러워, 오빠!" 식탁 밑으로 오빠를 걷어차며 외쳤다. "오빠가 잘못 가르쳐서 그런 거야······." 평행 주차를 가르칠 때 내가 펜더에 아주 작은 흠집을 낸 뒤로 오빠는 다시는 운전을 가르쳐 주지 않으려고 했다.

"나는 잘 가르칠 자신 있어." 제러마이아가 말했다. "나한테 다 배우고

~ 082 ~

나면, 벨리가 너보다 더 잘할걸."

오빠가 코웃음을 쳤다. "어디 잘해 봐라." 그리고는 눈살을 찌푸렸다. "얼마나 연습할 건데? 골프 연습장에 가기로 했잖아."

"우리랑 같이 가자." 내가 제안했다.

오빠는 내 말을 무시하고 제러마이아에게 말했다. "너 스윙 연습 좀 해야 해, 친구."

제러마이아는 나를 보며 망설였다. "점심때까지 올게. 그다음에 가 자." 제러마이아가 말했다.

오빠는 어이없다는 표정을 지었다. "좋아." 오빠가 속상하고 서운해하 는 걸 보고 나는 우쭐해지면서 동시에 오빠가 안쓰러웠다. 오빠는 나처 럼 혼자 남는 데 익숙하지 않았으니까.

우리는 해변 반대편으로 가는 도로에서 연습했다. 조용했다. 도로에 는 우리 둘뿐, 아무도 없었다. 우리는 제러마이아가 가지고 있는 백만 년 된 시디 《네버마인드(Nevermind)》를 들었다.

"여자가 수동 기어 차를 운전하면 멋있어." 커트 코베인의 노래를 배경 으로 제러마이아가 말했다. "자신만만하고 유능하다는 뜻이거든."

나는 일단 기어를 넣고 클러치에서 살그머니 발을 뗐다. "남자들은 여 자가 아무것도 못해야 좋아하는 줄 알았는데."

"그것도 좋아하지. 하지만 나는 똑똑하고 자신감 있는 여자가 더 좋 더라."

"뻥. 넌 테일러를 좋아했잖아. 걔는 그렇지 않아."

제러마이아는 앓는 소리를 내면서 창밖으로 팔을 내밀었다. "그 얘길 또 꺼내야겠냐?"

"사실인걸. 걔는 그렇게 똑똑하지도, 자신만만하지도 않았으니까."

"그럴지도 모르지. 하지만 확실히 능수능란하긴 했어." 제러마이아는 이렇게 말하고서 웃음을 터뜨렸다.

나는 그의 팔을 세게 때렸다. "징그러워." 내가 말했다. "그리고 거짓말이잖아. 너희 그 단계까지 못 간 거, 다 알거든."

제러마이아가 웃음을 멈췄다. "그래, 맞아. 못 갔어. 그래도 걔 키스는 잘했어. 스키틀즈(겉에 설탕이 코팅되어 있는 초코 볼 모양의 젤리-옮긴이) 맛이 났어."

테일러는 스키틀즈를 좋아했다. 몸에 좋은 것이라도 되는 양 스키틀즈를 비타민처럼 늘 입에 달고 살았다. 테일러에 비해 나는 어떤지, 나도 키스를 잘한다고 생각하는지 궁금했다.

제러마이아를 살그머니 훔쳐보니 그도 내 표정을 읽은 것이 분명했다. 웃으면서 이렇게 말했으니까. "하지만 벨스, 네가 최고였어."

내가 팔을 때려도 제러마이아는 웃음을 멈추지 않았다. 더 크게 웃을 뿐. "클러치에서 발 떼지 마." 제러마이아가 숨이 넘어갈 듯 웃으며 말했다.

나는 제러마이아가 기억하는 것에 좀 놀랐다. 내가 기억하는 이유는 첫 키스 상대가 제러마이아였기 때문이다. 하지만 그도 그 키스를 기억하고 있다니, 웃어도 괜찮았다.

"네가 내 첫 키스였어." 내가 말했다. 그 순간만큼은 무슨 말이라도 할 수 있을 것 같았다. 우리가 커서 상황이 복잡해지기 전, 예전으로 돌아간 느낌이었다. 편안하고 친근하고 일상 같았다.

제러마이아는 당황하며 시선을 돌렸다. "응, 알아."

"어떻게 알았어?" 내가 따졌다. 그가 눈치챌 정도로 내가 그렇게 서툴렀나? 창피했다.

"음, 테일러가 알려 줬어. 나중에."

"뭐? 걔가 그런 짓을 하다니 믿을 수가 없네. 배신자 같으니라고!" 나는 차를 멈출 뻔했다. 사실, 테일러가 그런 짓을 한 건 충분히 있을 수 있는 일이었다. 그래도 배신으로 느껴졌다.

"뭐 별거라고." 하지만 제러마이아의 뺨이 붉어졌다. "아니, 내 말은, 내가 처음 키스할 때 엉망이었거든. 걔는 내가 잘 못한다고 계속 말했어."

"누구야? 누구랑 첫 키스를 했는데?"

"너는 모르는 애야. 신경 쓰지 마."

"어서." 내가 졸랐다. "말해 줘."

그때 갑자기 엔진이 멈추었고 제러마이아가 말했다. "클러치를 밟고 기어를 중립에 둬."

"말해 주기 전엔 안 해."

"……알았어. 크리스티 턴덕이었어." 제러마이아가 고개를 숙이며 말했다.

"턴덕이랑 키스했다고?" 내가 웃을 차례였다. 나는 크리스티 턴덕을 잘 알았다. 우리처럼 늘 커즌스 해변에 나와서 놀던 아이였다. 다만, 그 아이는 거기 계속 살았다.

"걔가 날 엄청나게 좋아했거든." 제러마이아가 어깨를 으쓱해 보이며 말했다.

"콘이랑 우리 오빠한테도 말했어?"

"아니. 턴덕이랑 키스했다고 말하다니!" 제러마이아가 말했다. "너도 말하지 마! 새끼손가락 걸고 약속해."

나는 새끼손가락을 내밀었고, 우리는 손가락을 걸고 흔들었다.

"크리스티 턴덕. 걔는 키스를 잘했어. 걔가 내게 많은 걸 가르쳐 줬지. 지금은 어떻게 지내는지 모르겠네."

나는 턴덕이 나보다 키스를 잘하는지 궁금했다. 제러마이아를 가르쳤다면, 분명 그랬을 테지만.

또 엔진이 멈췄다. "어렵다. 그만할래."

"너 아직 멀었어." 제러마이아가 타이르듯 말했다. "될 때까지 해야지. 자, 어서."

나는 한숨을 쉬며 다시 시동을 걸었다. 두 시간 뒤, 나는 드디어 깨우쳤다. 어느 정도는. 여전히 시동을 꺼뜨리기는 했지만, 그래도 나아졌다. 차가 달리고 있었다. 제러마이아는 내게 소질이 있다고 했다.

집에 돌아오니 4시가 넘었고 스티븐 오빠는 나가고 없었다. 기다리다 지쳐 골프 연습장에 혼자 간 것 같았다. 엄마와 수재나 아줌마는 아줌마 방에서 옛날 영화를 보고 있었다. 커튼을 치고 있어서 방이 어두웠다.

나는 잠시 그 방 앞에 서서 웃음소리를 들었다. 나만 소외된 느낌이었다. 두 사람의 관계가 부러웠다. 둘은 완벽하게 손발이 맞는 조종사 같았다. 내게는 그런 친구가 없었다. 무슨 일이 있어도 영원할 우정을 쌓은 친구 말이다.

방문을 살짝 열고 얼굴을 내밀자 수재나 아줌마가 말했다. "벨리! 우리랑 같이 영화 보자."

나는 침대에 누운 둘 사이로 기어들어 갔다. 살짝 어두운 방 침대에 누워 있으니 동굴에 들어온 듯 아늑했다. "제러마이아가 운전 가르쳐 줬어요." 내가 말했다.

"착한 녀석." 아줌마가 살짝 미소를 지었다.

"용감하기도 하네." 엄마가 말했다. 그리고 내 코를 꼭 쥐었다.

나는 이불 속으로 쏙 들어갔다. 제러마이아는 정말 대단했다. 아무도 나서지 않는 운전 연습을 데리고 나간 것도 고마웠다. 내가 차를 몇 번 들이받았다고 해서 다른 사람처럼 운전할 수 없다는 뜻은 아니었다. 제러마이아 덕분에 나는 수동 기어 운전을 할 수 있게 됐다. 나도 유능하고 자신감 있는 여자가 될 수 있었다. 면허를 따면 수재나 아줌마의 집에 가서 제러마이아와 드라이브를 하러 갈 생각이었다. 고마움의 표시로.

18

14세

테일러는 샤워하고 나오더니 가방을 뒤지기 시작했다. 나는 침대에 누워 그 모습을 지켜봤다. 테일러는 작은 구멍이 있는 흰색 아일렛 원피스, 하와이안 프린트 원피스, 검은색 리넨 원피스, 이렇게 세 종류의 원피스를 꺼내 침대 위에 펼쳤다. "오늘 밤에 뭐 입지?" 테일러가 그런 질문을 던지면 나는 시험을 치르는 기분이었다.

그런 시험을 치를 때마다 내 의견을 밝히고 인정받아야 하는 것이 지겨웠다. "테일러, 그냥 저녁 먹는 거야. 특별한 곳에 가는 것도 아니고."

테일러가 나를 향해 고개를 젓자 머리를 감싼 타월이 흔들렸다. "하지만 오늘 밤에 보드워크에 가잖아, 기억 안 나? 그럼 귀엽게 하고 가야지. 그들도 갈 텐데. 네 옷은 내가 골라 줄게, 응?"

테일러가 내 옷을 골라 줄 때면 나는 공부밖에 모르고 살다가 졸업 파티에서 화려하게 변신하는 아이가 된 기분이 들었지만, 지금은 옷 입는 센스라곤 전혀 없는 애 엄마라도 된 것처럼 느껴졌다.

나는 원피스를 한 벌도 가져오지 않았다. 사실, 전에도 가져온 적이 없었다. 그럴 생각조차 안 해 봤다. 어차피 원피스라고 해 봐야 두 벌뿐이었다. 할머니가 부활절에 입으라고 사 주신 것과 8학년 졸업식에 입었던 것뿐이다. 둘 다 맞지도 않았다. 너무 길거나 허리가 꼭 끼거나 했다. 원피스는 생각해 본 적도 없는데, 테일러가 침대 위에 그렇게 늘어놓은 옷들을 보니 샘도 났다.

"난 차려입지 않을 거야." 내가 말했다.

"가져온 거나 보자." 테일러가 내 옷장으로 다가가며 말했다.

"테일러, 싫다고 했잖아! 난 이거 입을 거야." 나는 반바지와 커즌스 해변이 그려진 티셔츠를 가리키며 말했다.

테일러는 얼굴을 찡그렸지만 물러나 세 벌의 원피스를 늘어놓은 침대로 돌아갔다. "좋아. 네 마음대로 해, 투덜이. 그럼 난 뭘 입을까?"

나는 한숨을 쉬었다. "검정." 나는 눈을 질끈 감고서 말했다. "어서 옷 좀 입어."

그날 밤 저녁 식사는 구운 관자와 아스파라거스였다. 엄마는 늘 레몬, 올리브유, 채소를 곁들인 해산물 위주의 요리를 했다. 매번. 항상 부야베스를 먹는 첫날 말고는 수재나 아줌마가 어떤 요리를 할지 궁금했다. 수재나 아줌마는 오후 내내 주방에서 무화과를 넣은 모로코식 치킨처럼 내가 먹어 본 적 없는 것을 만들기도 했다. 아줌마는 기름이 묻고 가장자리에 메모를 끼적인 여성청년연맹 요리책을 꺼내 두기도 했는데, 엄마는 그걸 보고 놀랐다. 아줌마는 케첩을 곁들인 미국식 치즈 오믈렛과 토스트를 만들기도 했다. 일주일에 한 번은 우리가 요리를 맡기로 했는데, 그런 날에는 주로 햄버거나 냉동 피자였다. 하지만 우리는 대부분 원하는 것을 원하는 시간에 먹었다. 나는 이 별장의 그런 점이 좋았다. 집에서는 매일 저녁 6시 30분 정각에 저녁을 먹었다. 별장에서는 모든 것이 느긋하게 느껴졌다. 우리 엄마까지도.

테일러가 다가오더니 말했다. "로럴 아줌마, 우리 나이 때 수재나 아줌마랑 한 일 중에 가장 엉뚱한 게 뭐였어요?" 테일러는 항상 파자마 파티에 온 것처럼 말했다. 어른이든, 남자아이들이든, 카페테리아 직원이든, 모두에게.

엄마와 아줌마는 마주 보고 미소를 지었다. 둘만 알고 말 안 하는 일이 있었던 것이다. 엄마는 냅킨으로 입을 닦더니 말했다. "밤에 골프 코스에 몰래 들어가서 데이지를 심었어."

나는 거짓말이란 것을 알았지만 오빠와 제러마이아는 웃었다. 오빠는 짜증 나게 잘난 체하는 말투로 말했다. "두 분은 10대 때도 지루했네요."

"난 정말 귀엽다고 생각해." 테일러가 접시에 케첩을 짜면서 말했다. 테일러는 모든 음식을 케첩에 찍어 먹었다. 달걀, 피자, 파스타, 전부.

듣지도 않는 줄 알았던 콘래드가 말했다. "거짓말이죠? 그게 가장 엉뚱한 일은 아니잖아요."

수재나 아줌마가 '항복할게.'라는 시늉으로 양손을 들었다. "엄마들도 비밀은 있어야지. 너희한테도 비밀을 안 물어보잖니, 안 그래?"

"아니, 물어보잖아." 제러마이아가 말했다. 그리고 포크를 흔들며 덧붙였다. "엄만 항상 물어봐. 내가 일기를 쓰면 엄마는 그것도 읽어 볼걸."

"아니, 안 그래." 아줌마가 항변했다.

엄마가 말했다. "응, 읽을 거야. 그러니 쓰지 마."

수재나 아줌마가 엄마를 노려봤다. "절대 안 그럴 거야." 그런 다음 아줌마는 나란히 앉은 콘래드와 제러마이아에게 말했다. "좋아, 읽어 볼 수는 있어. 하지만 콘래드 것만. 쟤는 죄다 감춰서 무슨 생각을 하는지 모르겠으니까. 하지만 넌 아니다, 제러마이아. 우리 막내는 심장을 여기 달고 다니지." 아줌마는 손을 뻗어 제러마이아의 티셔츠 소매를 건드렸다.

"아냐, 안 그래." 제러마이아는 접시의 관자를 찌르며 말했다. "나도 비밀은 있어."

그때 테일러가 말했다. "당연하지, 제러미." 메슥거릴 정도로 관심을 드러내는 말투였다.

제러마이아는 테일러를 향해 씩 웃었고 나는 아스파라거스를 뱉고 싶었다.

내가 말했다. "테일러랑 나는 오늘 밤에 보드워크에 갈 거야. 누가 우리 데려다줄래?"

엄마나 수재나 아줌마가 대답하기 전에 제러마이아가 말했다. "어, 보드워크. 우리도 보드워크에 갈까 하는데." 콘래드와 스티븐 오빠를 돌아보며 제러마이아가 덧붙였다. "그렇지?" 평소라면 내가 가는 곳에 그들도 간다는 말을 듣고 기뻐했을 테지만, 그때만큼은 아니었다. 나 때문이 아니란 것을 알았으니까.

테일러는 갑자기 관자를 작게 자르는 데 집중하고 있었다. 테일러도 자기 때문이란 것을 알고 있었다.

"보드워크 별로야." 스티븐 오빠가 말했다.

콘래드가 말했다. "난 관심 없어."

"누가 초대라도 했어?" 내가 말했다.

스티븐 오빠가 어이없다는 표정을 지었다. "보드워크에는 초대하는 게 아니야. 그냥 가는 거지. 여긴 자유 국가라고."

"자유 국가 맞나?" 엄마가 말했다. "그 말을 깊이 생각해 보렴, 스티븐. 자유권에 대해 생각해 봤니? 우리가 정말로 자유를……."

"로럴, 부탁이야." 수재나 아줌마가 고개를 저으며 말했다. "저녁 식탁에서 정치 이야기는 하지 말자."

"정치 담론에 이보다 더 좋은 시간이 있는지 모르겠네." 엄마가 차분히 말했다. 그리고 나를 봤다. 나는 입 모양으로 "제발 그만해."라고 말했고 엄마는 한숨을 쉬었다. 엄마가 작정하고 시작하기 전에 막는 편이 나았다. "그래, 알았어. 정치 얘기는 그만. 나는 시내 서점에 갈 거야. 가는 길에 너희를 데려다줄게."

"고마워, 엄마." 내가 말했다. "테일러랑 나만 갈 거야."

제러마이아는 내 말을 무시하고 오빠와 콘래드에게 말했다. "같이 가자. 근사할 거야." 온종일 모든 것이 근사하다고 말한 테일러의 말투까지 따라 했다.

"좋아, 하지만 난 게임 아케이드에 갈 거야." 오빠가 말했다.

"형은?" 제러마이아가 콘래드에게 묻자, 콘래드는 고개를 저었다.

"가자, '콘'." 테일러가 포크로 콘래드를 찌르며 말했다. "우리랑 같이 가자."

콘래드는 고개를 저었고 테일러는 얼굴을 찌푸렸다. "좋아. 우리끼리 아주 근사하게 보낼게."

제러마이아가 말했다. "형 걱정은 안 해도 돼. 형은 여기서 《브리태니커 백과사전》을 읽으면서 아주 근사하게 지낼 테니까." 콘래드는 그 말을 무시했지만, 테일러는 키득거리며 머리카락을 귀 뒤로 넘겼다. 제러마이아를 좋아하게 됐다는 뜻이었다.

수재나 아줌마가 말했다. "아이스크림 사 먹을 돈 꼭 가져가렴." 그해 여름, 나는 아줌마가 서로 잘 어울리는 우리의 모습을 보며 행복해한다는 걸 알 수 있었다. 혼자 있는 걸 좋아하는 콘래드는 예외였지만. 아줌마는 우리가 특별한 활동을 계획할 때 가장 즐거워했다. 아줌마는 아마 훌륭한 캠프 디렉터가 되었을 수도 있었을 것이다.

차 안에서 엄마와 오빠, 제러마이아가 나오기를 기다리면서 내가 속삭였다. "나는 네가 콘래드를 좋아하는 줄 알았는데."

테일러는 어이없다는 표정을 지었다. "뭔 소리? 걔는 지루해. 제러미가 좋은 것 같아."

"제러마이아야." 내가 부루퉁한 목소리로 말했다.

"나도 알아." 테일러가 나를 보더니 눈이 동그래졌다. "왜, 너 이제 걔 좋아해?"

"아니!"

테일러는 짜증 난다는 투로 한숨을 내쉬었다. "벨리, 한 명만 골라야지. 네가 둘 다 가질 순 없어."

"나도 알아." 내가 딱 잘라 말했다. "그리고 알아 둬. 난 둘 다 원하지 않아. 그들이 날 그런 식으로 보지도 않고. 어차피 스티븐 오빠처럼 날 보는걸. 동생으로 말이야."

테일러가 내 티셔츠 깃을 잡아당겼다. "음, 네가 가슴골을 좀 드러내면……."

나는 테일러의 손을 뿌리쳤다. "난 '가슴골' 안 보일 거야. 그리고 아무도 안 좋아한다고 했잖아. 이젠 안 좋아해."

"그럼 내가 제러미를 좋아해도 상관없어?" 테일러가 물었다. 묻는 이유는 오로지 앞으로 죄책감을 면제받기 위함이었다. 죄책감을 느낄 리도 없지만.

그래서 내가 말했다. "내가 상관있다고 하면, 그만둘래?"

테일러는 한 1초쯤 생각하더니 말했다. "그럴 수도 있지. 네가 정말, 진심으로 상관있다고 하면. 그럼 난 콘래드를 좋아할래. 난 여기 재미있게 놀려고 왔거든, 벨리."

나는 한숨을 쉬었다. 테일러는 적어도 솔직하기는 했다. 나는 '나'랑 재미있게 놀러 온 줄 알았다고 말하고 싶었다. 하지만 말하지 않았다.

"걔랑 사귀어도 돼." 내가 말했다. "난 상관없어."

테일러가 눈썹을 꿈틀거리는 특유의 표정을 지었다. "야호! 그럼, 시작이다."

"잠깐." 내가 테일러의 손목을 잡으며 말했다. "제러마이아에게 잘해 줄 거라고 약속해."

"물론 잘해 주지. 난 원래 남한테 잘하잖아." 테일러가 내 어깨를 토닥였다. "벨리, 넌 왜 그렇게 걱정이 많니? 내가 말했잖아. 재미있게 놀고 싶은 것뿐이라고."

보드워크에 도착하자 오빠는 곧바로 게임 아케이드로 가서 내내 거기 있었다. 제러마이아는 우리랑 함께 돌아다니며 시시하다던 회전목마도 탔다. 제러마이아는 썰매에 드러누워 자는 척했고 테일러와 나는 목마를 타고 오르락내리락했다. 내 말은 금색의 팔로미노, 테일러는 검은색 종마였다. (인정하지는 않았지만, 테일러가 가장 좋아하는 책은 여전히 《블랙뷰티(Black Beauty)》였다.) 그리고 테일러는 제러마이아에게 동전 던지기로 트위티 버드 인형을 따 달라고 했다. 트위티 버드는 테일러와 키가 비슷할 정도로 컸다. 동전 던지기 선수였던 제러마이아는 인형을 따 줬다.

나는 그곳에 따라간 것을 후회했다. 그날 밤에 내가 투명 인간이나 다름없는 처지일 것을 예상할 수 있었는데……. 내 방에 누워 옆 방 콘래드의 기타 연주를 듣거나, 수재나 아줌마랑 엄마와 우디 앨런 영화를 보는 편이 나았겠다는 생각이 내내 들었다. 심지어 우디 앨런을 좋아하지 않는데도 말이다. 일주일 내내 그런 식일까 싶어서 한심했다. 테일러는 원하는 것이 생기면 무슨 일이 있어도 투지와 결의로 매달리는 성격이라는 사실을 잊고 있었다. 테일러는 이곳에 도착하자마자 이미 내 존재를 잊고 있었다.

커즈스에 도착한 지 얼마 되지 않은 것 같은데 어느새 스티븐 오빠가 떠나는 날이 왔다. 오빠와 아빠는 대학 견학 여행을 떠났고, 끝난 뒤에는 커즈스가 아닌 집으로 갈 예정이었다. 대학 시험 준비를 위해서라고는 하지만, 새로 사귄 여자 친구와 놀기 위해서였다.

나는 오빠가 짐 싸는 것을 보러 방으로 갔다. 짐은 달랑 가방 하나였다. 오빠가 떠나는 것을 보니 문득 슬퍼졌다. 오빠가 없으면 모든 것이 균형을 잃을 것만 같았다. 오빠는 아무것도 변하지 않는다는, 모든 것이 그대로 유지될 수 있다는 사실을 상기시켜 주는 현실의 존재, 완충 장치였다. 왜냐하면, 오빠는 변하지 않았으니까. 언제나 심술궂고 견디기 어려운 오빠는 내 삶의 골칫거리였으니까. 그래서 오빠는 젖은 강아지 냄새가 나는 옛날 플란넬 담요처럼, 퀴퀴하지만 위안이 되는, 내 세상을 이루는 초석 같은 존재였다. 오빠가 거기 있으면 모든 것이 변하지 않을 것 같았다.

"오빠가 안 가면 좋겠다." 내가 무릎을 끌어안으며 말했다.

"한 달 뒤면 올 거야." 오빠가 말했다.

"한 달 반이지." 내가 시무룩한 말투로 정정했다. "내 생일에도 함께 못 있잖아."

"집에서 만나면 선물 줄게."

"그래도." 어리광이라는 것을 알면서도 어쩔 수 없었다. "최소한 엽서는 보내 줄 거지?"

오빠는 가방 지퍼를 닫았다. "시간이 있을지 모르겠네. 그래도 문자 메시지는 보낼게."

"프린스턴 티셔츠 사 올 거지?" 나는 대학 티셔츠를 어서 입고 싶었다. 그것은 비록 대학생이 아니더라도, 대학생이나 다름없는, 성인임을 증명하는 배지 같았다. 서랍 가득 대학 티셔츠를 갖고 싶었다.

"안 잊어버리면." 스티븐 오빠가 말했다.

"내가 기억나게 해 줄게. 메시지 보낼게."

"좋아. 그게 네 생일 선물이다."

"좋아." 나는 오빠 침대에 누워 벽에 발을 올렸다. 오빠가 싫어하는 행동이었다. "오빠가 보고 싶을 것 같아, 조금."

"콘래드에게 침 흘리느라 바빠서 내가 없는 것도 모를걸."

나는 오빠를 향해 혀를 내밀었다.

스티븐 오빠는 그다음 날 아주 이른 아침에 떠났다. 콘래드와 제러마이아가 공항에 데려다주기로 했다. 나는 인사를 하러 내려가기는 했지만 따라가지는 않았다. 오빠가 원하지 않았으니까. 오빠는 남자들만의 시간을 원했고, 그때만큼은 나도 고집부리지 않고 그 시간을 허락했다.

포옹하며 작별 인사를 하는데, 오빠가 슬픈 눈으로 얼굴을 살짝 찌푸리며 특유의 잘난 체하는 표정으로 말했다. "바보 같은 짓은 하지 마, 알겠지?" 오빠는 그것이 아주 중요한 이야기라는 듯, 내가 꼭 알아들어야 한다는 듯, 몹시 의미심장하게 말했다.

하지만 나는 알아듣지 못했다. "오빠나 바보 같은 짓 하지 마, 멍청이."

오빠는 한숨을 쉬고 어린아이에게 하듯이 고개를 절레절레 저었다.

나는 오빠 말에 신경 쓰지 않으려고 했다. 결국, 오빠는 떠날 테고 오빠가 없으면 모든 상황이 달라질 테니까. 적어도 시시한 말다툼 없이 보내 주고 싶었다. "아빠한테 인사 전해 줘." 내가 말했다.

나는 곧바로 침대로 돌아가지 않았다. 눈물을 글썽이며 한동안 침울한 상태로 현관에 서 있었다. 내가 그렇게까지 슬퍼했다고 오빠에게 말할 생각은 없었다.

여러모로 그때가 마지막 여름 같았다. 그해 가을, 콘래드는 대학 생활을 시작했다. 브라운대학교에서. 그는 다음 해 여름에 돌아오지 않을 수도 있었다. 인턴을 하거나 계절 학기를 수강하거나 새로 사귄 기숙사 친구들과 유럽으로 배낭여행을 갈 수도 있었다. 그리고 제러마이아는 늘 이야기하던 풋볼 캠프에 갈 수도 있었다. 그때와 지금 사이에 많은 일이 일어날 수 있었다. 그해 여름을 최대한 즐겨야겠다는 생각이 들었다. 이 여름이 다시 돌아오지 못할 수도 있으니, 정말 기억에 남는 여름으로 만들고 싶었다. 어쨌든 나도 곧 열여섯 살이었다. 나도 나이가 들었다. 모든 것이 영원히 같을 수는 없었다.

20

11세

우리 넷은 모래사장에 펼쳐 놓은 커다란 담요 위에 누워 있었다. 콘래드, 스티븐 오빠, 제러마이아, 그리고 가장자리에 나. 그곳이 내 자리였다. 그들이 나를 데려가 주면 말이다. 그날은 나도 따라간 드문 하루였다.

이미 오후였고, 너무 더워서 머리에 불이 붙은 것만 같았다. 나는 그들이 카드 게임 하는 소리를 듣고 있었다.

제러마이아가 말했다. "올리브유에 튀겨지는 게 나아, 뜨거운 버터나이프에 산 채로 가죽이 벗겨지는 게 나아?"

"올리브유." 콘래드가 자신 있게 말했다. "더 빨리 끝나잖아."

"올리브유." 나도 따라 말했다.

"버터나이프." 스티븐 오빠가 말했다. "내가 싸워 이겨서 그놈 가죽을 벗길 가능성이 크니까."

"그건 선택지가 아니었어." 콘래드가 오빠에게 말했다. "어떻게 죽겠느냐는 질문이었잖아. 상황을 역전하느냐가 아니라."

"좋아. 그럼 올리브유." 오빠가 퉁명스럽게 말했다. "넌 뭐야, 제러마이아?"

"올리브유." 제러마이아가 말했다. "자, 형 차례야."

콘래드가 찡그린 눈으로 태양을 올려다보며 말했다. "완벽한 하루를 여러 번 반복해서 사는 게 좋아, 아니면 완벽한 날은 없어도 그럭저럭 괜찮은 날들을 계속 사는 게 좋아?"

제러마이아는 잠시 아무 말도 하지 않았다. 제러마이아는 이 게임을 좋아했다. 그는 이런저런 가능성을 궁리하는 것을 좋아했다. "그 완벽한 하루를 〈사랑의 블랙홀(Groundhog Day)〉처럼 계속 다시 산다는 사실을 내가 알 수 있어?"

"아니."

"그럼 완벽한 날로 할래." 제러마이아가 결정했다.

"음, 만약 그 완벽한 날에……." 스티븐 오빠가 나를 보더니 말을 멈췄다. 오빠가 그럴 때면 기분이 나빴다. "나도 완벽한 날로 할래."

"벨리는?" 콘래드가 날 봤다. "너는 뭘 고를래?"

정답을 찾느라 머릿속이 빙글빙글 돌았다. "음, 나는 괜찮은 하루하루를 살래. 그러면 완벽한 날을 기대할 수 있잖아." 내가 말했다. "하루만 계속 반복해서 살고 싶진 않아."

"그래. 하지만 너는 그걸 몰라." 제러마이아가 반박했다.

나는 어깨를 으쓱해 보였다. "하지만 알 수도 있잖아. 마음속 어딘가에서."

"바보 같은 소리." 스티븐 오빠가 말했다.

"바보 같지 않아. 나도 동감이야." 콘래드가 내게 지은 표정은, 군인들이 한 팀이 되어 싸우러 나가서 서로에게 짓는 표정 같았다. '우리는 함께'라는 표정.

나는 오빠를 향해 어깨춤을 춰 보였다. 참을 수가 없었다. "봤지? 콘래드가 나랑 동감이래."

오빠가 내 흉내를 냈다. "콘래드가 나랑 동감이래. 콘래드가 날 좋아해. 콘래드는 멋있어."

"시끄러워, 오빠!" 내가 외쳤다.

오빠가 씩 웃으며 말했다. "내가 질문할 차례다. 벨리, 매일 마요네즈만 먹을래, 평생 납작 가슴으로 살래?"

나는 돌아누워 모래를 한 줌 쥐어서 스티븐 오빠에게 던졌다. 오빠는 웃던 중이라 입에 모래가 잔뜩 들어갔고 젖은 뺨에도 들러붙었다. 오빠가 소리를 질렀다. "너 죽었어, 벨리!"

그러고는 내게 달려들었고, 나는 몸을 굴려 피했다. "나 건드리지 마." 내가 반항적으로 말했다. "아프게 하면 엄마한테 이를 거야."

"넌 정말 짜증 나." 오빠가 내 다리를 거칠게 붙잡으며 말했다. "바다에 던져 버릴 거야."

나는 다리를 빼내려고 애썼지만, 오빠 얼굴에 모래를 더 걷어차는 데 성공했을 뿐이다. 당연히 오빠는 더욱 화를 냈다.

콘래드가 말했다. "놔줘, 스티븐. 수영하러 가자."

"그래, 가자." 제러마이아가 말했다.

오빠는 망설였다. "알았어."라고 대답하고는 모래를 뱉어 내며 덧붙였다. "그래도 너 죽을 줄 알아, 벨리." 오빠가 손가락으로 목을 가르는 시늉을 했다.

나는 가운뎃손가락을 들어 보이고는 돌아누웠다. 오빠는 그날 내내 내게 화를 냈지만, 그래도 좋았다. 콘래드가 나를 지켜 줬으니까. 내가 죽을까 봐 신경 쓰고 있었다.

게다가 아이러니하게도, 오빠는 내 가슴이 납작하다고 놀렸는데 2년 뒤 여름에 나는 브라를, 진짜 브라를 하게 되었다.

스티븐 오빠가 떠난 날 밤, 수영을 하려고 수영장에 갔더니 콘래드와 제러마이아, 이웃에 사는 클레이 버톨릿이 라운지체어에 앉아 맥주를 마시고 있었다. 클레이는 우리만큼 오랫동안 여름이면 커즌스 해변에 왔다. 그는 콘래드보다 한 살 많았다. 그를 좋아하는 사람은 없었다. 그저 함께 어울리는 정도인 것 같았다.

순간 나는 긴장해 타월을 가슴에 꼭 안았다. 돌아서서 집으로 들어가야 하나 싶었다. 클레이를 보면 늘 긴장됐다. 그날 밤에 굳이 수영할 이유는 없었다. 다음 날 해도 상관없었다. 하지만 그들이 나와 있는데 나만 들어가기는 싫었다. 내게도 수영장을 쓸 권리가 있었으니까.

나는 자신만만한 척 그들에게 다가갔다. "안녕." 내가 말했다. 타월은 내려놓지 않았다. 그들은 모두 옷을 입고 있는데, 나만 비키니에 타월을 걸치고 있으니 기분이 이상했다.

클레이가 미간을 좁히며 나를 올려다봤다. "어이, 벨리. 오래 못 봤네.” 그가 라운지체어를 두드렸다. “앉아.”

나는 사람들이 “오래 못 봤네.”라고 말하는 것이 싫었다. 참 바보 같은 인사법이었다. 그래도 앉았다.

클레이가 다가와 끌어안았다. 맥주와 폴로스포츠 향수 냄새가 났다. “어떻게 지냈어?” 그가 물었다.

내가 대답하기도 전에 콘래드가 말했다. “잰 놔둬. 잘 시간이야. 잘 자라, 벨리.”

나는 다섯 살짜리 아이처럼 보이지 않으려고 노력하며 말했다. “아직 안 잘 건데. 수영할 거야.”

“들어가.” 제러마이아가 맥주를 내려놓으며 말했다. “너 술 마시면 너희 엄마한테 죽어.”

“난 술 안 마셔.” 내가 말했다.

그러자 클레이가 코로나(멕시코산 맥주 – 옮긴이) 맥주를 내밀었다. “자.” 그가 윙크하며 말했다. 술에 취한 얼굴이었다.

내가 망설이자 콘래드가 짜증을 내며 잘라 말했다. “그거 주지 마. 잰 어린애라고.”

나는 콘래드를 노려봤다. “스티븐 오빠처럼 굴지 마.” 나는 아주 잠시 클레이가 내민 맥주를 받을까 말까 망설였다. 술은 처음이었다. 술을 받는다면 오로지 콘래드를 열받게 하려는 목적이었다. 그에게 좌지우지되고 싶지 않았다.

“아니, 됐어.” 내가 말했다.

콘래드가 보일 듯 말 듯 고개를 끄덕였다. “자, 이제 자러 가. 착하지?”

콘래드와 제러마이아, 스티븐 오빠가 일부러 나를 따돌릴 때와 똑같았다. 나는 뺨이 달아오르는 것을 느끼며 말했다. "난 오빠보다 겨우 두 살 어리거든."

"2년 3개월이지." 콘래드가 습관적으로 받아쳤다.

클레이가 웃었고, 그에게서 맥주 냄새가 났다. "야, 내 여자 친구는 열다섯 살이었어." 그러더니 나를 보고 말했다. "전 여친 말이야."

나는 힘없이 웃었다. 그와 그의 입 냄새 때문에 속으로는 움츠러들었다. 하지만 콘래드가 우리를 보고 있는 눈빛은, 마음에 들었다. 그의 친구를 빼앗는 느낌이 좋았다. 비록 5분 동안일 뿐이라 해도. "그거, 불법 아니야?" 내가 클레이에게 물었다.

클레이가 또 웃었다. "너 귀엽다, 벨리."

나는 얼굴이 빨개지는 것을 느꼈다. "그런데, 음, 왜 헤어졌어?" 나는 모르는 것처럼 물었다. 클레이가 나쁜 놈이라서 헤어진 것이었다. 클레이는 늘 악질이었다. 갈매기에게 발포 소화제를 먹이려고 한 적도 있었다. 그것을 먹으면 갈매기 위장이 터진다는 말을 들어서였다.

클레이는 목덜미를 긁적였다. "글쎄, 승마 캠프인가 뭔가 간다고 했어. 장거리 연애는 안 되지."

"그렇지만 캠프는 여름 동안에만 하잖아." 내가 반박했다. "그사이를 못 참다니 바보 같네." 콘래드를 향한 내 마음은 학창 시절 내내 변하지 않았다. 그 마음으로 몇 달을, 몇 년을 버틸 수 있었다. 그것은 마치 영양분 같았다. 그 마음이 나를 버티게 해 줬다. 콘래드가 내 남자 친구라면 여름 동안 못 만난다고 헤어질 리 없었다. 한 학년 동안이라 해도 마찬가지다.

클레이가 게슴츠레한 눈으로 날 보며 말했다. "너 남자 친구 있냐?"

"응." 나는 이렇게 말했다. 어쩔 수 없었다. 그러면서 콘래드를 봤다. '봐.' 나는 그렇게 말하는 셈이었다. '난 이제 네가 좋아서 어쩔 줄 모르는 열두 살짜리 아이가 아니야. 난 다 컸어. 진짜 남자 친구가 있는.' 그것이 거짓말인들 어떤가? 콘래드의 눈빛이 흔들렸지만, 얼굴은 무표정 그대로였다. 하지만 제러마이아는 놀란 표정을 지었다.

"벨리, 너 남자 친구 생겼어?" 제러마이아가 눈살을 찌푸렸다. "그런 말 없었잖아."

"그렇게 진지한 사이는 아냐." 나는 의자 쿠션에서 삐져나온 실밥을 뽑았다. 거짓말한 것이 벌써 후회스러웠다. "사실, 아주, 가볍게 만나는 사이야."

"그렇지? 여름 동안만 사귀면 어때? 사람 좀 만나면 또 어떠냐고." 클레이가 농담이라는 듯 윙크했다. "지금처럼 말이야."

"우린 만났잖아, 클레이. 이미 10년 전에." 클레이는 내게 관심을 가진 적도 없었다.

클레이가 무릎으로 날 쿡 찔렀다. "만나서 반갑다. 난 클레이야."

나는 재미가 없어도 웃었다. 그래야 할 것 같아서였다. "안녕, 난 벨리야."

"그래서 말인데, 벨리, 내일 밤에 모닥불 파티에 올래?" 그가 물었다.

"음, 갈게." 나는 태연한 척 말했다.

해마다 7월 4일 독립 기념일이 되면 해변 끝에서 불꽃놀이를 크게 한다. 그날이면 콘래드와 스티븐 오빠, 제러마이아는 클레이 집에서 열리는 모닥불 파티에 갔다. 그의 엄마는 늘 스모어(크래커 사이에 불에 구운 마시멜로를 넣어 먹는 간식-옮긴이)를 만들 재료를 내놓았다. 나는 제러마이아에게 내 것도 갖다 달라고 한 적이 있었다. 질기고 탄 스모어였지만, 그래도 나는 먹었고 제러마이아에게 고마웠다. 파티의 한 조각을 즐기는 기분이었다. 그들은 나를 데리고 간 적이 없었고, 나도 데려가 달라고 하지 않았다. 별장 뒷마당에서 파자마를 입고 수재나 아줌마랑 엄마와 함께 불꽃놀이를 구경했다. 아줌마와 엄마는 샴페인을 마시고 나는 마르티넬리(1868년 설립되었으며, 미국에서 재배한 사과로 만든 사과 주스가 유명하다-옮긴이) 스파클링을 마셨다.

"수영하러 왔다면서?" 콘래드가 불쑥 말했다.

"나 참, 벨리 좀 놔둬라, 형." 제러마이아가 말했다. "수영하고 싶으면 하겠지."

우리는 눈빛을 교환했다. '콘래드는 왜 저렇게 아빠 노릇을 하려고 들지?'라는 뜻으로. 콘래드는 반쯤 빈 캔에 담뱃재를 털었다. "네 마음대로 해." 콘래드가 말했다.

"그럴 거야." 나는 콘래드에게 혀를 내밀고는 일어나 타월을 내려놓고 물속으로 뛰어들었다. 완벽한 백조 다이빙 자세로. 1분 동안 잠수한 뒤, 그들의 대화를 엿들으려고 배영을 했다.

클레이가 낮은 소리로 말했다. "야, 커즌스가 지루해진다. 어서 돌아가고 싶어."

"응, 나도." 콘래드가 말했다.

그럼 콘래드도 곧 떠나는 것이었다. 알고 있었던 일이지만, 그래도 마음이 아팠다. 그렇게 지겨우면 빨리 떠나라고 말하고 싶었다. 여기 있고 싶지 않으면, 오지 마. 그냥 가 버려. 하지만 콘래드 때문에 마음 상하지 않을 생각이었다. 모든 것이 좋아지고 있었으니까.

드디어 나는 클레이네 집에서 열리는 모닥불 파티에 초대받았다. 나도 이제 다 큰 아이, 아니 여자가 됐다. 인생은 즐거웠다. 아니, 즐거운 인생이 다가오고 있었다.

온종일 무엇을 입을까 궁리했다. 그곳에 가 본 적이 없어서 무엇을 입을지 알 수 없었다. 아마 쌀쌀해지겠지만, 누가 모닥불 파티에 옷을 껴입고 가고 싶을까? 처음 가면서 그러고 싶지 않았다. 너무 차려입어서 콘래드와 제러마이아에게 놀림을 받고 싶지도 않았다. 반바지, 탱크톱, 맨발 차림이 안전할 것 같았다.

도착하고 나서야 잘못된 선택임을 깨달았다. 다른 여자아이들은 원피스, 짧은 치마, 어그 부츠 차림이었다. 커즌스에 여자 친구가 있었으면 알았을 텐데. "여자아이들이 차려입고 온다는 말은 안 했잖아." 나는 제러마이아에게 작게 말했다.

"너 보기 좋아. 바보처럼 굴지 마." 제러마이아는 맥주 통으로 직진하며 말했다. 맥주 통이 있었다. 크래커나 마시멜로는 보이지 않았다.

사실 나는 맥주 통을 실제로 본 적이 없었다. 영화에서만 봤을 뿐. 제러마이아를 따라가려는데 콘래드가 내 팔을 잡았다. "술 마시지 마." 콘래드가 경고했다. "너 술 마시게 허락했다간 우리 엄마가 날 죽일 거야."

나는 그의 손을 뿌리쳤다. "오빠가 '허락하는' 일 따윈 없어."

"그러지 마. 제발, 응?"

"어디 한번 볼까?" 나는 콘래드에게서 떨어져 모닥불 쪽으로 갔다. 술을 마시고 싶은 것인지 내 마음을 나도 알 수 없었다. 전날 밤 클레이가 술 마시는 것을 보고도 여전히 스모어를 기대한 나였다.

모닥불 파티에 가는 것은 이론적으로는 근사했지만, 실제로 가 보니 달랐다. 제러마이아는 빨간색, 하얀색, 파란색 비키니 상의에 청치마를 입은 여자아이와 이야기하고 있었고, 콘래드는 클레이와 내가 모르는 남자들과 이야기하고 있었다. 클레이가 간밤에 나를 꾀어냈으니 다가와서 인사라도 할 줄 알았다. 하지만 그러지 않았다. 그는 어떤 여자애 등에 손을 대고 있었다.

나는 혼자 모닥불 주변에 서서 춥지도 않은데 손을 쬐는 척했다. 그때 그가 눈에 들어왔다. 그도 혼자 서서 물을 마시고 있었다. 나처럼 아는 사람이 없는 것 같았다. 내 또래로 보였다. 그에게는 안전하고 편안한 느낌이 있었다. 실제로는 나보다 어리지 않더라도, 어려 보였기 때문이다. 나는 곁눈질을 몇 번 하고서야 그 느낌의 정체를 파악했다. 마침내 알고 나자, 아하! 싶었다.

속눈썹 때문이었다. 광대뼈에 닿을 만큼 긴 속눈썹이었다. 사실, 광대뼈가 튀어나오기는 했지만, 그래도. 게다가 앞니가 약간 부정 교합이었고, 맑고 매끈한 피부는 구운 코코넛 빛깔이었다. 아이스크림에 얹는 코코넛 가루 색. 나는 내 뺨을 만져 보고 이틀 전 햇볕에 여드름이 말라 버린 것에 안도했다. 그의 피부는 완벽했다. 내 눈에는 그의 모든 면이 꽤 완벽했다.

그는 키가 컸다. 스티븐 오빠나 제러마이아보다, 심지어 콘래드보다도 큰 것 같았다. 절반은 백인, 절반은 일본인이나 한국인 같았다. 너무나 예쁘게 생겨서 그 얼굴을 그리고 싶을 정도였다. 그림을 그릴 줄도 모르면서.

그와 눈이 마주친 나는 시선을 돌렸다. 그리고 다시 보니 그가 나를 보고 있었다. 그가 손을 들어 아주 살짝 흔들었다.

뺨에 불이 붙은 것 같았다. 할 말은 "안녕."뿐이었다. 나는 다가가서 손을 내밀고 곧바로 후회했다. 요즘 누가 악수를 한다고.

그는 내 손을 잡고 흔들었다. 처음에는 아무 말도 하지 않았다. 무엇인가 알아내려는 듯, 나를 보기만 했다. "어디서 본 거 같은데." 한참 뒤에 그가 말했다.

나는 웃지 않으려고 했다. 바에서 만난 여자에게 남자들이 흔히 하는 말 아닌가? 새로 산 폴카 도트 비키니를 입은 내 모습을 바닷가에서 그가 본 건 아닌지 궁금했다. 용기가 없어서 겨우 한 번 입었지만, 그때 내가 눈에 띄었을지도 모르니까. "해변에서 봤나?"

그가 고개를 저었다. "아니……. 그건 아닌데."

그러면 비키니는 아니었다. 나는 다시 물었다. "스쿱스 아이스크림 가게에서?"

"아니, 그것도 아니야." 그가 말했다. 다음 순간, 머리 위에 작은 전구가 반짝하고 켜진 것처럼 그가 갑자기 씩 웃었다. "라틴어 수업 들어?"

대체 무슨 소리지? "음……. 응."

"워싱턴 디시에서 열린 라틴어 학술 대회에 간 적 있어?"

"응." 내가 대답했다. 이 애는 대체 누구인가?

그는 만족스럽다는 듯이 고개를 끄덕였다. "나도. 8학년 때, 맞지?"

"응……." 8학년 때 나는 치아 교정을 했고 안경도 썼다. 그가 그 시절의 나를 알다니, 정말, 너무 싫었다. 어째서 그가 폴카 도트 비키니를 입은 지금의 나를 알 수는 없었을까?

"그래서 내가 널 아는구나. 여기 서서 어디서 봤는지 생각하고 있었어." 그가 씩 웃었다. "난 캠이야. 라틴어 이름은 섹스투스야. 살웨(라틴어로 '안녕'을 뜻한다―옮긴이)."

문득 소다 거품처럼 가슴속에서 웃음이 밀려 나왔다. 재미있었다.

"살웨. 나는 플라비아야. 아니, 벨리야. 원래는 이사벨인데, 모두 벨리라고 불러."

"왜?" 정말 궁금한 표정이었다.

"내가 어릴 때 아빠가 지어 준 별명이거든. 아빠는 이사벨이 너무 길대." 내가 설명했다. "그래서 모두 그렇게 불러. 바보 같지?"

그는 마지막 부분은 무시하고 말했다. "그럼 왜 잇지라고 안 부르지? 벨이라거나?"

"글쎄, 내가 젤리벨리(유명한 미국의 캔디 회사에서 나온 45가지 맛의 강낭콩 모양 젤리―옮긴이)를 좋아해서 그렇기도 하고. 아빠랑 내가 게임을 했거든. 아빠가 기분이 어떠냐고 물으면 나는 젤리벨리 맛으로 대답했어. 기분 좋으면 자두 맛이라든가……" 내 목소리가 잦아들었다. 나는 긴장하면 주절주절 떠들었는데, 그때는 확실히 긴장했다. 나는 벨리라는 이름이 항상 싫었다. 진짜 이름도 아니었으니까. 그건 어린아이 별명이었다. 반면 이사벨은 이국적인 여자 이름이었다. 모로코나 모잠비크 같은 곳으로 여행을 떠나고, 1년 내내 매니큐어를 칠하며, 앞머리를 일자로 자른 검은 머리의 여자. 벨리는 포동포동한 어린아이나 러닝셔츠를 입은 남자가 떠오르는 이름이었다. "어쨌든, 잇지는 싫어. 벨이라고 불러 주면 좋겠어. 더 예쁜 이름이니까."

그는 끄덕였다. "그런 뜻이기도 하지. 아름답다는."

"나도 알아." 내가 말했다. "프랑스어 수업 들었어." 캠이 프랑스어로 뭐라고 말했는데, 너무 빨라서 알아들을 수 없었다.

"뭐?" 나는 그렇게 묻고는 곧 바보 같다고 느꼈다. 교실 아닌 곳에서 프랑스어로 말하는 건 당황스럽다. 그러니까 동사를 활용하는 것과 실제 프랑스인에게 그 동사를 쓰는 것은 전혀 다른 일이니까.

"우리 할머니가 프랑스인이야." 캠이 말했다. "어릴 때부터 프랑스어를 했어."

"아." 그 말을 들으니 프랑스어 수업을 들었다고 떠든 것이 바보 같았다.

"있잖아, v는 w로 발음해야 해."

"뭐?"

"플라비아는 플라—위아로 발음해야 한다고."

"당연히 알지." 내가 잘라 말했다. "나 웅변대회에서 2등 했어. 하지만 플라위아는 이상해."

"내가 1등이었지." 캠은 거만해 보이지 않으려고 신경 쓰며 말했다. 문득 검은 티셔츠에 줄무늬 타이를 하고서 카툴루스의 연설로 모두를 깜짝 놀라게 하고는 대상을 받은 소년이 떠올랐다. 그 애였다. "발음이 이상한 걸 알면서 왜 그 이름을 골랐어?"

나는 한숨을 쉬었다. "코닐리아는 다른 애가 먼저 골랐으니까. 모두 다 코닐리아를 원했어."

"그래. 섹스투스도 다들 원했지."

"왜?" 나는 묻고 곧바로 취소했다. "아, 됐어."

캠이 웃었다. "8학년 남자애들 유머 감각이 거기까지다."

나는 따라 웃었다. 그리고 말했다. "그럼, 이 근처에서 지내?"

"두 블록 아래에 집을 빌렸어. 엄마가 오라고 했어." 캠이 부끄러운 듯 정수리를 문지르며 말했다.

"아." 더는 '아.'라는 반응을 하고 싶지 않았지만, 다른 말이 떠오르지 않았다.

"너는? 왜 왔어, 이사벨?"

그가 내 본명을 불러서 놀랐다. 그의 입에서 너무 자연스럽게 튀어나왔다. 개학 첫날 느낌이었다. 하지만 좋았다. "글쎄." 내가 말했다. "클레이가 초대해서."

내 입에서 나오는 모든 말이 굉장히 두루뭉술했다. 무슨 영문인지, 그에게 좋은 인상을 주고 싶었다. 그가 나를 좋아하기를 바랐다. 그가 나를 평가하는 느낌이 들었고, 나도 똑똑하다고 말하고 싶었다. 괜찮다고, 그가 나를 어떻게 생각하든 상관없다고 생각했다. 그러면서도 자꾸 신경이 쓰였다.

"나는 좀 있다가 돌아가려고." 그가 물을 마저 마시고는 말했다. 나를 보지 않고 이렇게 물었다. "내가 태워 줄까?"

"아니." 내가 말했다. 그가 벌써 돌아간다는 말에 실망감을 감추려고 애썼다. "저기 일행이 있어." 나는 콘래드와 제러마이아를 가리켰다.

그가 끄덕였다. "그런 것 같더라. 네 오빠가 이쪽을 자꾸 쳐다보는 걸보니."

나는 숨이 멎을 뻔했다. "오빠? 누가? 쟤?" 나는 콘래드를 가리켰다. 콘래드는 우리를 보지 않았다. 레드삭스 모자를 쓴 금발 여자아이를 보고 있었고, 그 여자아이도 그를 마주 보고 있었다. 그는 웃고 있었다. 절대 안 웃는 사람인데.

"응."

"내 오빠 아니야. 오빠인 척 굴지만, 아니야." 내가 말했다. "누구한테나 오빠 노릇을 하려고 들어. 정말 잘난 척이지……. 그런데 왜 벌써 가려고 해? 불꽃놀이 안 봐?"

캠은 부끄러운 듯 헛기침을 했다. "음, 사실은 집에 가서 공부하려고 했어."

"라틴어?" 나는 웃음을 참느라 입을 막았다.

"아니, 고래를 공부하고 있어. 고래 관찰선에서 인턴을 하고 싶은데, 다음 달에 고래 관련 시험을 봐야 해." 캠이 다시 정수리를 문지르며 말했다.

"아, 그거 멋지다." 내가 말했다. 캠이 일찍 가지 않았으면 했다. 함께 있고 싶었다. 캠은 상냥했다. 그 옆에 서 있으면 작고 소중한 엄지 공주가 된 기분이었다. 그만큼 키가 컸다. 그가 떠나면 나는 혼자가 될 것이 분명했다. "저기, 차를 태워 주면 좋을 것 같아. 여기서 기다려. 금방 올게."

나는 콘래드에게 너무 빨리 가느라 뒤꿈치로 모래를 걷어차며 걸었다. "있잖아, 나 차 얻어 타고 갈 거야." 내가 숨을 가쁘게 쉬며 말했다.

금발에 레드삭스 모자를 쓴 여자애가 나를 훑어봤다. "안녕." 그 여자애가 인사했다.

콘래드가 물었다. "누구랑?"

나는 캠을 가리켰다. "쟤."

"알지도 못하는 사람 차를 타면 안 돼." 콘래드가 딱 잘라 말했다.

"아는 애야. 섹스투스."

콘래드가 노려봤다. "섹스 뭐?"

~ 114 ~

"아니, 이름은 캠이고 고래를 공부하는 애야. 그리고 내가 타고 갈 차는 오빠가 결정하는 게 아니야. 예의상 알리는 것뿐이지, 허락을 구한 게 아니었어." 내가 돌아가려는데, 콘래드가 팔꿈치를 잡았다.

"쟤가 무슨 공부를 하든 상관없어. 그건 안 돼." 콘래드는 가볍게 말했지만, 손아귀는 강했다. "가고 싶으면 내가 데려다줄게."

나는 심호흡을 했다. 침착해야 했다. 콘래드가 그 모든 사람 앞에서 나를 아기 취급하게 두지 않을 생각이었다. "고맙지만 됐어." 나는 다시 걸어가려고 했다. 하지만 콘래드는 손을 놓지 않았다.

"남자 친구는 이미 있다면서?" 콘래드의 비웃는 말투에서 전날 밤 내 거짓말을 꿰뚫어 본 것을 알 수 있었다.

그 얼굴에 모래를 뿌리고 싶은 마음이 간절했다. 그의 손아귀에서 벗어나야 했다. "놔! 아프다고!"

콘래드는 얼굴을 붉히며 곧바로 손을 놓았다. 정말로 아프지는 않았지만, 그가 나를 창피하게 만든 만큼 창피하게 만들고 싶었다. 내가 큰 소리로 말했다. "술 마신 사람 차를 타느니 모르는 사람 차를 타겠어!"

"맥주 한 병 마셨어." 콘래드가 잘라 말했다. "그쯤은 문제도 아니야. 30분만 기다려. 데려다줄게. 멋대로 굴지 좀 마."

내 눈에 눈물이 고이는 것이 느껴졌다. 캠이 보고 있는지 돌아봤다. 보고 있었다. "정말 나빠." 내가 말했다.

콘래드가 내 눈을 똑바로 보며 말했다. "넌 네 살짜리고."

뒤돌아 걸어가는데, 그 여자애가 콘래드에게 묻는 소리가 들렸다. "네 여자 친구야?"

내가 확 돌아섰고, 우리 둘은 동시에 "아니!"라고 말했다.

그 여자애는 무슨 영문인지 몰라 물었다. "그럼 동생이야?" 그 자리에 서 있는 나는 안중에도 없는 투였다. 향수 냄새가 짙었다. 주위 공기에 온통 그 향수가 가득해 그 여자애를 통째로 들이마시는 느낌이었다.

"아니, 난 콘래드 동생이 아니야." 그 여자애가 이 모든 광경을 목격한 것만으로도 싫었다. 창피했다. 게다가 테일러와 비슷하게 예쁜 아이였다. 그래서 더욱 싫었다.

콘래드가 말했다. "쟤 엄마가 우리 엄마와 가장 친한 친구야." 나는 겨우 그런 존재였나? 엄마 친구 딸?

나는 심호흡을 하고서 아무 생각 없이 그 여자애한테 말해 버렸다. "난 콘래드랑 평생 알고 지냈어. 그러니까 내가 말해 줄게. 엉뚱한 나무 보고 짖지 마(헛수고한다는 뜻—옮긴이). 콘래드가 자기 자신만큼 사랑하는 사람은 없어. 내 말이 무슨 뜻인지 궁금하면……." 나는 손을 들어 손가락을 흔들었다.

"시끄러워, 벨리." 콘래드가 경고했다. 그의 귓바퀴가 새빨개지고 있었다. 반칙이었지만, 난 상관하지 않았다. 그는 당해도 쌌다.

여자애가 눈살을 찡그렸다. "이게 무슨 소리야, 콘래드?"

나는 여자애에게 불쑥 내뱉었다. "어머, 미안해서 어쩌나. '엉뚱한 나무 보고 짖는다.'라는 말도 모르나 보네?"

그 여자애의 예쁜 얼굴이 일그러졌다. "조그만 게 싹수없게."

나 자신이 위축되는 느낌이었다. 내뱉은 말을 주워 담고 싶었다. 여자애와, 아니 누군가와 다투는 일은 처음이었다.

다행히 콘래드가 껴들어 모닥불을 가리키며 말했다. "벨리, 저기로 가서 내가 데리러 갈 때까지 기다려." 싸늘한 말투였다.

그때 제러마이아가 걸어왔다. "이봐, 이봐, 무슨 일이야?" 제러마이아 특유의 편안하고 바보스러운 미소를 지으며 그가 말했다.

"네 형은 나쁜 놈이야." 내가 말했다. "그게 여기서 벌어지고 있는 일이야."

제러마이아가 내 어깨에 팔을 둘렀다. 맥주 냄새가 났다. "다들 착하게 행동해야지, 안 그래?"

나는 어깨를 들썩여 그의 손에서 벗어나며 말했다. "난 그렇게 하고 있어. 네 형한테나 그러라고 말해."

"잠깐, 너희도 남매야?" 그 여자애가 물었다.

콘래드가 말했다. "저 남자애 차 타고 갈 생각은 하지도 마."

"형, 진정해." 제러마이아가 말했다. "벨리는 안 가. 그렇지?"

제러마이아가 쳐다봐서 나는 입을 꾹 다물고 끄덕였다. 그리고 콘래드에게 가장 비열한 표정을 지어 보이고, 그 여자애에게도 그랬다. 그 여자애가 손을 뻗어 내 머리채를 휘어잡지 못할 만큼 떨어져 있을 때였다. 나는 모닥불 앞으로 돌아가 어깨를 당당히 펴려고 했다. 속으로는 생일에 야단맞은 아이가 된 느낌이었지만. 아이도 아닌데 그런 취급을 받으니 억울했다. 그 여자애랑 나는 동갑이 틀림없었다.

캠이 말했다. "방금 무슨 일이었어?"

나는 눈물을 삼키고 말했다. "그냥 가자."

캠은 콘래드를 슬쩍슬쩍 쳐다보며 머뭇거렸다. "그건 좋은 생각이 아닌 것 같아, 플라워아. 하지만 여기서 너랑 좀 더 놀다 갈게. 고래는 나중에 공부해도 돼."

그때 나는 그에게 키스하고 싶었다. 콘래드의 존재를 잊고서 모든 것을 차단해 버린 채 그 순간 속에 존재하고 싶었다. 우리 위 하늘 어딘가에서 첫 폭죽이 터졌다. 찻주전자가 크고 당당하게 쉬이익거리는 소리 같았다. 불꽃은 금빛이었고 수백만 개 금가루가 색종이 조각처럼 공중에서 퍼져 나갔다.

우리는 모닥불 옆에 앉았다. 캠은 고래 이야기를 했고, 나는 프랑스어 클럽 총무 역할이라든가, 좋아하는 음식은 풀드포크(손으로 잘게 찢을 수 있을 만큼 장시간 연하게 구운 돼지고기 요리─옮긴이) 샌드위치라는 시시한 이야기를 했다. 캠은 채식주의자라고 했다. 한 시간은 거기 앉아 있었을 것이다. 콘래드가 지켜보는 시선이 느껴졌고 나는 그를 향해 가운뎃손가락을 세우고 싶은 충동에 사로잡혔다. 결국 콘래드가 이긴 것이 정말 싫었다.

추워지기 시작했다. 내가 팔을 문지르자 캠이 후드 점퍼를 벗어 내게 덮어 줬다. 덕분에 나는 소원을 이뤘다. 날이 추워지면 남자가 자기는 똑똑하게 점퍼를 가져왔다고 잘난 체하는 대신, 그 옷을 내게 건네주는 소원을.

캠은 '스트레이트 에지'라는 글씨와 남자들이 면도할 때 쓰는 면도날 그림이 프린트된 티셔츠를 입고 있었다. "그거 무슨 뜻이야?" 내가 지퍼를 채우며 물었다. 따뜻했고, 남자아이 냄새가 났지만 좋았다.

"나는 스트레이트 에지야." 캠이 말했다. "술도 안 마시고 약도 안 해. 예전에는 약국에서 파는 약도 먹지 않고 카페인도 마시지 않는 하드코어였지만, 그건 그만뒀어."

"왜?"

"왜 하드코어 스트레이트 에지였냐고? 아니면 왜 그만뒀냐고?"

"둘 다."

"나는 인공적인 것으로 내 몸을 오염시키고 싶지 않아." 캠이 말했다. "그런데 엄마가 못 견뎌 해서 하드코어를 그만뒀어. 닥터페퍼를 마시고 싶기도 했고."

나도 닥터페퍼를 좋아했다. 나는 내가 술을 마시지 않아서 다행이라고 생각했다. 그가 나를 안 좋게 생각하는 것이 싫었다. 그가 나를 멋지다고, 남들 생각에 개의치 않는 아이라고, 자신과 닮은 사람이라고 생각하기를 바랐다. 그의 친구가 되고 싶었다. 그에게 키스하고 싶기도 했다.

제러마이아가 나를 데리러 오는 것을 보고 캠도 일어섰다. "잘 가, 플라워아." 그가 말했다.

내가 후드 점퍼의 지퍼를 내리자 캠이 말했다. "괜찮아. 나중에 돌려줘도 돼."

"자, 내 번호 알려 줄게." 나는 이렇게 말하며 그의 휴대전화를 받으려고 손을 내밀었다. 남자아이에게 내 번호를 처음 주는 것이었다. 내 번호를 입력하면서 그에게 먼저 제안한 나 자신이 정말이지 자랑스러웠다.

캠은 휴대전화를 주머니에 넣으며 말했다. "네 번호 없어도 옷 돌려받을 방법을 알아냈을 거야. 나 똑똑한 거 알지? 웅변대회 1등."

나는 웃지 않으려고 애썼다. "그렇게 똑똑한 건 아니야." 내가 외쳤다. 우리가 만난 것은 운명 같았다. 내게 일어난 일 중 가장 로맨틱한 사건 같았고, 그건 사실이었다.

콘래드가 레드삭스 여자애랑 작별 인사를 했다. 그 여자애가 끌어안자 콘래드도 마주 안았지만, 건성이었다. 콘래드의 시간을 망친 것이 기뺐다. 비록 조금뿐이라 해도.

차로 가는데 어떤 여자애가 나를 불렀다. 금빛 띤 갈색 머리를 양 갈래로 묶고서 가슴이 파인 핑크빛 티셔츠를 입고 있었다. "너 캠 좋아하니?" 그 애가 가벼운 말투로 물었다. 나는 그 애가 캠을 어떻게 아는지 궁금했다. 캠도 나처럼 아무도 모르는 줄 알았는데.

"잘 알지도 못해." 내가 말하자 그 애 표정이 풀렸다. 그 애는 안도했다. 그 애 눈빛에서 기대와 희망을 봤다. 내가 콘래드에 대해 이야기할 때, 대화 중에 콘래드 이야기를 꺼낼 방법을 생각할 때 나도 그런 표정을 지었을 것 같았다. 그 여자애도 나도 안쓰러웠다.

"니콜이 너한테 말하는 거 봤어." 그 애가 불쑥 말했다. "걔는 인성이 글렀어."

"레드삭스 여자애? 아, 성격 안 좋더라." 나도 맞장구쳤다. 그리고 제러마이아와 콘래드가 차 쪽으로 오는 걸 보고 그 애에게 손을 흔들어 인사했다.

콘래드가 운전했다. 콘래드는 술이 완전히 깬 상태였고, 취한 적 없다는 것을 나도 알고 있었다. 콘래드는 캠의 후드 점퍼를 봤지만 아무 말도 하지 않았다. 우리는 한마디도 하지 않았다. 제러마이아와 나는 뒤에 함께 앉았고, 제러마이아가 이런저런 농담을 했지만 아무도 웃지 않았다. 나는 생각하느라, 그날 밤 있었던 일을 기억하느라 정신이 없었다. '내 평생 최고의 밤이었어.'라고 생각하고 있었다.

그 전해, 숀 커크패트릭은 졸업 앨범에 "벨리의 눈이 너무 맑아 영혼까지 비쳐 보인다."라고 적었다. 숀이 연극을 좋아하기는 했다. 그래도 나는 기분이 좋았다. 내가 그것을 보여 주자 테일러는 비웃었다. 다른 남자아이들이 자기 가슴 보느라 바쁠 때 숀은 내 눈 색깔을 본 것뿐이라고 했다. 하지만 그날 상대는 숀이 아니었다. 그는 캠이었고, 내가 예뻐지기도 전에 알아봐 준 남자였다.

위층 욕실에서 이를 닦는데 제러마이아가 들어와 문을 닫았다. 제러마이아가 자기 칫솔을 들며 물었다. "너 형이랑 왜 그래? 왜 그렇게 화가 난 거야?" 그가 세면대 위에 올라앉았다.

제러마이아는 사람들이 싸우는 것을 싫어했다. 늘 어릿광대짓을 하는 이유 중 하나도 그것이었다. 어떤 상황도 가볍게 웃어넘기려고 했다. 난 고맙기도 했지만, 좀 짜증 나기도 했다.

나는 치약 거품을 가득 문 채 말했다. "음, 콘래드가 독선적이고 속이 좁아터진 인간이라서?"

우리는 동시에 웃음을 터뜨렸다. 그 말은 우리끼리만 통하는 농담이었다. 내가 여덟 살, 그가 아홉 살이던 여름, 영화 〈조찬 클럽(The Breakfast Club)〉을 보고 계속 따라 하던 대사였다.

제러마이아는 헛기침을 했다. "하지만 있잖아, 형한테 너무 심하게 하진 마. 형도 힘든 일이 있어서 그래."

처음 듣는 말이었다. "뭐? 무슨 일?" 내가 따져 물었다.

제러마이아는 머뭇거렸다. "내가 말할 수 있는 일이 아니야."

"이러지 마. 우린 비밀이 없잖아, 제러. 비밀 없는 사이, 기억하지?"

제러마이아가 미소를 지었다. "기억하지. 그래도 말 못 해. 내 비밀이 아니니까."

나는 눈살을 찡그리고 수도꼭지를 돌리면서 말했다. "넌 항상 콘래드 편이지."

"형의 편을 드는 게 아니야. 그냥 형의 입장을 말하는 거야."

"그게 그거지."

제러마이아가 손을 뻗어 내 입꼬리를 위로 당겼다. 오래전부터 그가 쓰던 수법이었다. 어떤 경우에도 그러면 나는 웃음이 나왔다. "삐죽이기 없기, 벨스, 기억하지?"

삐죽이기 없기는 내가 여덟 아니면 아홉 살이던 해 여름, 콘래드와 스티븐 오빠가 정한 규칙이었다. 문제는 그 규칙이 내게만 적용된다는 것이었다. 그들은 내 방문에 써 붙이기까지 했다. 물론 나는 그것을 찢어 버리고 수재나 아줌마와 엄마에게 달려가서 일렀다. 내가 조금이라도 속상해하거나 기분 나빠 하면, 그들 중 한 명이 외치기 시작했다. "삐죽이기 없기, 삐죽이기 없기." 그렇다. 내가 많이 삐죽였는지는 모르겠지만, 내 뜻을 관철하려면 그 방법밖에 없었다. 그때 여자아이는 나뿐이라서 더 힘들기도 했다. 아니기도 했고.

그날 밤, 나는 캠의 점퍼를 입고 잤다. 의미 없고 바보 같은 짓이었지만, 상관없었다. 그리고 다음 날은 그것을 입고 밖에 나갔다. 타는 듯이 더운 날이었지만. 오래 입은 듯 낡은 소매가 마음에 들었다. 꼭 남자아이 옷 같았다.

캠은 처음으로 그런 식으로 내게 관심을 가진 남자아이였다. 나와 함께 어울리고 싶다는 사실을 솔직히 말한 남자아이. 그리고 그것을 부끄러워하지 않은 아이.

다음 날 아침, 일어나자마자 캠에게 집 전화번호를 알려 줬음을 깨달았다. 이유를 알 수 없었다. 휴대전화 번호도 얼마든지 줄 수 있었는데 말이다.

별장의 전화벨이 울리기를 계속 기다렸지만 울리지 않았다. 집 전화로 전화를 거는 사람은 저녁으로 어떤 생선을 먹고 싶은지 묻는 수재나 아줌마나, 수건을 건조기에 넣으라거나 그릴을 켜라고 지시하는 엄마뿐이었다.

나는 테라스에서 캠의 옷을 봉제 인형처럼 뭉쳐 무릎에 올려놓고 햇볕을 쬐며 잡지를 읽었다. 전화벨이 울리면 알 수 있게 창문도 열어 놓았다.

우선 자외선 차단제를 잔뜩 바르고 선텐오일을 두 겹 발랐다. 그 두 가지를 함께 바르는 것이 일리 있는 행동인지 몰라도, 나중에 너무 타서 후회하느니 안전한 편이 낫다는 게 내 판단이었다. 나는 물병에 체리 쿨에이드를 담고, 라디오, 선글라스, 잡지 여러 권까지 준비해 놓았다. 선글라스는 몇 년 전 수재나 아줌마가 사 준 것이었다. 아줌마는 선물하는 걸 좋아했다. 일이 있어 나갈 때면 아줌마는 선물을 사서 돌아오곤 했다. 내게 꼭 주고 싶었다는 붉은 하트 선글라스처럼 작은 물건들이었다. 아줌마는 내가 무엇을 좋아할지, 무엇을 살 생각이 전혀 없을지 알았다. 라벤더 풋 로션이라든가, 실크 누빔 파우치 같은 것은 절대 주지 않았다.

엄마와 아줌마는 그날 아침 일찍 미술 갤러리를 돌아보러 다이어스타운에 갔고, 콘래드는 다행히 일하러 간 뒤였다. 제러마이아는 자고 있었다. 별장이 내 차지였다.

태닝이라고 하면 듣기에는 참 재미있을 것 같다. 볕을 잔뜩 받으며 누워서 소다 음료를 홀짝이다가 통통한 고양이처럼 잠드는 것. 하지만 실제로 하면 지루하고 따분하다. 그리고 덥다. 나는 늘 볕에서 땀 흘리며 누워 있는 것보다 바다에 떠다니며 햇볕을 받고 싶었다. 아무래도 젖었을 때 더 빨리 탄다고 하니까.

하지만 그날 아침에는 달리 방법이 없었다. 캠이 전화할 수도 있으니까. 그래서 거기 누워 그릴 위 치킨처럼 지글거리며 땀을 흘렸다. 지루했지만 어쩔 수 없었다.

10시가 지나자마자 전화벨이 울렸다. 나는 벌떡 일어나 주방으로 달려갔다. "여보세요?" 헐떡이며 말했다.

"안녕, 벨리구나. 피셔 아저씨다."

"아, 안녕하세요, 아저씨." 내가 말했다. 나는 실망한 목소리를 감추려고 애썼다.

피셔 아저씨가 목청을 가다듬었다. "그래, 거긴 어떠니?"

"다들 잘 있어요. 그런데 수재나 아줌마는 외출했어요. 엄마랑 다이어스타운 갤러리에 갔어요."

"그렇구나……. 우리 아들들은 잘 있니?"

"네……, 잘 있어요." 피셔 아저씨와 이야기하는 게 여전히 어색했다. "콘래드는 일하러 갔고, 제러마이아는 아직 자고 있어요. 깨울까요?"

"아니, 아니다. 괜찮아."

긴 침묵이 흘렀고 나는 할 말을 열심히 찾았다.

"아, 음, 이번 주말에 오세요?" 내가 물었다.

"아니, 이번 주말은 못 가." 피셔 아저씨의 목소리가 참 멀리 느껴졌다. "나중에 다시 전화하마. 재미있게 지내려무나, 벨리."

나는 전화를 끊었다. 피셔 아저씨는 그해 여름 커즌스에 한 번도 오지 않았다. 전에는 독립 기념일 다음 주말에 오곤 했었다. 휴일 다음에는 일을 쉬기가 쉬웠으니까. 아저씨는 여기 오면 '최고의 셰프'라고 적힌 앞치마를 입고 주말 내내 바비큐 불을 피웠다. 아저씨가 오지 않아서 수재나 아줌마가 서운해할지, 콘래드와 제러마이아는 신경을 쓸지 궁금했다.

다시 햇볕 속으로 힘없이 걸어갔다. 라운지체어에서 잠이 들었다가 제러마이아가 쿨에이드를 내 배에 뿌리는 바람에 깼다. "아, 뭐야. 하지 마." 나는 일어나 앉으며 부루퉁하게 말했다. 너무 단 쿨에이드 때문에 (나는 항상 설탕을 두 배 넣어 만들었다.) 목이 말랐고, 땀을 많이 흘려서 탈수가 온 것 같았다.

제러마이아가 웃으며 내 라운지체어에 앉았다. "온종일 이러고 있어?"

"응." 나는 배에 묻은 음료를 닦은 손을 그의 반바지에 문질렀다.

"지루하지 않아? 그러지 말고 나랑 놀자." 제러마이아가 말했다. "오늘 밤까지는 일 없어."

"나 태닝 중이야." 내가 말했다.

"태닝은 충분해."

"내가 운전해도 돼?"

제러마이아가 망설이다가 대답했다. "좋아. 하지만 우선 씻어야 해. 내 차 시트에 오일 묻히면 안 되니까."

나는 일어나서 오일이 묻어 축 늘어진 머리를 하나로 묶었다. "금방 나올게. 조금만 기다려." 내가 말했다.

제러마이아는 에어컨을 최대로 켜고 차 조수석에 앉아 나를 기다렸다. "어디로 갈까?" 내가 운전석에 타며 물었다. 꽤 숙련된 느낌이 들었다. "테네시? 뉴멕시코? 멀리 가야 연습을 많이 하지."

제러마이아는 눈을 감고 고개를 젓혔다. "도로로 나가서 좌회전만 해." 그가 말했다.

"넵." 나는 에어컨을 끄고 창문 네 개를 전부 열었다. 창문을 내리고 운전하면 훨씬 좋았다. 정말 어디론가 떠나는 기분이었다.

제러마이아가 알려 주는 대로 계속 가자 고 카트(소형 일인용 경주 연습 차량으로, 오락용으로 많이 사용한다-옮긴이) 시티 앞에 도착했다. "지금 장난해?"

"여기서 운전 연습 좀 하자." 제러마이아가 정신 나간 사람처럼 웃으며 말했다.

우리는 줄을 서서 기다렸고, 차례가 되자 직원이 내게 파란 차에 타라고 했다. 내가 물었다. "빨간 차는 안 되나요?"

직원이 내게 윙크하더니 말했다. "예쁘니까 타게 해 줄게요."

얼굴이 달아오르는 것이 느껴졌지만, 기분 좋았다. 누군가 내게 관심을 보였으니까. 근사한 기분이었다. 작년 여름에도 그 남자 직원을 봤지만, 내게 눈길 한번 주지 않았었다.

내 옆 차에 올라타며 제러마이아가 중얼거렸다. "별 느끼한 놈 다 보겠네. 진짜 일자리나 찾아볼 것이지."

"인명 구조 같은 진짜 일자리?" 내가 받아쳤다.

제러마이아가 인상을 썼다. "운전이나 해."

내 차가 트랙을 한 바퀴 돌고 올 때마다 그 남자가 손을 흔들었다. 세 번째에는 나도 마주 흔들었다.

트랙을 여러 번 돌다 보니 제러마이아가 일하러 갈 시간이 됐다.

"너 오늘 운전 연습은 충분히 한 것 같아." 제러마이아가 목을 문지르며 말했다. "갈 땐 내가 운전할게."

나는 반대하지 않았다. 제러마이아는 집까지 빠르게 운전한 뒤 나를 앞에 내려 주고 일하러 갔다. 왠지 뿌듯한 기분이 들었다.

"캠이란 애가 전화했더라." 엄마가 말했다. 엄마는 식탁에서 뿔테 안경을 쓰고 신문을 읽고 있었다. 고개도 들지 않았다.

"그랬어?" 나는 손등으로 미소를 감추며 물었다. "음, 번호 남겼어?"

"아니." 엄마가 말했다. "다시 전화한대."

"왜 안 물어봤어?" 짜증이 묻은 내 목소리가 싫었지만, 엄마와 대화하다 보면 어쩔 수가 없었다.

"아니다, 됐어." 나는 이렇게 말하고서 냉장고로 가 레모네이드를 꺼냈다.

"그래." 엄마가 말하고 다시 신문을 읽었다.

엄마는 그 일을 캐묻지 않았다. 원래 그랬다. 그래도 번호는 받아 줄 수 있었을 텐데. 수재나 아줌마가 있었다면 내가 전부 털어놓을 때까지 신이 나서 놀리고 꼬치꼬치 캐물었을 것이다. 나도 기꺼이 털어놓았을 것이다.

"피셔 아저씨가 아침에 전화했었어." 내가 말했다.

엄마가 다시 고개를 들었다. "뭐라던?"

"별 이야기는 없었어. 이번 주말에 못 온다는 말밖엔."

엄마는 입술을 오므렸지만 아무 말도 하지 않았다.

"수재나 아줌마는 어디 있어?" 내가 물었다. "방에 있어?"

"응. 하지만 몸이 좋지 않아서 낮잠 자고 있어." 엄마가 말했다. 올라가서 성가시게 하지 말라는 뜻이었다.

"어디가 아픈데?"

"여름 감기에 걸렸어." 엄마가 기계적으로 말했다.

엄마는 거짓말을 정말 못했다. 수재나 아줌마는 방에 오래 틀어박혀 지냈고, 전과는 다른 우울한 분위기가 감돌았다. 무슨 일이 있는 것이 분명했다. 다만 무슨 일인지 알 수 없었다.

캠이 그다음 날 밤과 또 그다음 날 밤에 다시 전화했다. 우리는 다시 만나기 전 두 번 통화했는데, 한 번에 네댓 시간씩 했다. 나는 테라스 라운지체어에 누워 발가락 끝을 위로 뻗고 통화했다. 너무 크게 웃어서 제러마이아가 창문에 대고 소리 좀 줄이라고 고함쳤다. 우리는 온갖 이야기를 다 했고 즐거웠지만, 나는 그가 언제 다시 만나자고 말할지 내내 기다렸다. 하지만 그는 끝내 말하지 않았다.

그래서 내가 정해야 했다. 나는 캠에게 집으로 와서 비디오 게임이나 수영을 하자고 했다. 사실 집에 아무도 없을 줄 알았기 때문에 그를 불렀다. 제러마이아나 콘래드나 엄마나 수재나 아줌마에게 그를 보이고 싶지 않았다. 당분간은 나만 보고 싶었다.

"나 수영 진짜 잘하거든. 그러니까 내가 이겨도 화내지 마." 내가 전화로 말했다.

캠이 웃으면서 말했다. "자유형으로?"

"어떤 영법이든지."

"왜 그렇게 이기는 걸 좋아해?"

이기면 재미있고, 이기는 것을 싫어하는 사람이 어디 있냐는 대답 말고 그 질문에 다른 답을 할 수 있을까? 스티븐 오빠와 함께 자라고 제러마이아와 콘래드와 지내다 보니 이기는 것은 늘 중요했다. 그들을 이기기란 쉽지 않았기 때문에 더욱 그랬다. 그런 조건에서의 승리는 천배는 더 달콤한 법이다.

나는 방 창문으로 집으로 오는 캠을 지켜봤다. 그의 차는 짙은 파란색이었는데 내가 이미 갖기로 마음먹은 그의 점퍼처럼 낡은 느낌이었다. 그와 꼭 어울리는 차였다.

캠이 초인종을 눌렀고 나는 날듯이 계단을 달려 내려가 문을 열었다. "안녕." 나는 그의 옷을 입고 있었다.

"내 옷을 입고 있네." 캠이 미소를 지으며 나를 내려다봤다. 내 기억보다도 더 키가 컸다.

"있잖아, 이 옷 내가 가지면 어떨까?" 내가 캠을 집 안으로 들이며 말했다. "하지만 공짜로 받을 생각은 없어. 시합에서 이기면 상으로 줘."

"하지만 내가 이기면 화날 텐데." 캠이 한쪽 눈썹을 올리며 말했다. "내가 가장 좋아하는 옷이니까, 내가 이기면 가져갈 거야."

"좋아." 내가 말했다.

우리는 뒷문으로 나가 테라스 계단을 내려가서 수영장으로 갔다. 나는 반바지와 티셔츠와 그의 점퍼를 재빨리, 아무 생각 없이 벗었다. 제러마이아와 나는 늘 수영장에서 시합했다. 캠 앞에서 비키니 차림이 어색하다는 생각조차 하지 않았다. 그 집에서는 여름 내내 수영복을 입고 살았으니까.

하지만 캠은 재빨리 시선을 돌리더니 티셔츠를 벗었다. "준비됐어?" 그가 수영장 가장자리에 서서 말했다.

나는 걸어가 그 옆에 섰다. "한 바퀴?" 내가 발가락을 물에 적시며 물었다.

"좋아." 캠이 말했다. "너 먼저 시작할래?"

나는 코웃음을 쳤다. "네가 먼저 시작할래?"

"졌네." 캠이 씩 웃었다.

캠이 그렇게 말하니 멋있었다. 다른 느낌이었다.

나는 첫 시합을 쉽게 이겼다. "일부러 져 준 거지?" 내가 따져 물었다.

"아냐." 그가 말했다. 하지만 거짓말이 분명했다. 그곳에서 보낸 모든 여름과 모든 시합에서 콘래드나 제러마이아, 특히 스티븐 오빠는 일부러 져 준 적이 단 한 번도 없었다.

"이젠 봐주지 말고 제대로 해." 내가 경고했다. "안 그러면 내가 점퍼를 가질 거야."

"3판 2승." 캠이 머리카락을 쓸어 넘기며 말했다.

그다음에는 캠이, 마지막에는 내가 이겼다. 캠이 일부러 져 준 것인지 아닌지 확신이 안 섰다. 따지고 보면, 키가 워낙 큰 캠의 스트로크 한 번은 내 두 번과 같았다. 하지만 나는 그 옷을 갖고 싶었고 이긴 것을 문제 삼지 않았다. 어쨌든 승리는 승리니까.

캠이 돌아갈 때 나는 차까지 바래다줬다. 캠은 곧바로 차에 타지 않았다. 아주 오래 침묵이 흘렀다. 정말이지 처음 흐르는 침묵이었다. 캠이 목청을 가다듬더니 말했다. "있잖아, 킨제이라는 친구가 있는데 내일 밤에 파티를 한대. 같이 갈래?"

"응." 나는 곧바로 대답했다. "같이 가자."

다음 날 아침, 엄마와 수재나 아줌마는 장을 보러 갔고, 우리 넷은 함께 아침 식사를 했다. "오늘 밤에 파티에 갈 거야." 나는 잘난 체하고 싶어서 말해 버렸다.

콘래드가 눈썹을 치켜올렸다. "네가?"

"누구네 파티?" 제러마이아가 물었다. "킨제이네?"

나는 주스를 내려놓았다. "어떻게 알았어?"

제러마이아가 웃으면서 내게 손가락을 흔들었다. "나는 커즌스에 모르는 사람이 없단다, 벨리. 인명 구조 요원이라고. 그건 시장이나 마찬가지라는 뜻이지. 그레그 킨제이는 쇼핑몰 옆 서핑 숍에서 일해."

콘래드가 눈살을 찌푸리며 물었다. "그레그 킨제이라면 팬티에 크리스털 메스(메스암페타민. 각성제의 일종으로 의존도가 매우 높은 마약―옮긴이)를 감추고 다니면서 파는 놈 아냐?"

"뭐? 아니야. 캠이 그런 사람이랑 친구일 리 없어." 내가 변명하듯 말했다.

"캠이 누군데?" 제러마이아가 물었다.

"클레이네 파티에서 만난 사람. 그 파티에 같이 가자고 해서 그러기로 했어."

"미안하지만, 메스 중독자 파티에는 못 가." 콘래드가 말했다.

콘래드가 내게 이래라저래라 하는 것이 두 번째였다. 지겨웠다. 자기가 대체 뭐라고? 나는 그 파티에 꼭 가야 했다. 크리스털 메스가 있든지 없든지 갈 생각이었다. "내가 장담하는데, 캠은 그런 사람이랑 어울리지 않는다고! 그는 스트레이트 에지니까."

콘래드와 제러마이아가 동시에 코웃음을 쳤다. 이런 순간 그 둘은 꼭 한 팀이 됐다. "스트레이트 에지라고?" 제러마이아가 웃음을 참으며 말했다. "멋지네."

"아주 대단해." 콘래드가 맞장구쳤다.

나는 둘을 노려봤다. 처음에는 메스 중독자랑 어울리지 말라더니, 다음에는 스트레이트 에지를 비웃다니. "캠은 마약 안 해, 알겠어? 그러니까 마약 딜러랑 어울릴 리 없단 거야."

제러마이아가 뺨을 긁적이더니 말했다. "있잖아, 마약 딜러는 그레그 로젠버그일지도 몰라. 그레그 킨제이는 꽤 괜찮거든. 걔네 집에 당구대도 있다고. 나도 그 파티에 가 봐야겠다."

"잠깐, 뭐?" 나는 당황하기 시작했다.

"나도 가 봐야지." 콘래드가 말했다. "난 포켓볼 좋아하니까."

나는 일어났다. "둘은 올 수 없어. 초대도 안 받았잖아."

콘래드가 의자에 기대며 손으로 머리를 받쳤다. "걱정하지 마, 벨리. 네 데이트를 방해하지 않을게."

"그 자식이 너한테 손대지만 않는다면." 제러마이아가 위협하듯이 파란 눈을 가늘게 뜨며 주먹 쥔 손을 다른 손에 문질렀다. "그랬다간 죽을 줄 알아."

"이럴 순 없어." 내가 앓는 소리를 냈다. "부탁이야. 오지 마. 제발, 오지 말아 줘."

제러마이아는 내 말을 무시했다. "형, 뭐 입을 거야?"

"아직 못 정했어. 카키색 반바지? 너는 뭐 입을래?"

"둘 다 미워." 내가 말했다.

나와 콘래드, 게다가 나와 제러마이아 사이까지 어색해졌다. 말도 안 되는 생각이 머릿속에 슬그머니 떠올랐다. 그 둘은 내가 캠과 사귀는 것을 원하지 않나? 그 둘이, 그러니까, 내게 감정이 있어서? 가당키나 한 일일까? 의심스러웠다. 나는 그 두 사람에게 동생이나 다름없었으니까. 다만, 나는 그렇지 않을 뿐.

준비를 마치고 나가기 전에 수재나 아줌마 방에 들렀다. 아줌마와 엄마는 방에서 옛날 사진을 정리했다. 아줌마는 아직 이른 시간인데도 잘 준비를 끝낸 상태였다. 주위에 베개를 모아 놓고 피셔 아저씨가 홍콩에 출장 갔다가 사다 준 실크 가운을 입고 있었다. 붉은색과 크림색의 가운이었고, 나도 결혼하면 꼭 그런 것을 갖고 싶었다.

"이리 와서 앨범 정리하는 것 좀 도와줘." 엄마가 오래된 줄무늬 모자 상자를 뒤지며 말했다.

"로럴, 쟤 옷 입은 거 못 봤어? 좋은 일이 있는 것 같은데?" 아줌마가 윙크했다. "벨리, 너 데이지 꽃처럼 예쁘다. 태닝하고 흰색 입으니 정말 보기 좋아. 눈에 확 들어와."

"고마워요, 아줌마." 내가 말했다.

그렇게 차려입은 것은 아니었지만, 적어도 모닥불 파티 때처럼 반바지를 입지는 않았다. 흰색 원피스에 플립플롭을 신고 머리가 젖었을 때 땋았다. 너무 죄어서 30분 뒤면 풀어 버릴지도 모르지만, 상관없었다. 귀여웠으니까.

"정말 예쁘네. 어디 가니?" 엄마가 물었다.

"그냥 파티." 내가 말했다.

엄마가 눈살을 찡그리며 물었다. "콘래드랑 제러마이아도 같이 가니?"

"걔들이 내 보디가드는 아냐." 내가 어이없다는 표정으로 말했다.

"그렇다곤 안 했다." 엄마가 말했다.

아줌마가 손을 내저으며 말했다. "재미있게 놀아, 벨리!"

"그럴게요." 나는 엄마가 더 질문하기 전에 문을 닫았다.

콘래드와 제러마이아가 농담으로 한 말일 뿐, 정말로 오려고 하지는 않기를 바랐다. 하지만 계단을 내려가 나가려고 하는데 제러마이아가 외쳤다. "어이, 벨리?"

제러마이아와 콘래드는 가족실에서 티브이를 보고 있었다. 나는 문 앞에 서서 머리만 들이밀었다. "왜?" 내가 차갑게 말했다. "나 좀 바쁜데."

제러마이아가 내 쪽으로 고개를 돌리더니 장난스럽게 윙크했다. "좀 있다 보자."

콘래드가 내게 말했다. "향수는 뭐지? 머리 아파. 게다가 화장은 왜 했어?"

화장을 그렇게 과하게 하지도 않았다. 블러셔와 마스카라, 립글로스 살짝이 전부였다. 그저 내가 화장한 모습에 콘래드가 익숙하지 않아서였다. 그리고 목과 손목에 향수 조금 뿌린 것뿐이었다. 콘래드는 레드삭스 여자애의 향수에는 분명 개의치 않았다. 아니, 좋아했었다. 그래도 나는 복도 거울 앞에서 마지막으로 한 번 더 확인했다. 그리고 블러셔는 조금 닦아 냈다. 향수도.

그런 다음 문을 쾅 닫고서 집으로 들어서는 캠의 차를 향해 달려 나갔다. 내 방 창문으로 보고 있었기 때문에 캠이 도착할 때를 알았다. 그가 엄마와 마주치지 않도록.

캠의 차에 올라탔다. "안녕." 내가 말했다.

"안녕. 초인종을 누르려고 했는데." 캠이 말했다.

"내 말 믿어. 이러는 편이 나아." 문득 수줍어진 내가 말했다. 몇 시간 씩 통화하고 함께 수영도 해 놓고 갑자기 모르는 사람 같은 느낌이 드는 까닭은 무엇일까?

"있잖아, 킨제이라는 친구가 좀 이상하기는 하지만 좋은 사람이야." 캠이 도로로 후진하며 말했다. 캠은 운전을 잘했다. 조심스럽게.

나는 슬쩍 물었다. "그 사람 혹시 크리스털 메스 팔아?"

"음, 나는 모르는 일인데." 캠이 웃으며 말했다. 그의 오른쪽 뺨에 있 는 보조개를 처음 봤다. 마음에 들었다.

나는 긴장을 풀었다. 크리스털 메스 문제가 해결되었으니, 한 가지만 남았다. 나는 손목에 찬 팔찌를 자꾸만 비틀다가 말했다. "모닥불 파티 때 나랑 같이 간 남자들 알지? 제러마이아랑 콘래드."

"네 가짜 오빠들?"

"응. 파티에 올지도 몰라. 음, 킨제이랑 아는 사이래." 내가 말했다.

"아, 그래?" 캠이 말했다. "잘됐네. 내가 변태 같은 놈이 아니라는 걸 알게 될 수도 있고."

"그 둘은 네가 변태라고 생각 안 해." 내가 말했다. "아니, 좀 그렇게 생각하긴 하는데, 내가 말 거는 상대는 다 변태라고 생각하니까. 네게만 그런 건 아니야."

"그렇게 널 보호하는 걸 보면 정말 좋아하나 보다." 캠이 말했다.

그런가?

"음, 아니야. 아니, 제러마이아는 그렇지만 콘래드는 그냥 자기 의무라고 생각해서 그래. 콘래드는 사무라이라도 됐어야 했는데." 나는 캠을 힐끔 봤다. "미안. 지루해?"

"아니. 계속 이야기해." 캠이 말했다. "사무라이는 어떻게 알아?"

나는 다리를 깔고 앉으며 말했다. "9학년 때 배스커빌 선생님 세계사 수업에서 일본과 무사도에 대해 배웠거든. 나는 할복이라는 개념이 너무 신기하더라."

"우리 아빠가 반은 일본인이야." 캠이 말했다. "할머니가 일본에 사셔서 1년에 한 번은 뵈러 가."

"와." 나는 일본에, 사실 아시아 어디에도 가 본 적이 없었다. "일본어 할 줄 알아?"

"조금." 캠이 정수리를 문지르며 말했다. "어느 정도는 해."

나는 휘파람을 불었다. 휘파람은 내 자랑이었다. 스티븐 오빠가 가르쳐 줬다. "그럼 영어랑 프랑스어에, 일본어도 해? 굉장하다. 넌 정말 천재 같아, 와우." 내가 놀렸다.

"라틴어도 하거든." 캠이 씩 웃으며 말했다.

"라틴어는 말로 하지 않잖아. 죽은 언어니까." 내가 단순히 반박하기 위해 말했다.

"죽지 않았어. 모든 서구 언어에 들어 있잖아." 꼭 7학년 라틴어 담당 코니 선생님 같은 말투였다.

킨제이라는 사람의 집 앞에 도착했다. 나는 어쩐지 차에서 내리기가 싫었다. 누군가와 이야기하고, 누군가가 경청해 주는 느낌이 좋았다. 취한 것 같은 느낌이었다. 이상하게 힘이 났다.

우리는 막다른 골목에 차를 세웠다. 차들이 매우 많았다. 잔디밭에 반쯤 걸치고 세운 차도 있었다. 캠은 걸음이 빨랐다. 다리가 무척 길어서 따라가려면 서둘러야 했다. "킨제이랑은 어떻게 알아?" 내가 물었다.

"킨제이한테 약을 사거든." 내 표정을 보더니 캠이 웃었다. "너 정말 잘 속는구나, 플라워아. 킨제이 부모님이 보트를 갖고 있어. 보트 정박지에서 만났어. 좋은 사람이야."

우리는 노크 없이 곧바로 들어갔다. 음악 소리가 너무 커서 차에서도 들렸다. 어떤 여자가 〈라이크 어 버진(Like a Virgin)〉을 목청이 터져라 부르면서 날뛰어서 마이크 줄이 무릎에 감겨 있었다. 거실에는 열 명쯤 모여 맥주를 마시면서 노래책을 돌리고 있었다. "다음에는 〈리빙 온 어 프레이어(Livin' on a Prayer)〉를 불러." 어떤 남자가 무대 위 여자에게 권했다.

모르는 남자 둘이 나를 훑어봤다. 그들의 눈길이 느껴졌고 내가 정말 그렇게 화장을 많이 한 건지 의아했다. 남자들이 내게 눈길을 주는 것도 처음이었다. 데이트는 물론이고. 기쁘면서 동시에 두려웠다. 모닥불 파티에서 본 여자아이가 있었다. 캠을 좋아하는 애. 그 애는 우리를 보더니 시선을 돌리고는 이따금 한 번씩 흘깃거렸다. 그 애에게 미안했다. 그 기분을 나도 아니까.

커즌스에서 주말을 보내는 이웃 질도 있었다. 질이 내게 손을 흔들었다. 별장 앞마당이 아닌 곳에서 보는 건 처음이었다. 질은 비디오 가게 남자 옆에 앉아 있었다. 화요일에 일하고 이름표를 거꾸로 다는 남자였다. 그의 하체는 본 적이 없었다. 늘 계산대 뒤에 서 있었으니까. 그리고 지미의 게 요리 식당에서 일하는 케이티도 유니폼을 벗고 와 있었다. 평생 여름마다 만나 온 사람들이었다. 그렇다면 그들은 늘 그곳에 있었던 것이다. 바깥에, 파티에. 나만 라푼첼처럼 별장에 갇혀 엄마와 수재나 아줌마와 옛날 영화나 보고 있었다.

캠은 모두를 아는 것 같았다. 남자애들과는 어깨를 부딪치고, 여자애들과는 안으며 인사를 나눴다. "내 친구 플라워야." 그가 나를 소개했다. "이 친구가 킨제이야. 집주인."

"안녕, 킨제이." 내가 말했다.

킨제이는 소파에 누워 있었는데, 셔츠를 입고 있지 않았다. 앙상한 새 가슴이었다. 마약 딜러처럼 보이지는 않았다. 신문 배달원에 가까웠다.

킨제이는 맥주를 꿀꺽 마시더니 말했다. "사실 내 이름은 킨제이가 아니야. 그레그지. 그런데 다들 킨제이라고 불러."

"내 이름도 사실은 플라워가 아니라 벨리야. 캠만 날 플라워아라고 불러."

킨제이는 이해한다는 듯 고개를 끄덕였다. "마실 건 주방 아이스박스에 있어."

캠이 내게 물었다. "뭐 마실래?"

나는 뭐라고 대답할지 망설여졌다. 한편으로는 술을 마셔 보고 싶었다. 마셔 본 적 없었으니까. 새로운 경험이 될 것 같았다. 그해 여름이 특별하고 중요하다는 또 하나의 증거가 될 것 같았다. 반면, 내가 술을 마시면 캠이 싫어할까? 나를 비판할까? 그 문제에 대해 스트레이트 에지 규칙이 어떻게 되는지 알 수 없었다.

술은 마시지 않기로 마음먹었다. 며칠 전 클레이에게서 나던 냄새를 풍길 수는 없었다. "콜라 마실래." 내가 말했다.

캠은 끄덕였고, 나는 그가 내 대답에 수긍한다고 느꼈다. 우리가 주방으로 걸어가는데 짧은 대화가 들려왔다. "켈리가 음주 운전을 해서 이번 여름에 못 왔대." "퇴학당했다던데." 켈리가 누군지 궁금했다. 보면 아는 사람일까? 이게 다 스티븐 오빠와 제러마이아와 콘래드 탓이었다. 그들은 나를 아무 데도 데려가지 않았다. 그래서 나는 아무도 몰랐다.

주방 의자에는 전부 핸드백과 재킷이 놓여 있었다. 캠은 빈 맥주병을 몇 개 치우고 조리대 위에 내가 앉을 수 있는 공간을 만들었다. 나는 그 위에 올라앉았다.

"이 사람들을 다 알아?" 내가 물었다.

"아니." 캠이 대답했다. "너한테 멋지게 보이고 싶을 뿐이야."

"이미 그래." 나는 이렇게 말하고 거의 동시에 얼굴을 붉혔다.

캠은 내가 농담이라도 한 것처럼 웃었고, 그 모습에 한결 기분이 나아졌다. 캠은 아이스박스에서 콜라를 꺼내 뚜껑을 열어 내게 건넸다.

캠이 말했다. "내가 스트레이트 에지라고 해서 너까지 술을 못 마시는 건 아니야. 그러니까, 그걸 보고 너를 판단하긴 하겠지만, 그래도 마시고 싶으면 마셔도 돼. 참, 이 말은 농담이었어."

"알아." 내가 말했다. "그래도 콜라가 좋아." 사실이었다.

나는 콜라를 길게 들이켜고 트림을 했다. "미안." 나는 땋은 머리를 풀며 말했다. 너무 꽉 죄어서 두피가 따가웠다.

"너 꼭 아기처럼 트림하네." 캠이 말했다. "좀 더러운데 귀엽다."

나는 머리를 마저 풀고서 어깨로 캠을 툭 쳤다. 머릿속에서 콘래드의 목소리가 들렸다. '어어, 너 이제 쟤를 치기까지 하네. 벨리, 너, 끼 부리는구나. 끼 부리네.' 콘래드는 항상 내 옆에 있는 것 같았다. 그런데 정말이었다.

느닷없이 제러마이아 특유의 요들 소리가 스피커에서 들려왔다. 나는 입술을 깨물었다. "왔네." 내가 말했다.

"나가서 인사할래?"

"아니." 나는 이렇게 말했지만, 조리대에서 뛰어내렸다.

거실로 나가 보니 제러마이아가 내가 처음 듣는 노래를 부르고 있었다. 여자들이 미소 지으며 반한 눈으로 제러마이아를 보고 있었다. 콘래드는 맥주를 들고 소파에 앉아 있었다. 레드삭스 여자애는 그 옆 팔걸이에 걸터앉아 몸을 바짝 붙이고서 머리카락을 커튼처럼 콘래드 얼굴에 늘어뜨리고 있었다. 콘래드와 제러마이아가 그 여자애를 태우고 왔는지, 조수석에 앉혔는지 궁금했다.

"노래 잘하네." 캠이 말했다. 그리고 내가 보는 방향을 보더니 물었다. "쟤랑 니콜이 사귀는 거야?"

"누가 알겠어?" 내가 말했다. "무슨 상관."

제러마이아가 그때 나를 봤고 노래를 마치고는 고개 숙여 인사했다. "벨리! 다음 노래는 너한테 바칠게." 그가 캠에게 손짓했다. "너, 이름이 뭐야?"

캠이 목청을 가다듬었다. "캠 캐머런."

제러마이아는 마이크에 대고 말했다. "이름이 캠 캐머런이야? 젠장, 별로다, 야." 모두 웃어 댔다. 특히 1초 전까지 몹시 지루한 표정이던 콘래드가 크게 웃었다.

"그냥 캠이야." 캠이 조용히 말하며 나를 쳐다봤다. 나는 부끄러웠다. 캠에게 부끄러운 것이 아니라, 캠이 부끄러웠다. 그래서 제러마이아와 콘래드가 싫었다.

콘래드와 제러마이아가 캠을 못마땅하게 여기니 나도 그래야 할 것 같았다. 바로 몇 분 전 캠과 그렇게 가깝다고 느낀 것이 우스웠다.

"좋아, 캠 캐머런. 이 노래는 너랑 네가 좋아하는 귀여운 벨리 버튼에게 바친다. 시작해 주세요, 여러분." 어떤 여자가 리모컨 버튼을 눌렀다. "여름의 연애, 내게 폭풍을 선사……."

나는 그를 죽이고 싶었지만, 고개를 저으며 노려볼 수밖에 없었다. 사람들 앞에서 그의 손에 들린 마이크를 빼앗을 수는 없는 노릇이었으니까. 제러마이아는 나를 향해 웃으며 춤을 추기 시작했다. 바닥에 앉아 있던 여자 하나가 벌떡 일어나 함께 춤을 추기 시작했다. 그 여자애가 올리비아 뉴튼존이 부르는 부분을 틀린 음정으로 불렀다. 콘래드는 특유의 흥미롭다는, 잘난 체하는 표정으로 지켜봤다. 누군가 "쟤는 대체 누구야?"라고 묻는 소리가 들렸다. 그 여자는 그렇게 말하며 나를 똑바로 봤다.

옆에서 캠이 웃고 있었다. 믿을 수가 없었다. 나는 창피해서 죽어 가는데, 그는 웃다니. "웃어, 플라워아." 캠이 내 옆구리를 찌르며 말했다.

누군가가 웃으라고 하면 도리가 없다. 나는 늘 웃는다.

제러마이아가 노래하는 도중에 캠과 나는 나와 버렸다. 보지 않고도 콘래드의 시선을 느낄 수 있었다.

캠과 나는 계단에 앉아 이야기했다. 그는 나보다 위에 앉았다. 이야기하기 좋은 상대였고, 전혀 부담스럽지 않았다. 그가 쉽게 웃는 점이 마음에 들었다. 콘래드와는 달랐다. 콘래드와 함께 있으면 미소를 얻어 내려고 열심히 노력해야 했다. 콘래드에게서는 무엇이든지 쉽게 얻을 수 없었다.

캠이 내게 다가왔다. 키스하려는 줄 알았다. 그랬다면 키스를 허락했을 것이다. 하지만 그는 몸을 숙이더니 발목을 긁거나 양말을 올리거나 자세를 고쳐 앉았고, 이런 행동을 다시 반복했다.

그때, 바깥 테라스에서 적대적으로 화를 내는 목소리가 들려왔다. 화난 콘래드의 목소리도 똑똑히 들렸다. 나는 벌떡 일어났다. "밖에 무슨 일이 있나 봐."

"확인해 보자." 캠이 앞장서며 말했다.

콘래드와 팔뚝에 철조망 문신을 한 남자가 다투고 있었다. 남자는 콘래드보다 키는 작은데 체구가 다부졌다. 근육이 대단했고, 스물다섯은 되어 보였다. 제러마이아가 흥미로운 표정으로 지켜보고 있었지만, 필요하면 언제라도 덤벼들 태세였다.

제러마이아에게 속삭였다. "무슨 일로 싸우는 거야?"

제러마이아가 어깨를 으쓱였다. "형이 취했어. 걱정하지 마. 그냥 허세야."

"서로 죽일 것 같은데." 내가 불안한 목소리로 말했다.

"괜찮아." 캠이 말했다. "우리 그만 가자. 늦었어."

나는 그제야 캠을 봤다. 그가 내 곁에 있다는 사실을 잊고 있었다. "난 안 갈래." 내가 말했다. 내가 싸움을 막을 수 있는 것은 아니었지만, 그래도 콘래드를 거기 두고 갈 수는 없었다.

콘래드가 남자에게 가까이 다가서자, 남자가 쉽게 그를 밀쳤다. 콘래드가 웃었다. 폭풍우가 휘몰아치기 직전처럼 진짜 싸움이 벌어질 기미가 느껴졌다. 하늘이 찢어지기 직전, 사방이 아주 고요해지는 것처럼.

"어떻게 좀 해 봐." 내가 목소리를 낮춰 다그쳤다.

"형은 어른이야." 제러마이아가 콘래드를 지켜보며 말했다. "괜찮을 거야."

하지만 제러마이아도, 나도 그 말을 믿지 않았다. 콘래드는 괜찮지 않아 보였다. 내가 아는 콘래드와는 전혀 다르게, 거칠고 통제 불능으로 보였다. 다치면 어떡하지? 그러면? 내가 도와야 했다. 반드시 그래야 했다.

나는 그들에게 다가가기 시작했고 말리려는 제러마이아에게 손사래를 쳤다. 하지만 나는 할 말이 없었다. 싸움을 말려 본 적이 없었다.

"음, 저기." 나는 둘 사이에 서서 말했다. "이제 가야 해."

콘래드가 나를 옆으로 밀었다. "넌 빠져, 벨리."

"앤 누구야? 네 동생이냐?" 남자가 나를 위아래로 훑어봤다.

"아니, 난 벨리야." 내가 말했다. 다만, 긴장해서 내 이름을 말하면서 더듬었다.

"벨리?" 남자는 웃음을 터뜨렸고, 나는 콘래드의 팔을 잡았다.

"이제 가자." 내가 말했다.

콘래드가 나를 떼어 내려다가 살짝 휘청거리는 것을 보고 얼마나 취했는지 깨달았다. "가지 마. 이제 막 재미있어지고 있잖아. 잘 봐, 내가 얘 혼쭐을 낼 테니." 콘래드의 그런 행동은 처음이었다. 강한 어조에 두려워졌다. 레드삭스 여자애는 어디로 갔는지 궁금했다. 그 애가 콘래드를 말려 주었으면 싶었다. 나는 어떻게 해야 할지 몰랐으니까.

남자가 웃었지만, 그도 나만큼 싸움을 원하지 않는 것이 분명했다. 집에 가서 팬티만 입고 티브이나 보고 싶은 듯, 지친 표정이었다. 반면 콘래드는 잔뜩 흥분한 상태였다. 콘래드는 흔들어 놓은 탄산음료 병 같았다. 누군가에게 폭발하기 직전이었다. 상대는 중요하지 않았다. 그가 콘래드보다 덩치가 큰 것도 중요하지 않았다. 그의 키가 6미터에 벽돌처럼 단단해도 상관없었을 것이다. 콘래드는 싸움 상대를 찾고 있었다. 싸우고 나야 만족할 것 같았다. 그런데 그는, 콘래드를 죽일 수도 있었다.

남자가 콘래드와 나를 번갈아 봤다. 그리고 고개를 저으며 말했다. "벨리, 네가 이 꼬마를 데리고 가는 게 좋겠다."

"애한테 말 걸지 마." 콘래드가 경고했다.

나는 콘래드 가슴에 손을 댔다. 그런 행동은 처음이었다. 탄탄하고 따뜻했다. 그의 심장이 빠르게 마구 뛰었다. "그냥 집에 가자, 응?" 내가 사정했다. 하지만 콘래드는 그 자리에 있는 나를 보지도, 가슴 위에 올린 내 손을 느끼지도 못하는 것 같았다.

"네 여자 친구 말 들어라, 꼬맹아." 남자가 말했다.

"여자 친구 아니야." 나는 무표정하게 서 있는 캠을 힐끔거리며 말했다.

그리고는 어쩔 줄 모르겠다는 표정으로 제러마이아를 보자, 그가 걸어왔다. 제러마이아가 콘래드 귀에 대고 뭐라고 속삭이자 콘래드는 그를 뿌리쳤다. 그래도 제러마이아는 낮은 목소리로 계속 이야기했고, 그 둘이 날 보는 눈빛을 보고 내 이야기인 것을 깨달았다. 콘래드는 망설이다가 결국 고개를 끄덕였다. 그리고 장난 비슷하게 그 남자를 치려는 시늉을 하자, 남자가 어이없다는 표정을 지었다. "잘 자라, 얼간아." 콘래드가 남자에게 말했다.

남자는 성가신 표정으로 콘래드에게 한 손을 흔들었다. 나는 한숨을 푹 내쉬었다.

차로 돌아가는데 캠이 내 팔을 잡았다. "저 사람들이랑 가도 괜찮아?" 캠이 물었다.

콘래드가 주변을 빙빙 돌면서 말했다. "저 사람들이 누군데?"

나는 캠에게 고개를 저으며 말했다. "괜찮아. 걱정하지 마. 전화할게."

캠은 염려스러운 표정이었다. "누가 운전해?"

"나." 제러마이아가 대답했고, 콘래드는 잠자코 있었다. "걱정하지 마, 스트레이트 에지. 나는 음주 운전 안 하니까."

나는 당황했고, 캠도 신경 쓰이는 눈치였지만 고개만 끄덕였다. 나는 재빨리 캠을 끌어안았다. 그 순간 캠의 몸이 뻣뻣하게 굳는 걸 느꼈다. 그의 기분을 풀어 주고 싶었다. "오늘 고마웠어." 내가 말했다. 그리고 억울함이 치밀었다. 콘래드가 바보처럼 성질을 부리는 바람에 평생 처음 해 본 데이트를 망쳤다. 억울했다.

제러마이아가 말했다. "차에 타고 있어. 안에 모자를 두고 왔어. 금방 갔다 올게."

"얼른 와." 내가 말했다.

콘래드와 나는 말없이 차에 탔다. 으스스할 정도로 조용했다. 이제 막 새벽 1시가 넘었는데 새벽 4시, 온 세상이 잠든 시각 같았다. 콘래드는 좀 전의 에너지는 모두 사라졌는지 뒷좌석에 누웠다. 나는 앞좌석에 앉아 맨발을 대시 보드에 올리고 등을 기댔다. 아무도 말하지 않았다. 내가 미처 알지 못했던 콘래드의 행동 방식 때문에 좀 전까지만 해도 두려웠다. 갑자기 몹시 피곤해졌다.

머리카락을 뒤로 늘어뜨리고 있던 나는 문득 뒷좌석에서 콘래드가 내 머리끝을 건드리는 것을 느꼈다. 순간 숨이 멎을 것 같았다. 우리는 완전한 정적 속에 함께 있었고, 콘래드가 내 머리카락을 만지작거리고 있었다.

"네 머리는 애들 머리 같아. 항상 흐트러져 있잖아." 콘래드가 나직이 말했다. 그의 목소리에 몸이 떨렸다. 모래사장에서 밀려가는 파도 소리 같았다.

나는 아무 말도 하지 않았다. 쳐다보지도 않았다. 그가 겁먹고 물러나는 것을 원하지 않았다. 마치 내가 열이 펄펄 났던 때처럼 모든 것이 흐릿하고 어지럽고 비현실적으로 느껴지는, 바로 그런 느낌이었다. 내가 아는 건, 그가 멈추길 원하지 않는다는 것뿐이었다.

하지만 결국 콘래드는 손을 뗐다. 나는 룸미러로 콘래드를 봤다. 그는 눈을 감고서 한숨을 쉬었다. 나도 그랬다.

"벨리." 콘래드가 입을 열었다.

그 순간 내 온몸이 각성했다. 졸음이 싹 사라졌다. 몸 구석구석이 일제히 깨어났다. 숨을 참고, 그가 할 말을 기다렸다. 나는 대답하지 않았다. 그 순간의 마법을 깨뜨리고 싶지 않았다.

그때 제러마이아가 돌아와 문을 열더니 탁 닫았다. 우리 둘만의, 아슬아슬하고 연약한 순간이 두 동강이 났다. 끝나 버렸다. 그가 무슨 말을 하려 했는지 생각해 봐도 소용없었다. 그런 순간은, 사라지면 되찾을 수 없다. 그냥 사라지고 마는 것이다.

제러마이아가 나를 이상한 표정으로 봤다. 그도 무슨 일이 있었음을 느꼈을 것이다. 나는 어깨를 으쓱였고 그는 바로 시동을 걸었다.

나는 손을 뻗어 라디오를 크게 틀었다.

집까지 오는 내내, 모두 입을 다물었고 기묘한 긴장이 감돌았다. 콘래드는 뒷좌석에서 잠들었고, 제러마이아와 나는 앞에 앉아 서로에게 눈길을 주지 않았다. 집 앞에 도착하고 나서야 제러마이아가 자기 딴에는 차

가운 어조로 콘래드에게 말했다. "엄마한테 이런 꼴 보이지 마."

그제야 나는 콘래드가 정말로 취했으며, 그날 밤 그가 한 말이나 행동은 의식한 것이 아니었음을 깨닫고, 기억했다. 그는 아마 이튿날이 되면 기억도 못 할 것이다. 아무 일도 없었던 것처럼.

집에 들어가자마자 나는 방으로 뛰어 올라갔다. 차에서 있었던 일은 잊고, 캠이 나를 보던 눈빛, 계단에서 내 어깨를 건드리던 그의 팔만 기억하고 싶었다.

다음 날, 아무 일도 없었다. 콘래드는 나를 무시조차 하지 않았다. 무시했다면 오히려 의미가 있었을 것이다. 어떤 일이 있었다는, 어떤 변화가 생겼다는 증거일 테니까. 하지만 콘래드는 전과 똑같이 나를 대했다. 내가 여전히 꼬마 벨리라는 듯, 헝클어진 머리를 하나로 묶고 바닷가에서 자기들을 쫓아다니는 아이라는 듯. 기대한 내가 바보였다.

　문제는, 콘래드가 나를 밀어 내든 잡아당기든 나는 여전히 한 방향으로 움직인다는 것이었다. 콘래드 쪽으로.

　캠은 며칠 동안 전화를 걸지 않았다. 그렇다고 그를 탓하지는 않았다. 나도 전화하지 않았다. 생각은 해 봤지만, 무슨 말을 해야 할지 도무지 알 수 없었다.

　캠은 결국 전화를 했지만, 파티 이야기는 꺼내지 않았다. 자동차극장에 가자고 했다. 좋다고 했다. 하지만 이내 걱정이 됐다. 자동차극장에 간다는 것은 진도를 나간다는 뜻일까? 그러니까, 미친 듯이, 창문에 김이

서리고 시트를 뒤로 완전히 젖히고 그런?

자동차극장에 가면 다들 그러니까. 가족들도 가지만, 뒤쪽에는 뜨거운 연인들이 자리 잡고 있었다. 나는 연인들 쪽에 가 본 적이 없었다. 수재나 아줌마와 엄마, 모두와 함께 가족 자리에서 영화를 본 적은 있었고, 콘래드와 제러마이아와도 가 봤지만, 데이트 상대와는 처음이었다.

한번은 제러마이아와 스티븐 오빠와 내가 데이트하러 간 콘래드를 몰래 살피러 갔었다. 자동차극장은 5킬로미터쯤 되는 거리에 있었다. 수재나 아줌마는 겨우 임시 면허증을 받은 제러마이아에게 운전을 허락했다. 커즌스에서는 누구나 운전을 했다. 심지어 부모 무릎에 앉은 아이들까지도.

콘래드는 우리가 훔쳐본 것을 알고 노발대발했다. 그는 매점에 가다가 우리를 발견했다. 꽤 우스웠다. 그는 머리가 헝클어진 채 우리에게 고함을 질렀고, 입술은 장밋빛으로 반짝였다. 제러마이아는 내내 깔깔 웃어 댔다.

스티븐 오빠와 제러마이아가 어딘가에서 우리를 훔쳐보고 웃었으면 싶었다. 그러면 어쩐지 안심이 될 것 같았다. 안전한 느낌이 들 것 같았다.

캠의 점퍼를 입고 지퍼를 목까지 다 올렸다. 떨리기라도 하는 것처럼 팔짱을 끼고 있었다. 캠을 좋아했지만, 함께 가고 싶었지만, 문득 차에서 뛰어내려 집까지 걸어가고 싶은 충동이 일었다. 남자와 키스한 것은 딱 한 번이었고, 진짜 키스도 아니었다. 테일러는 나를 수녀라고 불렀다. 어쩌면 나는 마음만큼은 수녀일지 몰랐다. 수녀원에 들어가야 할 것만 같았다. 어쩌면 며칠 전 일로 캠이 내게 정이 떨어져 그냥 친구 사이로 지내고 싶을 수도 있었다.

캠은 라디오를 켜고 운전대를 손가락으로 두드리며 말했다. "팝콘 같은 거 먹을래?"

사실은 먹고 싶었지만, 팝콘이 이에 들러붙는 것이 싫어서 괜찮다고 했다.

캠은 영화에 꽤 집중했고, 자세히 보려고 차창 쪽으로 다가가기도 했다. 옛날 공포 영화였는데, 아주 유명한 작품이라고 했지만 나는 처음 듣는 영화였다. 어쨌든 나는 그다지 집중하지 못했다. 영화보다는 캠을 훨씬 더 많이 봤다. 캠은 입술을 자주 핥았다. 제러마이아처럼 재미있는 부분에서 나를 돌아보며 함께 웃지는 않았다. 그저 자리에 앉아 내게서 최대한 멀찍이, 문 쪽에 기대고 있었다.

영화가 끝나자 캠은 시동을 걸었다. "갈까?" 그가 물었다.

실망감이 파도처럼 밀려들었다. 벌써 집에 데려다준다니. 캠은 나랑 스쿱스에 가서 아이스크림콘을 사 먹거나 핫퍼지 선데(버터, 우유, 설탕, 초콜릿 따위로 만든 뜨거운 시럽을 얹은 아이스크림—옮긴이)를 나눠 먹을 생각이 없었다. 그것을 데이트라고 부를 수 있다면, 데이트는 실패였다. 그는 단 한 번도 내게 손을 대지 않았다. 내가 받아 주었을지는 알 수 없지만, 그래도. 그는 시도조차 하지 않았다.

"으응." 내가 말했다. 울고 싶었지만, 이유는 알 수 없었다. 애초에 그와 키스하고 싶은지도 확실하지 않았으니까.

우리는 말없이 집에 갔다. 캠은 집 앞에 차를 세웠다. 나는 문손잡이에 손을 얹고서 잠시 숨을 멈추고 그가 시동을 끌 것인지, 내가 어서 내려야 할 것인지 기다렸다. 하지만 캠이 시동을 끄더니 잠시 머리를 뒤로 기댔다.

"내가 널 왜 기억하는지 알아?" 캠이 불쑥 물었다.

너무 갑작스러운 질문이라 무슨 말인지 이해하는 데 시간이 걸렸다.

"라틴어 학술 대회 때 말이야?"

"응."

"콜로세움 모형 때문인가?" 나는 농담을 섞어 말했다. 스티븐 오빠가 도와준 것이었다. 꽤 멋있었다.

"아니." 캠이 머리카락을 뒤로 넘겼다. 그는 나를 보지 않고 말했다. "네가 정말 예쁘다고 생각했거든. 그러니까, 평생 본 여자아이들 중에서 가장 예뻤어."

나는 웃었다. 차 안에서 내 웃음소리가 정말 크게 들렸다. "아, 그랬구나. 노력은 가상하다, 섹스투스."

"진심이야." 캠이 목소리를 높이며 말했다.

"거짓말이야." 나는 그것이 진담일 수 있다고 믿지 않았다. 믿고 싶지 않았다. 남자아이들이 이런 칭찬을 하고 나면 곧장 농담이었다는 말이 뒤따라 나오는 법이었다.

캠은 입술을 꼭 다물고 고개를 저었다. 내가 믿지 않아 기분이 상한 것이다. 그의 감정을 상하게 할 생각은 없었다. 다만 그것이 진심인지 알 수 없었다. 그런 거짓말을 하다니, 비열하다고 느꼈다. 나는 그 시절 내 모습을 잘 알았고, 두꺼운 안경알에 통통한 빰, 어린아이 같은 몸매는 그 누구도 가장 예쁘다고 생각할 수 없는 모습이었다.

그러자 캠이 내 눈을 봤다. "첫날, 너는 코듀로이 같아 보이는 파란 원피스를 입었어. 네 눈동자가 정말 파랗게 보였어."

"내 눈은 회색이야." 내가 말했다.

"응. 하지만 그 원피스 때문에 파랗게 보였어."

그래서 나는 그 원피스를 입었다. 가장 좋아하던 원피스였다. 그 원피스가 지금 어디 있는지 궁금했다. 아마 겨울옷과 함께 다락에 보관했을 것이다. 어쨌든, 이제 너무 작아진 옷이었다.

캠은 너무나 다정해 보였다. 나를 보는 표정, 내 반응을 기다리는 모습이. 뺨이 복숭앗빛으로 달아올라 있었다. 나는 침을 꿀꺽 삼키고 말했다. "왜 그때 내게 말 걸지 않았어?"

캠은 어깨를 으쓱해 보였다. "너는 항상 친구들과 있었거든. 일주일 내내 지켜보면서 용기를 내 보려고 했는데 그러지 못했지. 그런데 그날 밤 모닥불 파티에서 너를 보고 믿을 수가 없었어. 꽤 신기하지 않아?" 캠은 웃었지만, 당황한 듯했다.

"꽤 신기해." 내가 따라서 말했다. 그가 나를 봤다니, 믿을 수 없었다. 테일러가 옆에 있는데 누가 나를 눈여겨보겠는가?

"카툴루스 연설을 일부러 망쳐서 네가 우승하게 할까도 생각했었어." 캠이 그때를 기억하며 말했다. 그리고 내게 조금 다가왔다.

"그러지 않아서 다행이다." 나는 손을 뻗어 그의 팔을 만졌다. 손이 떨렸다. "그때 내게 말 걸었더라면 좋았을걸."

그 순간 그가 고개를 숙여 내게 키스했다. 나는 문손잡이를 놓지 않았다. 머릿속에 떠오르는 생각은, '이게 내 첫 키스였으면 좋았을 텐데.' 뿐이었다.

솜사탕과 구름을 밟는 기분으로 좀 전에 있었던 일을 곱씹으며 집으로 들어갔다. 거실에서 엄마와 수재나 아줌마가 말다툼하는 소리가 들려오기 전까지는. 두려움에 마음이 죄었다. 누군가의 손아귀가 내 심장을 꽉 쥔 느낌이었다. 엄마와 수재나 아줌마는 싸운 적이 없었다. 아니, 딱 한 번 두 사람이 싸우는 것을 봤다.

지난해 여름이었다. 우리 셋은 커즌스에서 한 시간 거리의 고급 쇼핑몰에 갔다. 사람들이 조그만 강아지를 예쁜 줄에 채워 데리고 다니는 쇼핑몰이었다. 원피스 하나가 내 눈에 띄었다. 자주색 시폰 소재에 어깨 옆으로 걸치는 끈이 달린, 나보다 훨씬 나이 많은 사람에게 어울릴 법한 옷이었다. 나는 그 옷이 마음에 들었다. 수재나 아줌마가 재미 삼아 입어 보라고 했다. 원피스를 입은 나를 보자마자 아줌마는 사라고 했지만, 엄마는 당장 고개를 저었다. "얘 열네 살이야. 이런 원피스를 입고 어딜 가?" 아줌마는 상관없다며, 그건 나를 위한 옷이라고 했다. 엄마가 이혼한 지

얼마 안 됐고, 우리집 형편이 안 되는 것을 알면서도 나는 사 달라고 했다. 엄마를 졸랐다. 아줌마와 엄마는 사람들이 많은 옷 가게에서 다투기 시작했다. 아줌마가 사 주겠다고 하자 엄마가 반대했다. 나는 사고 싶었지만 괜찮다고, 안 사도 된다고 했다. 엄마 말처럼 입을 일이 없다는 것도 알고 있었다.

여름이 지나고 커즌스에서 집으로 돌아와 짐 가방을 열어 보니 종이에 포장된 원피스가 원래 거기 있었던 것처럼 들어 있었다. 아줌마가 옷 가게에 다시 가서 나를 위해 산 것이었다. 너무나 아줌마다운 행동이었다. 나중에 엄마는 옷장에 걸린 그 원피스를 봤을 테지만, 아무 말도 하지 않았다.

현관에 서서 두 사람이 다투는 소리를 듣고 있으니 스티븐 오빠가 늘 흉본 것처럼 스파이가 된 기분이었다. 하지만 어쩔 수 없었다.

수재나 아줌마가 말했다. "로럴, 난 어른이야. 내 인생에 간섭 좀 그만해. 내 인생을 어떻게 살지는 내가 결정해."

나는 엄마의 대답을 기다리지 않았다. 곧장 들어가 말했다. "왜 그래?" 나는 엄마를 보며 말했고, 엄마를 탓하는 것처럼 들린다는 것을 알았지만 신경 쓰지 않았다.

"아무것도 아니야. 아무 일도 아니다." 엄마가 말했지만, 눈이 붉게 충혈되어 있었다.

"그럼 왜 싸우는 건데?"

"싸우는 거 아니야." 아줌마는 실크를 펴듯 내 어깨를 쓰다듬으며 나를 안심시켰다. "정말 아무 일도 아니야."

"그런 것 같지 않았는데요."

"음, 괜찮아." 아줌마가 말했다.

"정말요?" 내가 물었다. 아줌마 말을 믿고 싶었다.

"정말." 아줌마는 망설임 없이 말했다.

엄마는 우리를 지나쳐 나갔다. 굳은 어깨를 보니 괜찮지 않아 보였다. 엄마는 여전히 속상한 상태였다. 하지만 나는 정말 아무 일도 없는 아줌마 곁에 있고 싶어서 엄마를 따라가지 않았다. 엄마는 어쨌든 혼자 있기를 원하는 사람이었으니까. 그건 우리 아빠도 아주 잘 알고 있었다.

"그럼, 엄마는 왜 저래요?" 나는 아줌마에게 속삭였다.

"아무 일도 아니라니까. 캠과 데이트한 이야기나 해 보렴." 아줌마가 일광욕실의 고리버들 의자로 이끌며 말했다.

그때 수재나 아줌마에게 캐묻지 않은 것이 후회된다. 두 사람 사이에 무슨 일이 있었는지 알아내려고 노력했어야 했다. 하지만 걱정은 이미 사라지고 있었다. 캠과의 데이트를 전부, 하나도 빠짐없이 말하고 싶었다. 아줌마에게는 그런 능력이 있었다. 아줌마는 마음속의 비밀과 생각을 모두 털어놓고 싶어지는 상대였다.

아줌마는 소파에 앉더니 무릎을 두드렸다. 나는 옆에 앉아 아줌마 무릎을 베고 누웠고, 아줌마는 내 이마에 흘러내린 머리카락을 가지런히 쓸어 올렸다. 싸움의 기억은 사라졌고, 모든 것이 안전하고 아늑하게 느껴졌다. 어쩌면 싸움이 아니었을지도, 내가 착각한 것일지도 몰랐다. "음, 캠은 내가 만난 어떤 사람과도 달라요." 내가 말했다.

"어떻게?"

"정말 똑똑하고, 남이 어떻게 생각하는지 신경 쓰지 않아요. 그리고 잘생겼고요. 그 애가 제게 관심이 있다는 게 믿기지 않아요."

아줌마가 고개를 저었다. "오, 이런. 당연히 네게 관심이 있을 테지. 너는 정말 예쁘단다, 아가. 넌 올여름에 활짝 피어났어. 사람들이 관심을 가지지 않을 수가 없어."

"에이." 나는 그렇게 말하면서도 기분이 좋았다. 아줌마는 사람들이 특별하다고 느끼게 만드는 재주가 있었다. "이런 이야기를 할 수 있는 아줌마가 있어서 기뻐요."

"나도. 하지만 네 엄마와 이야기해도 돼."

"엄마는 이런 이야기에 관심 없어요. 정말로요. 신경 쓰는 척해도 관심은 없을 거예요."

"오, 벨리. 그렇지 않아. 엄마는 관심 가질 거야. 가지고말고." 아줌마가 내 얼굴을 어루만졌다. "엄마가 너의 가장 열성적인 팬이야. 그다음이 나지. 엄마는 네가 하는 모든 일에 관심이 있단다. 엄마를 차단하지 마."

나는 엄마 이야기를 하고 싶지 않았다. 캠 이야기를 하고 싶었다. "오늘 밤에 캠이 뭐라고 했는지 아세요?"라는 말로 나는 이야기를 시작했다.

26

7월은 순식간에 8월이 됐다. 함께할 사람이 있으면 여름은 훨씬 빨리 지나가는 것 같았다. 내게 그 사람은 캠이었다. 캠 캐머런.

피셔 아저씨는 늘 8월 첫째 주에 와서 지냈다. 수재나 아줌마가 가장 좋아하는 아몬드크루아상과 라벤더초콜릿을 사 왔다. 그리고 꽃도. 피셔 아저씨는 항상 꽃을 가져왔다. 수재나 아줌마는 꽃을 참 좋아했다. 아줌마에게는 산소처럼 꽃이 필요했다. 긴 것, 둥그런 것, 유리로 된 것 등 꽃병이 셀 수 없이 많았다. 꽃병이 집 안에 가득했고, 방마다 꽃이 있었다. 아줌마가 가장 좋아하는 꽃은 작약이었다. 침실의 작은 탁자 위에 작약을 꽂아 두고서 아침에 눈을 뜨면 그것을 가장 먼저 봤다.

조개껍데기도 마찬가지였다. 아줌마는 조개껍데기도 좋아했다. 칵테일 잔에 조개껍데기를 담아 뒀다. 아줌마는 바닷가로 산책하러 나가면, 항상 조개껍데기를 잔뜩 주워 왔다. 그것을 식탁에 장식해 두고 바라보다가 이런 말을 하곤 했다. "이거 귀처럼 생기지 않았니?" "이거야말로 완벽한 핑크빛이지?" 그리고 아줌마는 가장 큰 것부터 가장 작은 것까지 순서대로 세워 두곤 했다. 아줌마는 마치 의식을 치르듯 그렇게 했고, 나는 그 모습을 지켜보는 것이 좋았다.

그 주, 피셔 아저씨가 찾아올 즈음에, 수재나 아줌마는 아저씨가 휴가를 내지 못하게 됐다고 했다. 은행에 급한 일이 생겼다고. 우리 다섯이서 여름을 보내게 될 것이라고 했다. 피셔 아저씨와 오빠 없이 지내는 여름은 처음이었다.

수재나 아줌마가 일찍 자러 간 뒤, 콘래드가 지나가듯 말했다. "이혼 수속 중이야."

"누가?" 내가 물었다.

"우리 부모님. 그럴 때가 됐지."

제러마이아가 노려봤다. "그만해, 형."

콘래드는 어깨를 으쓱해 보였다. "왜? 너도 알잖아. 벨리는 놀라지 않았어. 그렇지, 벨리?"

나는 놀랐다. 정말 놀랐다. 둘에게 말했다. "난 두 분이 정말 사랑하는 줄 알았는데."

사랑이 무엇인지 몰라도, 그 두 사람은 사랑한다고 믿었다. 식탁에서 서로를 바라보는 눈빛, 피셔 아저씨가 별장에 오면 기뻐하는 아줌마의 모습. 그런 사람들은 이혼하지 않는다고 생각했다. 우리 부모님 같은 사람들이나 이혼하는 거라고. 수재나 아줌마와 피셔 아저씨는 아니었다.

"전에는 사랑했었지." 제러마이아가 말했다. "어쩌다 이렇게 됐는지 모르겠어."

"아빠가 나쁜 놈이야. 그래서 그렇게 된 거지." 콘래드가 일어나며 말했다. 너무나 태연하고 당연한 말투였지만, 옳게 느껴지지 않았다. 콘래드는 자기 아빠를 좋아했다. 우리 아빠가 그랬듯이 피셔 아저씨에게 새 여자 친구가 생긴 것인가 싶었다. 외도를 한 것인지. 하지만 수재나 아줌마를 두고 무슨 외도? 불가능한 일이었다.

"아줌마한테는 안다고 말하지 마." 제러마이아가 불쑥 말했다. "엄마는 우리가 아는 걸 모르니까."

"알았어." 내가 말했다. 그들이 어떻게 알게 됐는지 궁금했다. 우리 부모님은 오빠랑 나를 앉혀 놓고서 전부 들려주고 하나하나 자세히 설명했다.

콘래드가 나간 뒤 제러마이아가 말했다. "우리가 여기로 오기 전에 아빠가 몇 주째 손님방에서 잤어. 옷은 거의 다 옮겼고. 정말로 우리가 모르는 줄 알까?" 마지막에 제러마이아의 목소리가 갈라졌다.

나는 그의 손을 꼭 잡았다. 제러마이아는 정말 마음 아파하고 있었다. 콘래드도 내색은 안 했지만 그런 것 같았다. 생각해 보니 모든 것이 이해됐다. 전과는 너무나 다르게 갈팡질팡하는 콘래드의 행동. 너무나 콘래드답지 않은 모습. 그도 힘들었던 것이다. 그리고 수재나 아줌마도. 아줌마가 많은 시간을 침대에서 보내고 무척 슬퍼 보였던 것. 아줌마 역시 마음이 아팠던 것이다.

"캠이랑 자주 만나는구나." 엄마가 신문을 읽다가 고개를 들고 내게 말했다.

"그렇진 않아." 우리가 자주 만나는 것은 사실이었지만 나는 그렇게 말했다. 별장에서는 하루가 금세 흘러갔다. 시간이 지나는 것을 의식하지 못했다. 정신을 차리고 보니 캠과 2주째 어울리고 있었다. 그는 내 남자 친구 비슷한 존재가 됐다. 우리는 날마다 만나다시피 했다. 그를 만나지 않았다면 정말 지루하게 지냈을 것이다.

엄마가 말했다. "집에서 널 보고 싶어." 수재나 아줌마가 한 말이라면 기분이 좋았을 테지만, 엄마가 말하니 정말 짜증스러웠다. 비난처럼 느껴졌다. 어쨌든 엄마랑 아줌마도 늘 집에 있는 것은 아니었다. 언제나 둘만 이런저런 일을 하러 나갔다.

"벨리, 내일 저녁 식사에 네 친구도 부를래?" 수재나 아줌마가 상냥하게 물었다.

싫다고 하고 싶었지만, 아줌마에게는 싫다고 말할 수가 없었다. 더구나 아줌마는 이혼 수속 중이었다. 싫다는 말을 차마 할 수 없었다. 그래서 대신 이렇게 말했다. "음……, 글쎄요……."

"꼭 불러. 정말 보고 싶어서 그래."

나는 항복했다. "좋아요. 물어볼게요. 하지만 캠에게 다른 일이 있을지도 몰라요."

아줌마는 잔잔하게 고개를 끄덕였다. "물어만 보렴."

불행하게도, 캠에게는 다른 일이 없었다.

수재나 아줌마가 요리를 맡았다. 캠이 채식주의자라서 아줌마는 두부볶음을 했다. 그것 역시 캠의 존경스러운 점이었지만, 제러마이아가 나를 보는 눈빛에 나는 조금 위축됐다. 제러마이아는 그날 밤 햄버거를 요리했다. 그는 자기 아빠처럼 핑곗거리만 있으면 고기를 구웠다. 그는 나도 햄버거를 먹을 것인지 물었고, 나는 먹고 싶었지만 거절했다.

콘래드는 이미 식사를 마치고 위층에서 기타를 쳤다. 콘래드는 우리와 함께 식사할 생각조차 없었다. 물을 가지러 내려왔지만 캠에게 인사도 하지 않았다.

"그런데 고기를 왜 안 먹어, 캠?" 제러마이아가 버거 절반을 입에 밀어 넣으며 물었다.

캠은 물을 마시고는 대답했다. "동물을 먹는 것에 윤리적으로 반대하거든."

제러마이아는 진지하게 끄덕였다. "하지만 벨리는 고기를 먹어. 그런 입술로 너한테 키스해도 돼?" 그러더니 깔깔 웃어 댔다. 아줌마와 엄마는 다 안다는 표정으로 미소를 지었다.

나는 얼굴이 뜨거워지는 것을 느꼈고, 옆에 앉은 캠이 얼마나 긴장하는지 알 수 있었다. "시끄러워, 제러마이아."

캠은 엄마를 보면서 어색하게 웃었다. "고기를 먹기로 선택한 사람을 비판하진 않아. 개인적인 선택이지."

제러마이아가 계속했다. "그럼 얘 입술에 죽은 동물이 닿았다가 너의, 음, 입술에 닿아도 괜찮아?"

아줌마가 가볍게 웃고는 말했다. "제러, 그만 괴롭혀라."

"그래, 제러, 그만 괴롭혀." 나도 제러마이아를 노려보며 말했다. 나는 식탁 밑에서 그의 다리를 세게 걷어찼다. 흠칫할 정도로 세게.

"아냐, 괜찮아." 캠이 말했다. "전혀 상관없어. 사실……." 그러고는 나를 끌어당겨 재빨리, 모두가 보는 앞에서 키스했다. 입술만 닿은 가벼운 키스였지만, 그래도 당황스러웠다.

"오우, 식탁 앞에서 벨리에게 키스하지 말아 줘." 제러마이아가 일부러 토하는 시늉을 하며 말했다. "메슥거리거든."

엄마가 제러마이아에게 고개를 저으며 말했다. "벨리는 키스해도 돼." 그러고 나서 포크로 캠을 가리켰다. "하지만 거기까지야."

엄마는 아주 우스운 말이라도 한 것처럼 웃음을 터뜨렸고, 아줌마도 웃음을 참으면서 엄마에게 조용히 하라고 했다. "엄마, 제발. 하나도 안 웃기거든." 내가 말했다. "엄마한테 와인 그만 줘요." 나는 제러마이아 쪽으로는 눈도 돌리지 않았다. 캠 쪽도 마찬가지였다.

사실, 캠과 나는 키스 말고는 아무것도 하지 않았다. 캠은 그다지 급한 것 같지 않았다. 조심스럽고, 상냥하고, 심지어 긴장한 것처럼 나를 대했다. 다른 남자들이 여자에게 하는 행동과는 전혀 달랐다. 지난해 여름, 제러마이아가 바닷가에서 만난 여자와 집 앞에서 무엇을 하는지 우연히 봤다. 그들은 마치 옷도 입지 않은 것처럼, 이미 섹스를 하고 있는 것처럼 난리였다. 여름 내내 그 일로 제러마이아를 놀렸지만, 그는 신경도 쓰지 않았다. 캠은 좀 더 신경 써서 행동하기를 바랐다.

"벨리, 농담이야. 네가 스스로를 탐색하는 걸 이 엄마는 환영한단다. 너도 알잖니." 엄마가 와인을 쭉 들이켜며 말했다.

제러마이아가 웃음을 터뜨렸다. 나는 일어서서 말했다. "됐어. 캠이랑 나는 테라스에서 먹을게." 나는 접시를 들고서 캠이 일어나기를 기다렸다.

하지만 캠은 일어나지 않았다. "벨리, 진정해. 다들 장난치는 거잖아." 캠은 포크에 밥과 채소를 얹어 입에 넣으며 말했다.

"벨리를 꽉 잡았네, 캠." 제러마이아가 고개를 끄덕이며 말했다. 정말 감동한 표정이었다.

나는 죽고 싶었지만, 다시 자리에 앉았다. 모두가 보는 앞에서 체면을 구기기 싫었지만, 혼자 나가면 아무도 뒤따라 나오지 않을 것이 분명했다. 또 꼬마 벨리 버튼이 삐죽이는 것에 불과했으니까. 어릴 때 내 이름은 벨리 버튼이었다. 스티븐 오빠는 그 별명을 생각해 낸 자신이 천재라고 여겼다. "제러마이아, 아무도 날 꽉 잡지 못해. 캠은 물론이고."

그러자 모두 야유를 보냈다. 캠까지도. 갑자기 모든 것이 자연스러워졌다. 캠도 그곳의 한 사람이 된 것 같았다. 마음이 편해지기 시작했다. 아무 일도 없을 것 같았다. 사실, 좋았다. 수재나 아줌마가 장담했던 것처럼, 근사했다.

저녁 식사를 끝낸 뒤 캠과 나는 해변에 산책하러 나갔다. 내게 밤의 해변 산책만큼 좋은 것은 없었다. 지금도 그렇다. 영원히 걸을 수 있을 것 같고, 온 세상이, 바다 전체가 내 것 같다. 밤에 해변을 걸으면 현실 속에서는 할 수 없는 이야기를 하게 된다. 어둠 속에서는 옆 사람이 정말 가깝게 느껴진다. 원하는 것은 무엇이든지 말할 수 있다.

"와 줘서 정말 기뻐." 내가 말했다.

캠이 내 손을 잡더니 말했다. "나도. 네가 기뻐해 줘서 기뻐."

"물론 기쁘지."

나는 캠의 손을 놓고 청바지 밑단을 걷어 올렸다. 캠이 나직이 말했다. "네가 그렇게 기뻐하는 것 같지 않았어."

"음, 난 말이야." 나는 캠을 올려다보며 짧게 키스했다. "봤지? 나 기뻐하는 거."

캠은 미소를 지었고 우리는 다시 걷기 시작했다. "좋아, 어느 쪽이 네 첫 키스 상대야?"

"내가 그 이야기를 했어?"

"응. 첫 키스를 열세 살 때 바닷가에서 했다고 말했지."

"아." 달빛에 비친 캠의 얼굴은 여전히 웃고 있었다. "알아맞혀 봐."

그가 곧바로 말했다. "콘래드."

"어째서 콘래드라고 생각해?"

캠이 어깨를 으쓱해 보였다. "그냥. 콘래드가 널 보는 눈빛이 그렇게 느껴져."

"날 보지도 않는걸." 내가 말했다. "그리고 틀렸어, 섹스투스. 제러마이아였어."

14세

"진실 게임 할래?" 테일러가 콘래드에게 물었다.

"안 해." 콘래드가 대답했다.

테일러가 입을 비쭉 내밀었다. "그렇게 게이처럼 굴지 마."

제러마이아가 말했다. "'게이'란 말을 그렇게 쓰면 안 되지."

테일러가 입을 열었다가 다물었다. 그리고 말했다. "별 뜻 없었어, 제러미."

"그럼 왜 말한 거야, 테일러?" 제러마이아가 말했다. 비꼬는 말투였지만, 무관심보다는 나았다. 아마 그날 테일러가 콘래드에게만 관심을 가져서 제러마이아가 화난 모양이었다.

테일러는 한숨을 푹 내쉬더니 콘래드에게 말했다. "콘래드, 왜 그렇게 재미없게 굴어. 우리랑 진실 게임 하자."

콘래드는 그 말을 무시하고 티브이 볼륨을 더 높였다. 그러고는 리모컨으로 테일러를 음 소거시키는 시늉을 했다. 그걸 보고 나는 웃음을 터뜨렸다.

"그래, 그럼 빠져. 스티븐, 진실을 말할래, 시키는 대로 할래?"

오빠는 어이없다는 표정을 지었다. "대답."

테일러가 눈을 반짝였다. "좋아, 클레어 조랑 진도 어디까지 나갔어?" 테일러는 그 질문을 아주 오랫동안, 해도 되는 순간이 올 때까지 아끼고 아꼈다. 클레어 조는 오빠가 1학년 거의 내내 사귄 여자아이였다. 테일러는 클레어 발목이 굵다고 흉봤지만, 나는 클레어의 발목은 완벽하게 가늘다고 생각했다. 클레어는 완벽한 아이였다.

오빠는 정말 얼굴을 붉혔다. "그건 대답 안 해."

"대답해야지, 진실 게임인데. 남들은 비밀을 털어놓는데, 오빠는 가만히 듣고만 있으려고?" 내가 말했다. 나도 오빠와 클레어 사이가 궁금했었다.

"아직 아무도 비밀을 안 털어놨잖아!" 오빠가 버텼다.

"우리도 이야기할 거야, 스티븐." 테일러가 말했다. "자, 남자답게 말해 봐."

"그래, 스티븐. 남자답게." 제러마이아가 따라 말했다.

우리는 입을 모아 외치기 시작했다. "남자답게! 남자답게!" 콘래드까지 티브이를 음 소거하고 귀를 기울였다.

"좋아." 오빠가 말했다. "입 다물면 말해 줄게."

우리는 바로 입을 다물고 기다렸다. "자, 어서." 내가 말했다.

"3단계." 한참 만에 스티븐 오빠가 말했다.

나는 소파에 몸을 기댔다. 와, 재미있는걸. 오빠가 3단계까지 갔다니. 이상했다. 웩.

테일러는 만족감에 얼굴이 발그레해졌다. "잘했어, 스티비."

오빠는 고개를 저으며 말했다. "자, 이제 내 차례야." 오빠가 주위를 둘러봤고, 나는 소파 쿠션에 더 깊이 파묻혔다. 오빠가 나에게 남자아이와 키스라도 해 봤는지 질문하지 않기를 진심으로 바라면서. 오빠는 그러고도 남을 사람이니까.

하지만 오빠의 질문은 나를 놀라게 했다. "테일러, 대답할래, 시키는 대로 할래?" 오빠도 게임에 참여하고 있었다.

테일러는 반사적으로 대답했다. "내가 방금 질문했으니까 날 고를 순 없어. 다른 사람을 골라." 실제로 규칙이 그랬다.

"겁나냐, 테이−테이? 너야말로 용감하게 대답해 보시지?"

테일러가 망설였다. "좋아, 대답할게."

오빠가 사악하게 씩 웃었다. "이 중에서 누구랑 키스할래?"

테일러는 몇 초 동안 생각하더니, 카나리아를 잡아먹은 고양이처럼 의뭉스러운 표정을 지었다. 여덟 살 때 자기 여동생 머리카락을 파란색으로 염색하고 지었던 표정과 똑같았다. 테일러는 모두 집중할 때까지 기다렸다가 의기양양하게 말했다. "벨리."

다들 멍해져서는 잠시 침묵이 흐르다가 모두 웃기 시작했다. 콘래드가 가장 크게 웃었다. 나는 테일러에게 쿠션을 힘껏 던졌다.

"말도 안 돼. 진심이 아니잖아." 제러마이아가 테일러에게 손가락을 흔들며 말했다.

"아냐, 진짜야." 테일러가 으스대며 말했다. "벨리로 할래. 벨리를 자세히 좀 보라고, 제러미. 네가 보기에도 섹시해지고 있잖아."

나는 쿠션 뒤로 얼굴을 숨겼다. 스티븐 오빠보다 더 얼굴이 빨개졌다. 사실이 아니었으니까. 나는 모두가 보기에도 섹시해지지 않았다. "테일러, 시끄러워. 제발 입 좀 다물어."

"그래, 제발 그만해라, 테이―테이." 스티븐 오빠가 말했다. 오빠도 좀 빨개진 것 같았다.

"그렇게 진심이면 키스해." 콘래드가 티브이를 보면서 말했다.

"뭐래." 나는 콘래드를 노려보며 말했다. "내 허락 없이 그냥 키스할 순 없어."

콘래드가 나를 보며 말했다. "너랑 키스하고 싶은 건 내가 아니야."

나는 다급하게 말했다. "어쨌든 허락 안 해, 둘 다." 유치하다는 소리를 듣지 않고도 그를 향해 혀를 내밀고 싶었다.

테일러가 재빨리 껴들었다. "나는 대답하는 쪽을 골랐어. 시키는 대로 행동하는 쪽이 아니라. 그래서 우리가 지금 키스하지 않는 거야."

"우리가 키스 안 하는 건 내가 원하지 않아서야." 내가 테일러에게 말했다. 화가 나기도 하고 기분이 좋기도 해서 얼굴이 뜨거워졌다. "자, 그이야기는 이제 그만해. 네가 질문할 차례야."

"좋아, 제러마이아, 대답할래, 시키는 대로 할래?"

"난 시키는 대로 할게." 제러마이아가 소파에 느긋이 기댄 채로 대답했다.

"그래, 그럼 이 중에 누군가에게 키스해. 당장." 테일러가 자신만만하게 말하고 기다렸다.

제러마이아가 대답하기 전까지 모두가 긴장한 느낌이었다. 정말로 키스할까? 제러마이아는 그럴 때 그냥 넘어가는 성격이 아니었다. 나는 그가 어떤 키스를 할지, 프렌치 키스를 할지, 입술만 잠깐 댈지 궁금했다. 그 둘은 첫 키스일지, 아니면 며칠 전 게임 아케이드에서 내가 안 볼 때 첫 키스를 했을지도 궁금했다. 나는 그들이 키스했을 것이라고 확신했다.

제러마이아가 일어나 테일러 옆에 앉았다. "간단하지." 그는 테일러와 손을 마주 잡고 히죽 웃었다. 테일러도 웃으며 고개를 조금 기울여 머리카락이 살짝 눈을 가리게 했다.

그때, 제러마이아가 갑자기 내게 다가오더니 "준비됐어?"라고 묻고는 내가 대답도 하기 전에 입술에 키스했다. 그는 입술을 살짝 벌리고 있었지만, 프렌치 키스는 아니었다. 나는 그를 밀쳐 내려고 했다. 하지만 그는 몇 초 더 키스했다.

나는 다시 그를 밀쳤고, 제러마이아는 아무렇지 않게 소파에 기댔다. 거기 있던 모두가 놀라서 입을 딱 벌렸다. 콘래드만 빼고. 하지만 그는 원래 놀란 표정을 짓지 않았다. 반면 나는 숨도 쉬기 어려웠다. 그게 내 첫 키스였다. 모두가 보는 앞에서. 내 오빠가 보는 앞에서.

제러마이아가 내 첫 키스를 그렇게 훔쳐 가다니 믿을 수 없었다. 특별한 첫 키스를 기다렸는데, 진실 게임 중에 해 버리다니. 어쩌면 그럴 수가 있단 말인가. 더군다나 제러마이아는 나를 좋아해서가 아니라 테일러가 질투하게 만들려고 키스를 한 것이었다.

효과가 있었다. 테일러는 눈을 가늘게 뜨고서 제러마이아가 결투 신청이라도 한 것처럼 그를 노려봤다. 사실, 결투 신청이나 다름없었다.

"웩." 스티븐 오빠가 말했다. "이 게임 징그럽다. 나는 나갈래." 그러고는 우리 모두를 역겨운 표정으로 보고 나가 버렸다.

나도 일어났고, 콘래드도 마찬가지였다. "나중에 봐." 내가 말했다. "그리고 제러마이아, 방금 그건 복수할 줄 알아."

　제러마이아가 윙크하며 말했다. "등 마사지 한 번이면 되겠네." 나는 그의 머리에 쿠션을 던지고 문을 쾅 닫고 나왔다. 그가 거짓으로 키스한 건 최악이었다. 너무 불쾌하고 모멸감이 느껴졌다.

　3초쯤 지나서야 테일러가 뒤따라 나오지 않은 것을 깨달았다. 테일러는 제러마이아의 바보 같은 농담에 웃고 있었다.

　콘래드는 특유의 다 안다는 표정으로 말했다. "너 좋았지?"

　나는 콘래드를 쏘아봤다. "어떻게 알아? 자기 자신에게 빠져서 남한테는 관심도 없는 사람이."

　콘래드는 걸어가며 고개를 돌려 말했다. "아, 난 다 보고 있거든, 벨리. 가련한 너까지도."

　"엿이나 먹어!" 생각나는 말이 그것뿐이어서 그렇게 말했다. 콘래드가 자기 방으로 들어가 문을 닫으며 웃는 소리가 들렸다.

　나는 방으로 가서 침대에 누웠다. 눈을 감고서 좀 전에 벌어진 일을 곱씹고 또 곱씹었다. 제러마이아의 입술이 내 입술에 닿았다. 내 입술은 더 이상 내 것이 아니었다. 누군가가, 제러마이아가 가졌다. 드디어 키스를 했는데, 상대가 친구 제러마이아였다. 일주일 내내 나를 무시한 내 친구 제러마이아.

　테일러와 이야기하고 싶었다. 내 첫 키스 이야기를 하고 싶었는데, 그럴 수가 없었다. 그 순간 테일러는 아래층에서 좀 전에 나에게 키스한 남자아이와 키스하고 있었으니까. 나는 확신했다.

　한 시간 뒤, 테일러가 위층으로 돌아왔고, 나는 자는 척했다.

"벨리?" 건너편에서 테일러가 속삭였다.

나는 아무 말 없이 뒤척이는 시늉만 했다.

"안 자는 거 알아, 벨리." 테일러가 말했다. "그리고 널 용서할게."

나는 당장 일어나 앉아서 말하고 싶었다. '네가 날 용서한다고? 음, 근데 난 널 용서 못 해. 여기 와서 내 여름을 다 망쳐 놓았으니까.' 하지만 아무 말도 하지 않았다. 계속 자는 척만 했을 뿐.

이튿날 아침 7시쯤 일어났는데 이미 테일러는 보이지 않았다. 그 애가 어디 갔는지 알았다. 제러마이아와 일출을 보러 간 것이었다. 우리는 테일러가 떠나기 전에 아침 해가 뜨는 광경을 보러 가기로 했는데, 늘 늦잠을 잤다. 그날은 떠나기 전날 아침이었고 테일러는 제러마이아를 골랐다. 그럴 줄 알았다.

나는 수영복으로 갈아입고 수영장으로 향했다. 아침에는 약간 쌀쌀했지만 개의치 않았다. 아침에 수영을 하면 바다가 아닌데도 바다에서 수영하는 느낌이었다. 이론적으로 바다 수영은 멋질 것 같지만, 소금물에 눈이 따가워 매일 할 수 없었다. 게다가 수영장은 나 혼자 독차지할 수 있었다. 다른 사람들도 거기서 수영을 하지만, 아침과 밤에는 수재나 아줌마 말고는 대체로 나 혼자였다.

수영장 문을 여니 엄마가 라운지체어에 앉아 책을 읽고 있었다. 정말로 읽는 것은 아니었다. 엄마는 책을 들고 먼 곳을 응시하고 있었다.

"엄마, 나와 있었네." 무엇보다도 엄마를 생각에서 깨어나게 할 생각으로 이렇게 말했다.

엄마는 퍼뜩 고개를 들었다. "그래." 엄마가 목청을 가다듬으며 말했다. "잘 잤니?"

나는 어깨를 으쓱이고는 엄마 옆 의자에 타월을 내려놓았다. "그럭저럭." 내가 말했다.

엄마는 손으로 햇빛을 가리며 나를 올려다봤다. "테일러랑 재미있니?"

"재미있어." 내가 말했다. "엄청."

"테일러는 어디 있어?"

"누가 알겠어?" 내가 말했다. "알 게 뭐람?"

"둘이 싸웠니?" 엄마가 무심하게 물었다.

"아니. 여기 데려온 걸 후회하는 것뿐이야."

"친한 친구는 중요해. 자매같이 가까운 존재니까. 특히 자매가 없는 너한테는." 엄마가 말했다. "소중히 여기렴."

나는 짜증을 내며 말했다. "소중히 안 하는 게 아니야. 엄마는 왜 항상 내 잘못이라고 해?"

"네 잘못이란 말이 아니야. 어째서 너는 늘 네 중심으로 생각하니?" 엄마는 사람을 화나게 하는 특유의 침착한 말투로 미소를 지으며 말했다.

나는 어이없다는 표정을 지어 보이고는 수영장에 뛰어들었다. 얼어붙게 차가웠다. 수면 위로 올라와 외쳤다. "안 그러거든!"

수영하는 도중, 제러마이아와 테일러에 대해 생각할 때마다 화가 나서 더 세게 몰아붙였다. 수영을 마치고 나자 어깨가 쓰라렸다.

엄마는 안으로 들어간 뒤였고, 테일러와 제러마이아, 스티븐 오빠가 막 들어오던 참이었다.

"벨리, 너 수영 너무 많이 하면 수영 선수처럼 어깨 넓어져." 테일러가 물에 발을 담그며 주의를 줬다.

나는 무시했다. 테일러는 운동에 대해 아무것도 몰랐다. 하이힐을 신고 쇼핑몰 돌아다니는 것을 운동이라고 생각하는 애였다. "너희 어디 갔었어?" 나는 배영으로 떠다니며 물었다.

"그냥 놀러." 제러마이아가 얼버무렸다.

'배신자.' 나는 생각했다. 베네딕트 아널드(미국 독립 전쟁 참전 군인. 초기에는 미국 독립군으로 참전했으나, 배신하고 영국군을 위해 싸웠다—옮긴이) 같은 것들. "콘래드는 어디 있어?"

"누가 알아? 너무 잘나서 같이 안 노는데." 제러마이아가 라운지체어에 털썩 앉으며 말했다.

"조깅하러 갔어." 스티븐 오빠가 방어적인 투로 말했다. "풋볼 시즌에 맞춰 체력을 길러야지. 다음 주에 연습하러 떠나잖아, 잊었어?"

잊지 않았다. 그해 콘래드는 선발 시험을 치르기 위해 일찍 돌아가야 했다. 콘래드는 풋볼과 어울리지 않았지만, 팀에 들어가려고 시험에 응했다. 피셔 아저씨의 입김 때문이었다. 피셔 아저씨는 풋볼과 잘 어울리는 사람이었다. 제러마이아도 마찬가지였다. 진지하게 하지는 않았지만. 어차피 제러마이아는 어떤 일에도 진지하지 않았다.

"나는 내년에도 팀에서 뛸 거야." 제러마이아가 가볍게 말했다. 그리고는 테일러가 감탄하는지 슬쩍 훔쳐봤다. 테일러는 못 들은 체하며 제러마이아에게 눈길도 주지 않았다.

제러마이아의 어깨가 조금 처졌고, 나는 마음과 달리 그가 안쓰럽게 느껴졌다.

내가 말했다. "제러, 나랑 시합하자, 응?"

제러마이아는 어깨를 으쓱하더니 일어나 티셔츠를 벗었다. 그리고 깊은 쪽으로 가서 물에 뛰어들었다. "핸디캡 줄까?" 제러마이아가 물 위로 솟아오르며 말했다.

"아니, 그냥 이길 수 있어." 내가 헤엄쳐서 다가가며 말했다. "우후! 어디 한번 보자."

우리는 자유형으로 시합했고, 처음에 제러마이아가 이기더니 두 번째도 앞섰다. 하지만 나는 세 번째, 네 번째 바퀴를 앞질렀고 결국 내가 이겼다. 테일러는 나를 응원했고, 그게 나를 더 짜증 나게 했다.

이튿날 아침에도 테일러는 방에 없었다. 하지만 그날은 나도 따라갈 작정이었다. 테일러랑 제러마이아가 해변의 주인은 아니니까. 나도 해 뜨는 광경을 볼 자격이 있었다. 나는 일어나서 옷을 입고 밖으로 나갔다.

평소보다 한참 아래로 내려가 나란히 앉은 두 사람의 뒷모습이 보였다. 제러마이아는 테일러에게 팔을 두르고 키스하고 있었다. 일출은 보지도 않았다. 그런데…… 제러마이아가 아니었다. 스티븐 오빠였다. 나의 오빠.

영화에서 반전의 순간처럼, 그제야 모든 것이 들어맞았다. 갑자기 내 삶은 영화 〈유주얼 서스펙트(The Usual Suspects)〉가 됐고, 테일러는, 테일러는 카이저 소제였다. 머릿속으로 이런저런 장면들이 스쳐 지나갔다. 테일러와 스티븐 오빠가 키득거렸던 것, 오빠가 그날 밤 보드워크에 왔던 것, 테일러가 클레어의 발목이 굵다고 흉본 것, 우리 집에 자꾸 놀러 왔던 것.

두 사람은 내가 다가가는 소리도 듣지 못한 채 서로에게 열중하고 있었다. 내가 큰 소리로 말했다. "와, 처음에는 콘래드, 다음에는 제러마이아, 이제 우리 오빠네."

테일러가 깜짝 놀라 돌아봤고, 오빠도 놀란 표정이었다. "벨리……."
테일러가 입을 열었다.

"넌 닥쳐." 나는 오빠를 봤다. 오빠는 안절부절못했다. "오빠는 위선자
야. 테일러를 좋아하지도 않으면서! 테일러가 염색약으로 뇌세포를 전부
탈색했다고 말했던 사람이 누구더라? 오빠잖아!"

오빠는 헛기침을 했다. "그런 말 한 적 없어." 오빠는 테일러와 나를 번
갈아 흘끔거렸다. 테일러는 눈물을 글썽이더니 왼쪽 눈을 티셔츠 소매로
닦았다. 오빠의 티셔츠였다. 나는 너무 화가 나서 눈물도 나오지 않았다.

"제러마이아에게 말할 거야."

"벨리, 제발 진정 좀 해. 그렇게 짜증 부릴 나이는 지났잖아." 오빠가
오빠 행세를 하며 고개를 저었다.

흥분한 상태라 말이 마구 튀어나왔다. "지옥에나 가." 오빠에게 그런
식으로 말한 것은 처음이었다. 누구에게도 그렇게 말한 적은 없었다. 오
빠가 놀라 눈을 껌뻑였다.

나는 뒤돌아 걷기 시작했고 테일러가 뒤쫓아 왔다. 내가 너무 빨리 걷
는 바람에 테일러는 거의 달려야 했다. 분노가 속도를 더하는 모양이다.

"벨리, 정말 미안해." 테일러가 말했다. "너한테 말하려고 했어. 어쩌
다 보니 이렇게 되어 버렸어."

나는 걸음을 멈추고 휙 돌아섰다. "언제? 언제 그렇게 됐는데? 내가
보기에는 오빠뿐만 아니라 '제러미'와도 어쩌다 그렇게 된 것 같던데."

테일러는 어쩔 수 없었다는 듯 어깨를 으쓱였고, 나는 더욱 화가 치밀
었다. 테일러는 어쩔 줄 몰라 했다. "나는 줄곧 스티븐한테 마음이 있었

어. 너도 알잖아, 벨리."

"아니, 몰랐어. 이제라도 말해 줘서 고맙다."

"스티븐도 나를 좋아해 주니까 믿기지 않아서. 그래서 아무 생각도 못 했어."

"바로 그거야. 오빠는 널 안 좋아해. 네가 옆에 있으니까 이용하는 것뿐이라고." 내가 말했다. 잔인한 말인 줄은 알지만, 그게 사실이었다. 나는 테일러를 세워 둔 채 집으로 들어갔다.

테일러가 따라와서 내 팔을 잡았지만, 나는 뿌리쳤다.

"제발 화내지 마, 벨리. 우리 사이는 영영 그대로면 좋겠어." 테일러는 갈색 눈에 눈물을 글썽이며 말했다. 테일러의 말은, 나는 가슴이 커지고 바이올린을 그만두고 네 오빠와 키스하는 동안에도 너는 영영 그대로 있으면 좋겠다는 뜻이었다.

"모든 게 영원히 그대로일 수는 없어." 내가 말했다. 테일러에게 상처가 될 것을 알고 한 말이었다.

"나한테 화내지 마, 응, 벨리?" 테일러가 사정했다. 테일러는 남이 자기한테 화내는 것을 싫어했다.

"너한테 화난 거 아니야." 내가 말했다. "이젠 우리가 남남 같아서 그래."

"그렇게 말하지 마, 벨리."

"그게 사실이니까 하는 말이야."

테일러가 말했다. "미안해, 응?"

나는 잠시 외면했다. "너, 그에게 잘해 준다고 나랑 약속했잖아."

"누구? 스티븐?" 테일러는 진심으로 모르는 말투였다.

"아니, 제러마이아한테. 네가 잘해 주겠다고 말했어."

테일러는 손을 내저었다. "아, 걔는 상관 안 해."

"아냐, 상관해. 네가 걔를 몰라서 그래." 나만큼 몰라서 그렇다고 덧붙이고 싶었다. "네가 그렇게, 그렇게……." 나는 테일러가 내게 준 상처와 똑같이 상처를 줄 말을 골랐다. "난잡하게 굴지 몰랐어."

"난 난잡하지 않아." 테일러가 기어들어 가는 목소리로 말했다.

그것이 내가 테일러에게 행사하는 권력, 테일러의 이른바 난잡함과 비교해 나의 이른바 순수함이 갖는 힘이었다. 하지만 전부 헛소리였다. 할 수만 있다면, 나는 당장이라도 테일러처럼 되고 싶었으니까.

나중에 제러마이아가 내게 스핏 카드 게임을 하자고 했다. 우리는 여름 내내 카드 게임을 한 번도 안 했다. 카드 게임은 우리만 아는, 우리끼리의 전통이었는데 하게 되어 기뻤다. 위로의 뜻으로 주어진 것이라 해도.

제러마이아가 카드를 돌리고 게임을 시작했지만, 우리 둘 다 기계적으로 움직였다. 각자 딴생각을 하고 있었다. 테일러에 대해 말하지 않기로 우리 사이에 암묵적 합의가 이루어진 것 같았다. 어쩌면 제러마이아는 아무것도 모르는 모양이라고 생각했는데, 그가 이런 말을 했다. "네가 쟤를 안 데려오는 편이 나았을 것 같아."

"나도 그렇게 생각해."

"우리끼리만 있을 때가 좋아." 제러마이아가 카드를 섞으며 말했다.

"그러게." 나는 맞장구쳤다.

테일러가 떠난 뒤, 그해 여름이 지난 뒤로 변한 것도 있고 변하지 않은 것도 있었다. 테일러와 나는 여전히 친구 사이였지만, 전처럼 친한 친구 사이는 아니었다. 그래도 여전히 친구이기는 했다. 평생 알고 지냈으니까. 함께한 시간을 버리는 건 쉬운 일이 아니다. 나 자신을 내버리는 것이나 마찬가지니까.

스티븐 오빠는 곧바로 테일러를 모르는 체하고 클레어에게 돌아갔다. 우리는 아무 일도 없었던 것처럼 행동했다. 하지만 아무 일도 없지는 않았다.

29

그가 집으로 돌아오는 소리가 들렸다. 모두 다 들었을 것이다. 잠들면 업어 가도 모르는 제러마이아만 빼고. 콘래드는 발을 헛디디고 욕설을 중얼거리며 위층으로 올라가 문을 쾅 닫고 오디오를 크게 틀었다. 새벽 3시였다.

나는 3초쯤 누워 있다가 벌떡 일어나서 복도를 지나 그의 방으로 갔다. 문을 두 번 두드렸지만, 음악 소리가 너무 커서 아무 소리도 못 듣는 것 같았다. 문을 열고 들어섰다. 콘래드는 침대 가장자리에 앉아 신발을 벗고 있었다. 그가 고개를 들어 나를 봤다. "너희 엄마가 노크하라고 안 가르치셨냐?" 콘래드가 일어나서 음악 소리를 줄이며 물었다.

"노크했는데, 음악 소리가 너무 커서 못 들었을 거야. 오빠가 너무 요란하게 들어와서 전부 다 깼을걸." 나는 안으로 들어가 문을 닫았다. 콘래드의 방에 들어간 것은 오랜만이었다. 기억대로 깔끔하게 정리되어 있었다. 제러마이아의 방은 허리케인이 휩쓸고 지나간 것 같았지만, 콘래드의 방은 그렇지 않았다. 모든 것에 자리가 정해져 있었고, 모든 것이 제자리에 있었다. 연필 드로잉은 여전히 보드에 붙어 있었고, 모형 자동차는 서랍장 위에 줄지어 서 있었다. 그나마 그것들이라도 여전한 모습을 보니 위안이 됐다.

누군가 손으로 훑은 것처럼 그의 머리칼이 헝클어져 있었다. 아마 레드삭스 여자애였겠지. "고자질할 거야, 벨리? 아직도 고자질쟁이인가?"

나는 그 말을 무시하고 책상으로 다가갔다. 책상 바로 위에 풋볼 유니폼을 입고 공을 옆구리에 낀 그의 사진 액자가 걸려 있었다. "왜 그만뒀어?"

"재미없어졌어."

"좋아하는 줄 알았는데."

"아냐. 풋볼을 좋아한 건 우리 아빠였지." 콘래드가 말했다.

"오빠도 좋아하는 것 같았어." 사진 속 콘래드는 터프해 보였지만, 웃음을 참고 있었다.

"너는 댄스 왜 그만뒀는데?"

나는 돌아서서 그를 봤다. 흰색 셔츠 단추를 풀고 있었다. 안에는 티셔츠를 입고 있었다.

"그걸 다 기억해?"

"전에는 꼬마 요정처럼 춤추면서 온 집 안을 돌아다녔잖아."

나는 눈을 가늘게 떴다. "요정은 춤추지 않아. 나는 발레리나였어. 몰랐다면 알아 둬."

콘래드가 씩 웃었다. "그러면 왜 그만둔 거야?"

부모님이 이혼하던 무렵이었다. 엄마 혼자서는 일주일에 두 번씩 학원에 데려다줄 수 없었다. 엄마는 일해야 했다. 어쨌든 발레에 그런 수고를 들일 가치가 없다고 느꼈다. 지겨워진 데다 테일러도 발레를 그만뒀으니까. 더구나 딱 달라붙는 발레복을 입은 내 모습이 싫었다. 나는 다른 아이들보다 빨리 가슴이 나왔고, 심지어 단체 사진에서는 선생님처럼 보였다. 창피했다.

그의 질문에 대답하지 않았다. 대신 이렇게 말했다. "나 진짜 잘했어! 지금쯤이면 발레단에 들어갈 수도 있었을걸!" 그렇지 않았다. 아무리 상상력을 발휘해도, 그렇게 잘하지는 않았다.

"그렇지." 콘래드가 놀리듯 말했다. 침대에 앉은 그는 너무나 잘난 척하는 모습이었다.

"적어도 난 춤은 춰."

"야, 나도 춤은 춰." 콘래드가 반박했다.

나는 팔짱을 꼈다. "증명해 봐."

"증명할 필요 없어. 너한테 동작도 몇 가지 가르쳐 줬었는데, 기억 안 나나 봐? 인간의 기억력이란." 콘래드는 침대에서 벌떡 일어나더니 내 손을 잡고서 빙그르 돌렸다. "봐, 우리 춤추고 있잖아."

그는 팔을 내 허리에 감고서 웃더니 놓아줬다. "내가 너보다 춤 잘 춰, 벨리." 콘래드가 침대에 풀썩 쓰러지며 말했다.

나는 그를 빤히 봤다. 도저히 이해할 수 없었다. 조금 전까진 우울한 표정으로 가만히 있더니 순식간에 웃으면서 나와 춤을 추다니. "그건 춤이라고 할 수 없어." 나는 방에서 나오며 말했다. "그리고 음악 좀 줄여줄래? 다들 깼다고."

콘래드는 미소를 지었다. 그가 특유의 눈빛으로 바라보면, 모든 것이 무너져 버리고 그의 발치에 엎드리고 싶어진다. 누구나 그럴 것이다. 콘래드가 말했다. "그래. 잘 자, 벨스." 벨스, 먼 옛날 내 별명이었다.

콘래드를 사랑하지 않기는 너무 힘들었다. 그가 그렇게 다정하게 굴면, 왜 그랬는지 기억났다. 왜 그를 사랑했는지.

모든 것이 기억났다.

11세

별장에는 시디가 넘쳐 났고, 우리는 날마다 시디를 들었다. 그것이 거의 전부였다. 우리는 여름 내내 같은 시디를 들었다. 수재나 아줌마가 아침에 듣는 폴리스, 오후에 듣는 밥 딜런도 있었다. 저녁 식사 때는 빌리홀리데이를 들었다. 밤에는 무엇이든 들을 수 있었다. 정말 재미있었다. 제러마이아는 〈크로닉(Chronic)〉 시디를 틀고, 엄마는 따라 흥얼거리며 빨래를 하곤 했다. 갱스터 랩을 싫어하면서도. 그리고 엄마가 어리사 프랭클린 시디를 틀면 제러마이아는 전부 따라 부르곤 했다. 너무 많이 들어서 우리도 가사를 다 알았으니까.

내가 가장 좋아한 음악은 모타운(모타운 사운드, 1960년대와 1970년대 사이에 디트로이트에 근거를 둔 흑인 음반 회사가 유행시킨 음악 형태-옮긴이)과 해변 음악이었다. 태닝할 땐 수재나 아줌마가 쓰던 워크맨을 듣곤 했다. 그날 밤 나는 거실에 있는 큰 오디오로 〈부기 비치 셰그(Boogie Beach Shag)〉 시디를 틀었고, 수재나 아줌마는 제러마이아를 붙잡고 춤을 추기 시작했다. 제러마이아는 스티븐 오빠랑 콘래드, 엄마와 포커를 하고 있었다. 엄마는 포커를 정말이지 너무 잘했다.

제러마이아는 처음에는 싫다고 하더니 함께 춤췄다. '셰그'라는 1960년대식 해변 댄스였다. 수재나 아줌마가 고개를 젖히며 웃었고, 그런 아줌마를 빙글빙글 돌리는 제러마이아의 모습을 보니 나도 춤추고 싶었다. 춤을 추고 싶어 발이 근질거릴 정도였다. 어쨌든 나는 발레와 모던 댄스를 배웠으니까. 얼마나 잘하는지 자랑할 수 있었다.

"오빠, 나랑 춤추자." 내가 엄지발가락으로 스티븐 오빠를 쿡쿡 찌르며 말했다. 나는 바닥에 엎드려서 그들을 올려다보고 있었다.

"그래, 좋아." 오빠는 춤추는 법도 모르면서 말했다.

"코니, 벨리랑 춤춰." 제러마이아가 빙글빙글 돌려서 얼굴이 빨갛게 달아오른 수재나 아줌마가 재촉했다.

나는 콘래드를 감히 쳐다보지도 못했다. 콘래드에 대한 짝사랑과 속마음이 내 얼굴에 한 편의 시처럼 그대로 적혀 있을까 두려웠다.

콘래드는 한숨을 쉬었다. 그때만 해도 콘래드는 여전히 올바른 일을 하는 데 열심이었다. 콘래드는 손을 내밀어 나를 일으켜 세웠다. 나는 휘청거리며 일어났다. 콘래드는 내 손을 놓지 않았다. "셰그는 이렇게 추는 거야." 콘래드가 두 발을 양쪽으로 옮기며 말했다. "하나-둘-셋, 하나-둘-셋, 록 스텝."

나는 서너 번 해 보고 그 춤을 익혔다. 보기보다 어려워서 긴장했다. "박자를 맞춰." 옆에서 스티븐 오빠가 말했다.

"그렇게 긴장하지 마, 벨리. 편안하게 추는 춤이야." 엄마가 소파에서 말했다.

그들을 무시하고 콘래드만 보려고 했다. "이걸 어떻게 배웠어?" 내가 물었다.

"엄마가 가르쳐 줬지." 콘래드가 간단히 대답했다. 그리고 나를 당기더니 우리가 함께 나란히 스텝을 밟을 수 있게 내 팔을 자기 팔에 올렸다. "이걸 커들이라고 해."

커들이 가장 좋았다. 커들을 할 때 콘래드에게 가장 가까이 다가갔다. "다시 해 보자." 내가 잘 모르는 척 말했다.

콘래드는 내 팔에 팔을 올리고서 다시 알려 줬다. "알겠지? 이제 잘하네."

콘래드가 나를 빙글빙글 돌리자 어지러웠다. 완벽하고 순수한 기쁨으로.

다음 날은 내내 바다에서 캠과 지냈다. 우리는 소풍 도시락을 쌌다. 캠이 수재나 아줌마가 만든 수제 마요네즈와 통밀빵으로 아보카도와 스프라우트 샌드위치를 만들었다. 맛도 좋았다. 우리는 한 번에 몇 시간씩 오래 바다에 있었다. 파도가 밀려들 때마다 우리 중 하나는 웃기 시작했고, 그러다가 파도와 바닷물에 휩쓸렸다. 짠 바닷물에 눈이 따가웠고 모래에 너무 많이 긁혀 살갗이 쓰라렸다. 엄마의 살구씨 스크럽으로 온몸을 문지른 것 같았다. 그래도 꽤 즐거웠다.

그리고 나면 우리는 타월이 있는 곳으로 휘청거리며 돌아갔다. 바다에서 춥고 젖은 상태로 타월로 달려가 햇볕에 모래를 말려 떨어뜨리는 것이 좋았다. 온종일이라도 할 수 있었다. 바다 다음에는 모래, 바다 다음에는 모래.

나는 딸기 맛 프루트 롤업(납작한 과일 맛 젤리를 돌돌 만 스낵−옮긴이)을 가져갔는데, 너무 빨리 먹어서 이가 아플 정도였다. "프루트 롤업 좋아해." 내가 말하며 마지막 남은 하나에 손을 뻗었다.

캠이 그것을 낚아챘다. "나도 그래. 근데 넌 벌써 세 개 먹었고 난 두 개밖에 못 먹었거든." 캠이 그렇게 말하면서 포장을 벗겼다. 그는 씩 웃으며 그것을 내 앞에 들어 보였다.

"셋 셀 테니까 그 전에 넘겨." 내가 경고했다. "네가 두 개를 먹었든, 내가 스무 개를 먹었든 상관없어. 여긴 우리 집이라고."

캠이 웃으면서 한 개를 통째로 입에 넣었다. 그는 우걱우걱 씹으며 이렇게 말했다. "너희 집은 아니지. 수재나 아줌마 집이잖아."

"네가 뭘 몰라서 그러지. 우리 모두의 집이야." 나는 그렇게 말하고서 타월 위에 드러누웠다. 갑자기 목이 너무 말랐다. 프루트 롤업이 그랬다. 3분 동안 세 개를 먹어 치우면 특히 갈증이 났다. 나는 눈을 가늘게 뜨고서 캠을 보며 말했다. "우리 집에 가서 쿨에이드 좀 가져다줄래? 제발 부탁이야."

"하루에 너만큼 설탕 많이 먹는 사람은 처음 봐." 캠이 그러지 말라는 표정으로 고개를 저으며 말했다. "백설탕은 악이라고."

"마지막 프루트 롤업을 먹은 사람이 누군데." 내가 받아쳤다.

"낭비가 없으면 부족도 없지." 캠이 말한 다음 일어나 반바지에서 모래를 털었다. "쿨에이드 말고 물 가져다줄게."

나는 그에게 혀를 쏙 내밀고는 엎드렸다. "빨리 갖다줘."

캠은 오지 않았다. 45분이 지난 뒤, 나는 타월과 자외선 차단제와 쓰레기를 모두 싸 들고 사막의 낙타처럼 헉헉 땀을 흘리며 집으로 돌아갔다. 캠은 거실에서 남자들과 비디오 게임을 하고 있었다. 그들은 모두 수영복을 입은 채 드러누워 있었다. 우리는 여름 내내 수영복 차림으로 지내는 편이었다.

"내 쿨에이드를 가져오지 않아 줘서 고마워." 내가 비치백을 바닥에 던지며 말했다.

캠이 찔리는 표정으로 고개를 들었다. "앗! 미안해. 얘들이 게임을 하자고 해서……." 캠이 말꼬리를 흐렸다.

"사과하지 마." 콘래드가 조언했다.

"그래, 네가 쟤 노예냐? 쿨에이드까지 만들어 달래?" 제러마이아가 컨트롤러를 엄지손가락으로 누르며 말했다. 제러마이아는 고개를 돌려 씩 웃으면서 농담임을 알렸지만 나는 괜찮다며 마주 웃어 주지 않았다.

콘래드는 아무 말도 하지 않았고, 나는 그를 보지도 않았다. 하지만 그의 시선은 느낄 수 있었다. 나는 그가 고개를 돌리기를 원했다.

내 친구가 있는데도 왜 나는 그들 무리에 끼지 못하는 느낌이었을까? 억울했다. 캠이 즐거워하며 그들과 어울리는 것이 억울했다.

"엄마랑 아줌마는 어디 갔어?" 내가 톡 쏘아붙였다.

"어딘가 갔어." 제러마이아가 얼버무렸다. "쇼핑 갔나?"

엄마는 쇼핑을 싫어했다. 수재나 아줌마가 끌고 간 것이 틀림없었다.

나는 쿨에이드를 먹으러 주방으로 갔다. 콘래드가 일어나 따라왔다. 돌아서서 확인하지 않아도 그라는 것을 알 수 있었다.

나는 신경 쓰지 않고 포도 맛 쿨에이드를 큰 컵에 따르며 모르는 체했다. "날 계속 무시할 셈이야?" 결국 콘래드가 먼저 말을 걸었다.

"아니." 내가 말했다. "뭐가 문제야?"

콘래드가 한숨을 쉬며 다가왔다. "왜 그러는 거야?" 그러고는 몸을 앞으로 숙여 나와 가까워졌다. 너무 가까웠다. "나도 좀 줄래?"

나는 컵을 조리대 위에 내려놓고 나가려고 했지만, 콘래드가 팔을 잡았다. 내가 놀란 소리를 낸 모양이다. "이러지 마, 벨스."

콘래드의 손은 언제나 그렇듯이 차가웠다. 나는 갑자기 몸이 뜨거워지며 열이 나는 것 같았다. 나는 손을 잡아 뺐다. "건드리지 마."

"왜 나한테 화를 내지?" 콘래드는 뻔뻔하게도 정말 모른다는, 불안하다는 표정을 지었다. 그에게 그 두 감정은 연결되어 있었다. 그는 상황을 잘 모르면 불안해했다. 콘래드는 상황을 이해하지 못하는 경우가 거의 없었고, 그렇기에 불안하지도 않았다. 나 때문에 불안한 적은 확실히 없었다. 나는 그에게 사소한 존재였다. 언제나 그랬다.

"진심으로 궁금해?" 가슴에서 심장이 쿵쿵거렸다. 그의 대답을 기다리며 초조하고 어색했다.

"응." 콘래드는 어떻게 궁금하지 않을 수 있냐는 듯 놀랍다는 표정을 지었다.

문제는, 나도 잘 모른다는 것이었다. 그가 내 마음을 온통 휘저어 놓았기 때문일 거라고 짐작은 했다. 내게 잘해 줬다가 곧바로 차갑게 구는 것, 내가 원하지 않는 일들을 기억하게 만드는 것. 그때만큼은 사양이었다. 캠과 사이가 정말 좋았지만, 캠을 좋아한다는 확신이 드는 순간마다 콘래드가 묘한 눈빛으로 나를 보거나, 나와 춤을 추거나, 나를 벨스라고 부르면 모든 것이 뒤죽박죽되고 말았다.

"아, 가서 담배나 피우지 그래?" 내가 말했다.

콘래드의 턱 근육이 움찔거렸다. "알았어." 콘래드가 말했다.

그가 드디어 내 말을 듣다니 죄책감과 만족감이 동시에 느껴졌다. 그때 콘래드가 말했다. "가서 거울에 비친 너 자신을 좀 보지 그래?"

콘래드에게 뺨을 맞은 기분이었다. 허를 찔리고 단점을 들키다니 수치스러웠다. 내가 거울에 내 모습을 비춰 보고, 내 모습을 점검하고, 멋지다고 생각하는 것을 콘래드가 봤을까? 모두 다 내가 허영에 빠지고 천박하다고 생각하게 되었을까?

나는 입을 꾹 다물고서 고개를 천천히 저으며 뒷걸음질 쳤다.

"벨리." 콘래드가 입을 열었다. 후회하는 것이었다. 그의 얼굴에 다 쓰여 있었다.

나는 콘래드를 그곳에 두고 거실로 갔다. 캠과 제러마이아는 '무슨 일이 있구나.' 하는 표정으로 나를 빤히 봤다. 우리 대화를 들은 것일까? 그게 상관이 있기는 한가?

"다음 판은 내가 해." 내가 말했다. 어린 시절 짝사랑이란 그렇게 칭얼거리며, 서서히 죽어 가다가 순식간에 사라지는 것인지 궁금했다.

캠이 또 놀러 왔고 늦게까지 있었다. 자정 무렵 우리는 해변으로 산책하러 나갔고, 손도 잡았다. 바다는 백만 살쯤 되는 것처럼 은빛으로 물들어 있었고 바닥을 알 수 없이 깊어 보였다. 실제로 그럴 것이다.

"진실 게임 할래?" 캠이 물었다.

진짜 진실을 마주할 기분이 아니었다. 불현듯 한 가지 생각이 떠올랐다. 스키니 디핑(알몸으로 수영하기-옮긴이)을 하고 싶다는 생각이었다. 캠과 함께. 자동차극장에서 진도를 나가듯이, 다 큰 아이들은 바다에서 그렇게 놀았다. 우리가 함께 스키니 디핑을 한다면, 증거가 될 것 같았다. 내가 다 자랐다는 증거.

그래서 말했다. "캠, 선택 게임 하자. 지금 바로 스키니 디핑을 할래, 아니면……." '아니면' 무엇을 할지 생각이 나지 않았다.

"처음 거, 처음 거." 캠이 씩 웃으며 말했다. "아니면 둘 다. 두 번째 선택지가 뭐든지."

갑자기 어지러웠다. 취한 느낌이었다. 나는 캠에게서 달아나 바다로 향하며 티셔츠를 모래 위에 벗어 던졌다. 옷 안에 비키니를 입고 있었다. "규칙이 있어." 내가 반바지 단추를 풀며 외쳤다. "물속에 완전히 들어가기 전까지는 다 벗으면 안 돼! 그리고 훔쳐보면 안 돼!"

"잠깐." 캠이 사방에 모래를 흩날리며 달려오면서 말했다. "정말로 하는 거야?"

"그럼. 하기 싫어?"

"아니. 근데 네 어머니가 보시면 어쩌지?" 캠이 집 쪽을 힐금거렸다.

"안 봐. 집에서는 아무것도 안 보여. 어두워서."

캠은 나와 집을 번갈아 봤다. "나중에 하자." 캠이 미심쩍은 듯 말했다.

나는 캠을 노려봤다. 그가 나를 설득해야 하는 것 아닌가? "진심이야?" 내가 정말 하고 싶었던 말은, "너 게이니?"였다.

"응, 아직 시간이 일러. 사람들이 깨어 있으면 어떡해?" 캠은 내 티셔츠를 집어서 건넸다. "나중에 다시 오든가 하자."

진심이 아님을 알 수 있었다.

화가 나기도 하고 안심이 되기도 했다. 땅콩버터와 바나나를 넣어 튀긴 샌드위치 생각이 간절하다가도 두 입쯤 먹고 나면 진심으로 원한 것이 아니었음을 깨닫는 것과 비슷했다.

나는 캠에게서 티셔츠를 잡아챈 뒤 말했다. "선심 쓸 것 없어, 캠." 그리고 최대한 빠른 걸음으로 모래를 걷어차며 걸었다. 캠이 뒤따라올 것으로 생각했지만, 그렇지 않았다. 그가 무엇을 하는지 돌아보지도 않았다. 아마 모래사장에 앉아 달빛에 바보 같은 시를 쓰고 있었을 것이다.

집에 들어온 나는 주방으로 직행했다. 전등이 하나 켜져 있었다. 콘래드가 식탁 앞에 앉아 숟가락으로 수박을 떠먹고 있었다. "캠은?" 씁쓸한 말투였다.

콘래드가 친절하게 구는 것인지, 놀리는 것인지 잠시 생각해야 했다. 그가 보통 때처럼 무표정했던 터라 나는 둘 다 조금씩 섞인 것으로 받아들였다. 며칠 전의 다툼을 없는 일 취급한다면, 나도 그럴 생각이었다.

"모르지." 나는 냉장고를 뒤져 요구르트를 꺼내며 말했다. "신경 안 써."

"사랑싸움했냐?"

잘난 체하는 그의 표정을 보자 따귀를 날리고 싶었다. "남의 일에 신경 끄시지." 나는 숟가락과 딸기 요구르트를 들고 옆에 앉으면서 말했다. 수재나 아줌마의 무지방 요구르트였는데 위에 물이 생기고 굳어 있었다. 요구르트의 뚜껑을 다시 덮어 한쪽으로 치워 버렸다.

콘래드는 수박을 내게 밀어 줬다. "사람들에게 그렇게 매정하게 굴지 마, 벨리." 그러고는 일어나더니 말했다. "그리고 옷 좀 입어라."

나는 수박을 한 조각 퍼낸 뒤 주방을 나가는 그를 향해 혀를 내밀었다. 콘래드와 이야기하면 왜 여전히 내가 열세 살인 것처럼 느껴질까? 머릿속에서 엄마 목소리가 들렸다. "그 누구도 네 감정을 흔들 수는 없어, 벨리. 네가 결정해야지. 엘리너 루스벨트가 한 말이야. 그분의 이름을 따서 네 이름을 지을 뻔했지." 이러쿵저러쿵, 어쩌고저쩌고. 하지만 엄마 말이 옳기는 했다. 나는 더는 콘래드 때문에 감정 상하지 않기로 마음먹었다. 머리가 젖거나 옷에 모래가 붙어 우리가 무엇인가 하고 왔다는 인상을 주지 못해 아쉬울 따름이었다. 사실이 아니더라도.

나는 식탁 앞에 앉아 수박을 먹었다. 가운데 절반을 다 파 먹었다. 캠이 돌아오기를 기다렸는데 안 와서 더 화가 났다. 문을 잠가 버리고 싶은 마음도 들었다. 캠은 어쩌면 길에서 노숙자를 만나 죽고 못 사는 친구가 되어서 다음 날 그 사람 사연을 내게 들려줄지도 모른다. 별장 쪽 해변에는 노숙자가 있지도 않았다. 사실, 커즌스를 통틀어 노숙자를 본 적이 없었다. 하지만 만약 있다면, 캠이 반드시 그 노숙자를 찾아낼 것이다.

결국 캠은 집으로 돌아오지 않았다. 그냥 가 버렸다. 그가 차에 시동 거는 소리가 들렸고, 아래층 복도 창문으로 후진하는 차를 봤다. 쫓아가서 고함을 지르고 싶었다. 돌아오지 않고 그냥 가다니. 내가 모든 것을 망쳐 놓았고, 내게 정떨어졌으면 어쩌지? 그를 다시는 만나지 못한다면?

그날 밤 나는 침대에 누워 여름의 로맨스는 어떻게 그토록 빨리 진행되다가 빨리 끝나 버리는지 생각했다.

하지만 이튿날 아침, 토스트를 먹으러 테라스에 나갔다가 해변으로 내려가는 계단 위에 놓인 빈 물병을 발견했다. 캠이 늘 마시는 폴란드 스프링 물병이었다. 안에 쪽지가 들어 있었다. 병 속의 쪽지. 잉크가 조금 번졌지만, 내용은 읽을 수 있었다. "스키니 디핑 한 번, 너한테 빚졌어. 꼭 갚을게."

제러마이아가 인명 구조 요원 일을 하는 동안 수영장에 와서 놀아도 좋다고 했다. 나는 컨트리클럽 수영장에는 못 가 봤다. 크고 화려한 곳이라서 기회가 생기자 바로 잡았다. 컨트리클럽은 미지의 장소였다. 이전까지 콘래드는 우리를 부르지 않았었다. 창피할 것이라고 했다.

나는 오후에 자전거를 타고 컨트리클럽으로 갔다. 모든 것이 탐스러운 녹색이었다. 골프장에 에워싸인 수영장이었다. 탁자 앞에 클립보드를 든 여자가 있었다. 내가 제러마이아를 만나러 왔다고 하자 그 여자는 손짓하며 들여보내 줬다.

내가 먼저 제러마이아를 찾았다. 그는 인명 구조 요원 의자에 앉아서 흰색 비키니를 입은 검은 머리 여자와 이야기하고 있었다. 제러마이아도, 그 여자도 웃고 있었다. 그 의자에 앉으니 대단한 사람 같았다. 그가 실제로 일하는 모습은 처음 보았다.

문득 부끄러웠다. 나는 천천히, 플립플롭을 바닥에 딱딱 부딪치며 걸어갔다. "안녕." 나는 몇 발짝 거리를 두고 인사했다.

제러마이아가 의자에서 내려다보더니 활짝 웃었다. "왔구나." 그는 햇빛 가리개처럼 손으로 하늘을 가리고서 나를 향해 눈을 가늘게 떴다.

"응." 나는 캔버스 백을 시계추처럼 앞뒤로 흔들었다. 그 가방에는 내 이름이 필기체로 적혀 있었다. 수재나 아줌마가 사 준 L. L. 빈 백이었다.

"벨리, 이쪽은 욜리야. 나랑 같이 일해."

욜리는 손을 내밀어 나와 악수했다. 비키니를 입은 사람치고 딱딱한 행동처럼 느껴졌다. 손아귀에 힘이 들어간 단호한 악수에 엄마가 좋아할 것 같다는 생각이 들었다. "안녕, 벨리." 욜리가 말했다. "얘기 많이 들었어."

"그래?" 나는 제러마이아를 올려다봤다.

제러마이아가 히죽거렸다. "응. 네 코 고는 소리가 하도 커서 복도 끝에서도 들린다고 했어."

나는 그의 발을 쳤다. "시끄러워." 그러고는 욜리에게 시선을 돌려 말했다. "만나서 반가워."

욜리가 미소 지었다. 양쪽 볼에 보조개가 있고 아랫니는 살짝 비뚤어졌다. "나도 반가워. 제러, 지금 쉴래?"

"조금 있다가." 제러마이아가 말했다. "벨리, 가서 태닝 좀 하고 있어."

나는 혀를 내밀어 보인 뒤 근처 라운지체어에 타월을 폈다. 수영장은 완벽한 터키석 빛깔이었고 높은 것과 낮은 것, 두 개의 다이빙대가 있었다. 안에서는 아이들이 잔뜩 물을 첨벙거렸고, 너무 더워지면 나도 수영을 할 생각이었다. 우선은 선글라스를 쓰고 누워서 태닝을 하며 음악을 들었다.

얼마 뒤 제러마이아가 왔다. 그는 내 의자 가장자리에 앉아 보랭병에 담아 간 쿨에이드를 마셨다. "쟤 예쁘다." 내가 말했다.

"누구? 욜리?" 제러마이아가 말했다. "착해. 나를 짝사랑하는 여러 여자 가운데 한 명이지."

"헐!"

"그럼 너는? 캠 캐머런, 응? 채식주의자 캠. 스트레이트 에지 캠."

나는 웃지 않으려고 애썼다. "그래서 뭐? 나는 걔가 좋아."

"좀 어리바리 아니냐?"

"그래서 좋은걸. 캠은…… 달라."

제러마이아가 얼굴을 살짝 찌푸렸다. "누구랑 달라?"

"모르지." 하지만 난 알았다. 정확히 누구와 다른지 알고 있었다.

"콘래드 형처럼 재수 없는 인간이 아니란 뜻이야?"

내가 웃자 제러마이아도 따라 웃었다. "응, 맞아. 캠은 착해."

"그냥 착하기만 해?"

"그 이상이지."

"그래서 그 사람은 잊었어? 정말로?" 우리는 '그 사람'이 누군지 둘 다 알고 있었다.

"응." 내가 말했다.

"난 안 믿어." 제러마이아가 나를 뚫어져라 보며 말했다. 우노 게임에서 내가 무슨 패를 들고 있는지 알아내려 할 때와 똑같은 표정이었다.

나는 선글라스를 벗고 제러마이아의 눈을 마주 봤다. "정말이야. 잊었어."

"두고 보자." 제러마이아가 일어나며 말했다. "휴식 시간 끝났어. 여기서 혼자 괜찮아? 잠깐 기다리면 집에 데려다줄게. 자전거는 뒤에 실으면 돼."

나는 고개를 끄덕이고는 그가 인명 구조 요원 자리로 돌아가는 모습을 지켜봤다. 제러마이아는 좋은 친구였다. 늘 내게 친절했고 나를 지켜 줬다.

34

엄마와 수재나 아줌마는 바닷가 의자에 앉고 나는 낡은 랄프로렌 테디베어 타월에 누웠다. 아주 긴 데다 여러 번 빨아 부드러워서 내가 좋아하는 타월이었다.

"오늘 밤에 뭐 하니, 땅콩?" 엄마가 물었다. 엄마가 땅콩이라고 부르면 좋았다. 여섯 살 때 엄마 침대에서 잠들던 시절이 떠올랐다.

나는 당당히 말했다. "캠이랑 퍼트퍼트 퍼팅 연습장에 가기로 했어."

어릴 때는 늘 그곳에 갔다. 피셔 아저씨가 우리를 데리고 가서 항상 남자아이들끼리 경쟁을 붙였다. "우승자한테 20달러." 스티븐 오빠는 아주 좋아했다. 오빠는 피셔 아저씨가 우리 아빠이길 바랐을 것이다. 사실 그렇게 될 수도 있었다. 수재나 아줌마는 엄마가 피셔 아저씨와 먼저 데이트하다가 수재나 아줌마와 썩 잘 어울릴 것 같아서 넘겼다고 말하곤 했다.

피셔 아저씨는 나도 미니 골프 시합에 끼워 줬지만, 내가 우승할 것이라고 기대하지는 않았다. 물론 우승한 적도 없었다. 어쨌든 미니 골프가 싫었다. 작은 연필과 가짜 잔디밭이 싫었다. 모든 것이 짜증 날 정도로 완벽했다. 피셔 아저씨랑 비슷한 느낌이었다. 콘래드는 아빠를 몹시 닮고 싶어 했고, 나는 그가 그러지 않기를 바랐다. 그의 아빠처럼 되지 않기를 말이다.

마지막으로 퍼트퍼트 퍼팅 연습장에 간 것은 열세 살 때였고, 그때 첫 월경을 했다. 흰 바지를 입고 있었는데 스티븐 오빠가 겁에 질렸다. 오빠는 내가 베이거나 칼에 찔린 줄 알았고, 나도 한순간 그렇게 생각했다. 그후, 4번 홀에서 월경을 한 뒤로 다시는 그곳에 가지 않았다. 남자아이들이 가자고 해도 안 갔다. 그러다가 캠과 함께 가니 퍼트퍼트 퍼팅 연습장을 되찾은 느낌이 들었다. 열두 살의 내게 그곳을 되돌려 주는 것 같았다. 거기 가자고 한 것도 나였다.

엄마가 말했다. "일찍 올 수 있니? 함께 있고 싶은데. 영화를 보든가."

"얼마나 일찍? 엄마랑 아줌마는 9시면 자잖아."

엄마가 선글라스를 벗고 나를 봤다. 콧등에 선글라스 자국이 두 줄로 남았다. "집에서 좀 더 시간을 보내면 좋겠구나."

"지금도 집에 있잖아." 내가 말했다.

엄마는 못 들은 것처럼 말했다. "네가 그 사람이랑 시간을 너무 많이 보내잖니."

"좋아하는 것처럼 말했잖아!" 나는 수재나 아줌마에게 도와 달라는 표정을 지었고, 아줌마는 안됐다는 표정으로 마주 봤다.

엄마가 한숨을 쉬자 아줌마가 껴들었다. "우리는 캠을 좋아한단다. 네가 보고 싶을 뿐이야, 벨리. 네가 네 삶을 사는 건 우리도 인정하고말고."

아줌마는 밀짚모자를 고쳐 쓰더니 윙크했다. "우리랑 조금만 함께 있자는 것뿐이야!"

나는 내키지 않았지만, 미소를 지었다. "좋아요." 나는 다시 타월에 누우며 말했다. "일찍 올게요. 영화 봐요."

"좋아." 엄마가 말했다.

나는 눈을 감고 헤드폰을 썼다. 엄마 말도 일리가 있는 것 같았다. 내내 캠과 붙어 지냈으니까. 엄마가 정말로 나를 보고 싶은 것 같았다. 그저, 내가 예전처럼 매일 밤을 집에서 보내는 것을 엄마가 당연히 여길 수는 없는 일이었다. 나는 열여섯이 됐고, 사실상 어른이었다. 엄마는 내가 영원히 엄마의 땅콩일 수 없다는 사실을 받아들여야 했다.

엄마와 아줌마는 내가 잠든 줄 알고 대화를 시작했다. 하지만 나는 자지 않았다. 음악을 들으면서도 대화를 들을 수 있었다.

"콘래드가 왜 저러는지 모르겠어." 엄마가 나지막이 말했다. "오늘 아침에 테라스에 맥주병을 잔뜩 버려 놔서 내가 치웠어. 정말 멋대로야."

수재나 아줌마가 한숨을 쉬었다. "무슨 일이 있다는 걸 그 애가 눈치챈 것 같아. 벌써 몇 달째 그러잖아. 예민한 애라 충격이 더 클 거야."

"이제 애들한테 이야기할 때라고 생각하지 않아?" 엄마가 '생각하지 않아?'라고 묻는 것은 '나는 그렇게 생각하니 너도 그렇게 생각해.'라는 뜻이었다.

"여름이 지나면. 그래도 돼."

"벡." 엄마가 말했다. "이제 때가 됐어."

"언제가 적당한지는 내가 알아." 수재나 아줌마가 말했다. "강요하지 마, 로럴."

엄마가 무슨 말을 해도 아줌마 마음은 바뀌지 않았다. 아줌마는 부드 럽지만 단호했고, 필요하다면 황소고집을 부렸다. 겉모습은 부드러워도 강철 같은 사람이었다.

나는 콘래드는 이미 알고 있고, 제러마이아도 마찬가지라고 말하고 싶 었지만 그럴 수 없었다. 옳지 않은 일이었다. 내가 나설 일이 아니었다.

수재나 아줌마는 그해 여름은 완벽한 여름, 부모가 여전히 함께 있고 모든 것이 예전과 같은 여름이 되기를 바랐다. 하지만 나는 그런 여름은 이제 존재하지 않는다고 말하고 싶었다.

35

해 질 무렵, 캠이 나를 차에 태우고 퍼트퍼트 퍼팅 연습장에 갔다. 나는 현관에서 기다리다가 그의 차가 집 앞에 들어서자 달려갔다. 조수석으로 가는 대신, 운전석으로 다가갔다. "내가 운전해도 돼?" 내가 물었다. 그가 좋다고 할 줄 알았다.

캠은 고개를 저으며 무표정하게 말했다. "네 말을 거절할 수 있는 사람이 있나?"

나는 눈을 깜빡이며 말했다. "없지." 조금도 사실이 아니지만, 그렇게 대답했다.

내가 차 문을 열자 캠은 옆 좌석으로 넘어갔다.

나는 후진으로 나가며 말했다. "오늘 밤에는 일찍 집에 와야 해."

"그래." 캠이 목청을 가다듬었다. "그리고, 음, 속도 좀 줄일래? 이 도로의 제한 속도는 시속 55킬로미터 정도라고."

캠은 운전하는 나를 자꾸 보며 웃었다. "왜? 왜 웃어?" 내가 물었다.

티셔츠로 얼굴을 가리고 싶었다.

"네 코는 스키 슬로프가 아니라 꼬마 토끼 슬로프 같아." 캠이 손을 뻗어 내 코를 톡톡 쳤다. 나는 그의 손을 쳐 냈다.

"내 코 싫어." 내가 말했다.

캠은 무슨 소리냐는 표정이었다. "왜? 네 코 귀여운데. 사물을 아름답게 만드는 건 불완전함이야."

그렇다면 내가 아름답다는 뜻인지 궁금했다. 그래서 나를 좋아하는 것인지, 내 불완전함 때문인지 궁금했다.

우리는 계획보다 늦게까지 밖에서 놀았다. 우리 앞사람들이 홀마다 시간을 끝없이 끌었다. 커플이었는데, 계속 멈추고 키스했다. 짜증이 났다. 퍼트퍼트 퍼팅 연습장에서 그런 행동을 하면 안 된다고 말해 주고 싶었다. 그럴 거면 자동차극장에나 가라고. 미니 골프를 끝낸 뒤, 캠이 배가 고프다고 해서 조개 요리를 먹으러 갔다. 어느덧 10시가 넘었고 엄마와 수재나 아줌마는 이미 잠들었을 것으로 생각했다.

캠은 내게 운전을 맡겼다. 내가 부탁할 필요도 없었다. 캠은 그냥 내게 차 키를 줬다. 집에 도착한 뒤 나는 시동을 껐다. 콘래드 방 말고는 온 집이 캄캄했다. "아직 들어가고 싶지 않아." 내가 말했다.

"일찍 들어가야 한다면서."

"그래, 그랬어. 하지만 아직은 들어갈 생각이 없어." 나는 라디오를 켰고 우리는 5분 동안 앉아서 음악을 들었다.

그러다가 캠이 헛기침하더니 말했다. "키스해도 돼?"

나는 그가 묻지 않았으면 싶었다. 그냥 해 버렸으면 싶었다. 물어보니 어색한 느낌이 들었다. 괜찮다고 대답해야 하는 입장이 됐다. 나는 어이

없다는 표정을 짓고 싶었지만, 대신 이렇게 말했다. "음, 응. 하지만 다음에는 묻지 말아 줘. 키스해도 되냐고 묻는 건 어색해. 그냥 하는 거지."

캠의 표정을 본 순간, 그 말을 한 것을 후회했다. 캠은 얼굴이 빨개져서 말했다. "물어본 건 잊어버려."

"캠, 미안……." 내가 미처 말을 맺기도 전에 캠이 다가와 키스했다. 그의 뺨이 거칠지만 기분 좋게 느껴졌다.

끝난 뒤 캠이 말했다. "괜찮아?"

나는 미소를 짓고 말했다. "괜찮아." 그리고 안전띠를 풀었다. "잘 가."

내가 차에서 내리자, 캠은 자리를 바꿔 운전석에 앉았다. 우리는 끌어안았고, 나는 콘래드가 보고 있으면 좋겠다고 생각했다. 그러거나 말거나 상관없었지만, 그를 좋아하지도 않았지만. 내가 자기를 좋아하지 않는다는 사실을 콘래드가 정말로 알아주기를 바랐다. 자기 두 눈으로 직접 보기를.

나는 현관으로 달려갔고, 돌아보지 않아도 캠은 내가 안으로 들어가기를 기다렸다가 돌아갔을 것이다.

이튿날 엄마는 내게 아무 말도 하지 않았다. 하지만 엄마는 말할 필요가 없었다. 엄마는 말 한마디 하지 않고도 내게 죄책감을 안겨 줄 수 있었으니까.

내 생일은 항상 여름의 끝이 시작됐음을 알렸다. 마지막으로 기대할 일은 내 생일이었다. 그해 여름, 나는 열여섯이 됐다. 달콤한 열여섯 살 생일은 특별해야 했다. 테일러는 자기 생일에 연회장을 빌려서 학교 친구를 전부 불렀다. 아주 오랫동안 파티를 계획했다.

내 생일은 늘 같았다. 케이크, 콘래드와 제러마이아, 스티븐 오빠의 장난스러운 선물. 그리고 예전 사진들을 다 훑어보면, 엄마와 수재나 아줌마 사이에 낀 내 모습이 있었다. 내 생일은 늘 이곳, 이 별장에서 보냈다. 엄마가 임신한 모습으로 챙 넓은 모자를 쓰고서 현관에 앉아 아이스티를 들고 있는 사진이 있었다. 그리고 거기, 엄마 배 속에 내가 있었다. 우리 넷, 그러니까 콘래드, 스티븐 오빠, 제러마이아, 내가 해변을 뛰어다니는 사진도 있었다. 나는 생일 모자 말고는 아무것도 걸치지 않은 채 그들을 따라 달렸다. 엄마는 내가 네 살이 될 때까지는 수영복을 입히지 않았다. 그냥 멋대로 뛰어다니도록 뒀다.

그해 생일도 다른 것은 기대하지 않았다. 그래서 편하면서도 좀 우울했다. 단지, 스티븐 오빠가 함께하지 않는 것은 달랐다. 먼저 촛불을 끄겠다고 나를 밀쳐 대는 스티븐 오빠 없이 보내는 첫 생일이었다.

부모님의 선물은 이미 알고 있었다. 오빠가 타던 차였다. 새로 페인트칠도 하는 등 새롭게 태어날 준비 중이었다. 학교로 돌아가면 운전 교육을 받거나, 남에게 차를 태워 달라고 부탁하지 않아도 될 것이었다.

내 친구 중 누가 내 생일을 기억할지 궁금하지 않을 수 없었다. 테일러만 제외였다. 테일러는 기억했다. 항상. 정확히 오전 9시 2분에 전화해서 생일 축하 노래를 불러 줬다. 그것도 좋기는 했지만, 생일과 방학이 겹치다 보니 학교 친구들을 불러 파티를 할 수 없었다. 사물함에 풍선을 붙이는 등 아무런 축하를 받지 못했다. 사실 상관없었지만, 그때는 조금 아쉬웠다.

엄마는 캠을 초대해도 된다고 했다. 하지만 부르지 않았다. 내 생일이라고 알리지도 않았다. 그에게 뭔가 해야 한다는 부담을 주는 것이 싫었다. 하지만 그것만은 아니었다. 이 생일이 다른 때와 같아지려면 다른 때와 똑같이 보내야 한다고 생각했다. 우리끼리만 보내고 싶었다.

그날 아침 눈을 뜨니 버터와 설탕 냄새가 진동했다. 수재나 아줌마가 생일 케이크를 구웠다. 삼단 시트에 가장자리에는 흰색 장식을 두른 핑크빛 케이크였다. 흰색 생크림으로 비뚤배뚤하게 '생일 축하해, 벨스'라고 적혀 있었다. 아줌마가 케이크 위에 폭죽 촛불을 켜자 마치 미친 반딧불이처럼 치직거리며 터졌다. 아줌마와 엄마가 노래를 시작했고, 아줌마는 콘래드와 제러마이아에게 함께 부르자고 손짓했다. 둘 다 엉망으로 장난처럼 불렀다.

"소원 빌어, 벨리." 엄마가 말했다.

나는 파자마 차림이었고 웃음을 멈출 수 없었다. 지난 네 번의 생일에 같은 소원을 빌었었다. 그해는 아니었다. 그해는 다른 소원을 빌었다. 폭죽이 잦아드는 것을 보고, 눈을 감고서 후 촛불을 불었다.

"내 선물부터 풀어 봐." 아줌마가 재촉했다. 아줌마는 내게 핑크빛 포장의 작은 상자를 쥐어 주었다.

엄마가 궁금한 듯 아줌마를 봤다. "뭐야, 벡?"

아줌마는 알 수 없는 미소를 지으며 내 손목을 꼭 잡았다. "어서 풀어 보렴, 아가."

나는 포장지를 뜯고 상자를 열었다. 진주 목걸이였다. 반짝이는 금 고리에 크림색 작은 진주알들이 달려 있었다. 오래된, 요즘은 살 수 없는 물건이었다. 아빠의 스위스제 괘종시계처럼, 고리까지 아름답게 제작한 목걸이였다. 그렇게 예쁜 물건은 처음이었다.

"어머나." 나는 놀라며 목걸이를 들어 올렸다.

아줌마는 환하게 웃었다. 엄마가 너무 값진 물건이라고 할 줄 알았는데, 아무 말도 하지 않았다. 그러고는 미소를 지으면서 말했다. "이거 혹시……."

"맞아." 아줌마가 나를 보며 말했다. "우리 아버지가 내 열여섯 살 생일에 주신 거야. 벨리, 너에게 주고 싶어."

"정말요?" 나는 받아도 괜찮은지, 엄마를 봤다. 엄마가 끄덕였다. "와, 고마워요, 아줌마. 정말 아름다워요."

아줌마는 내게서 목걸이를 받아 목에 걸어 줬다. 진주는 처음이었다. 자꾸 손이 갔다.

아줌마가 손뼉을 쳤다. 선물을 주고 나서 계속 생색을 내고 싶지 않았던 것 같다. 그저 선물하는 기쁨만 즐기고 싶었던 모양이다. "자, 다음은 뭐지? 제러마이아? 콘?"

콘래드가 불편한 듯 자세를 바꾸며 말했다. "깜빡했어. 미안, 벨리."

나는 눈을 깜빡였다. 그는 내 생일을 잊은 적 없었다. "괜찮아." 그를 마주 볼 수조차 없었다.

"다음엔 내 거 열어 봐." 제러마이아가 말했다. "하지만 엄마 선물과 비교하면 내 건 좀 허접한데. 고맙네, 엄마." 제러마이아는 작은 상자를 내게 건네고 의자에 등을 기댔다.

상자를 흔들어 봤다. "좋아, 이게 뭘까? 플라스틱 똥? 자동차 번호판 달린 열쇠고리?"

제러마이아가 미소를 지었다. "열어 봐. 욜리가 고르는 것 도와줬어."

"욜리가 누구니?" 아줌마가 물었다.

"제러마이아를 좋아하는 애요." 나는 상자를 열며 말했다.

상자 안에는 솜이 깔려 있었고, 그 위에 조그만 은 열쇠 장식이 들어 있었다.

11세

"생일 축하한다, 바보야." 스티븐 오빠는 양동이에 가득 든 모래를 내 무릎에 쏟아부으며 노래했다. 모래에서 모래게 한 마리가 꼬물거리며 나와 내 허벅지 위로 기어올랐다. 나는 오빠 뒤를 따라 해변을 내달렸다. 온몸의 혈관에 뜨거운 분노가 들끓었다. 나는 오빠를 잡을 만큼 빠르지 못했다. 한 번도 잡지 못했다. 오빠는 내 주위를 빙빙 돌았다.

"와서 촛불 꺼." 엄마가 불렀다.

오빠가 돌아서서 타월로 가려는 순간 내가 등에 달려들어 한 팔로 오빠 목을 감고 머리칼을 있는 힘껏 잡아당겼다.

"아야!" 오빠가 휘청거리며 소리를 질렀다. 제러마이아가 내 발을 붙잡고 떼어 내려 해도, 나는 원숭이처럼 등에 딱 붙어 떨어지지 않았다. 콘래드가 무릎을 꿇고 웃어 댔다.

"얘들아." 수재나 아줌마가 불렀다. "케이크 먹자!"

나는 오빠 등에서 뛰어내려 담요로 달려갔다.

"가만 안 둬!" 오빠가 소리치며 나를 따라왔다.

나는 엄마 뒤에 숨었다. "안 돼. 오늘은 내 생일이야." 나는 혀를 내밀었다. 그들은 젖은 몸에 모래투성이인 채로 담요에 쓰러졌다.

"엄마." 오빠가 불평했다. "쟤가 내 머리를 다 뽑았어."

"스티븐, 네 머리 멀쩡해. 걱정할 것 없어." 엄마는 그날 아침에 구운 케이크에 촛불을 켰다. 초콜릿으로 장식한 노란색 케이크였다. '생일 축히해!'로 보이는 '생일 축하해!'가 비뚤비뚤 적혀 있었다.

오빠가 "도와줄게."라고 말하기 전에 내가 먼저 촛불을 불어 껐다. 오빠가 나를 따돌리고 소원을 빌지 못하도록. 물론 나는 콘래드와 사귀게 해 달라고 빌었다.

"선물 열어 봐, 땀쟁이." 오빠가 부루퉁하게 말했다. 나는 오빠 선물이 무엇인지는 이미 알고 있었다. 데오도란트 하나. 그것을 티슈로 싸서 줬다. 티슈 안에 무엇이 들었는지 바로 보였다.

나는 오빠를 무시하고 조개껍데기 무늬 포장지로 싼 작고 납작한 상자를 집어 들었다. 수재나 아줌마의 선물이니 좋은 것이 분명했다. 포장지를 뜯어 보니 고급 도자기와 크리스털 캔디 그릇 등을 파는, 아줌마가 좋아하는 가게 라인골드의 은팔찌가 보였다. 팔찌에는 다섯 가지 장식이 달려 있었다. 조개껍데기, 수영복, 모래성, 선글라스, 말발굽.

"네가 우리와 함께해서 얼마나 행운인지 모르겠구나." 아줌마는 말발굽을 만지며 말했다.

팔찌를 들어 올리니 장식이 햇빛을 받아 반짝였다. "마음에 들어요."

엄마는 아무 말 없었다. 엄마가 무슨 생각을 하는지 알 수 있었다. 엄마는 아줌마가 지나쳤다고, 너무 비싼 것을 샀다고 생각했다. 그 팔찌가 너무나 마음에 들어서 죄책감을 느꼈다. 엄마는 악보와 시디를 선물했다. 우리는 아줌마만큼 부자가 아니었고, 나는 그 순간에 결국 그 의미를 깨달았다.

38

"마음에 쏙 들어." 내가 말했다.

위층 내 방으로 달려가 서랍장 위 뮤직 박스로 곧장 다가갔다. 팔찌를 넣어 두는 곳이었다. 팔찌를 들고서 아래층으로 달려 내려왔다.

"이것 봐요." 나는 그 은팔찌에 은 열쇠 장식을 걸어 손목에 찼다.

"네가 곧 운전할 테니까 열쇠를 선물한 거야, 알지?" 제러마이아가 이렇게 말하며 의자에 등을 기대고 양손을 깍지 껴 머리를 받쳤다.

물론 알고 있었다. 그래서 미소 지었다.

콘래드가 다가와 자세히 봤다. "좋네." 그가 말했다.

나는 다른 손으로 열쇠 장식을 잡았다. 자꾸만 눈길이 갔다. "마음에 들어." 다시 말했다. "이거 라인골드에서 산 거잖아. 굉장히 비쌀 텐데."

"여름 내내 그거 사려고 돈 모았어." 제러마이아가 진지하게 말했다.

나는 그를 빤히 봤다. "아니지?"

제러마이아가 미소를 지었다. "속았지? 항상 참 잘 속는단 말이야."

나는 제러마이아의 팔을 치며 말했다. "어쨌든 네 말은 안 믿어, 바보."
하지만 아주 짧은 순간은 믿었다.

제러마이아는 내가 친 팔을 문질렀다. "그렇게 비싸진 않았어. 어쨌든
나는 이제 돈 많이 벌잖아. 내 걱정은 마. 마음에 든다니 좋다. 율리가 좋
아할 거라고 했어."

나는 제러마이아를 꼭 끌어안았다. "완벽해."

"정말 멋진 선물이다, 제러." 수재나 아줌마가 말했다. "내가 준 낡은
목걸이보다 나아, 확실히."

제러마이아가 웃었다. "설마요." 하지만 그가 기뻐하는 것은 분명했다.

엄마가 일어나 케이크를 자르기 시작했다. 엄마는 케이크를 예쁘게 자
르는 재주가 없었다. 조각이 너무 크거나 너무 작았고 양옆은 항상 부스
러졌다. "케이크 먹을 사람?" 엄마가 손가락을 핥으며 물었다.

"배 안 고파요." 콘래드가 불쑥 말하고는 시계를 보며 일어섰다. "일하
러 갈 준비 해야겠다. 생일 축하해, 벨리."

콘래드가 위층으로 간 뒤, 잠시 아무도 아무 말 하지 않았다. 그리고
엄마가 큰 소리로 말했다. "이 케이크 맛있다. 좀 먹어 봐, 벡." 엄마는 아
줌마 앞으로 케이크를 밀어 줬다.

아줌마는 힘없이 웃으며 말했다. "나도 배가 안 고프네. 요리한 사람은
자기가 만든 음식 안 먹고 싶다고들 하잖아. 너희 먹어."

나는 한 입 크게 먹었다. "음, 노란 케이크, 맛있어."

"처음부터 다 직접 만든 거잖아." 엄마가 말했다.

콘래드가 레드삭스 여자애 니콜을 집에 불렀다. 우리 집에. 레드삭스 여자애가 우리 집에 오다니 믿을 수 없었다. 나 말고 다른 여자애가 집에 있으니 기분이 묘했다.

한낮이었다. 테라스 탁자 앞에 앉아서 도리토스 샌드위치를 먹고 있는데 그들이 차를 타고 왔다. 니콜은 정말 짧은 반바지에 흰색 티셔츠를 입고 머리에 선글라스를 얹고 있었다. 레드삭스 모자는 보이지 않았다. 근사해 보였다. 그곳에 어울리게 느껴졌다. 파자마로도 입는 낡은 커즌스 비치 티셔츠를 입은 나와는 달랐다. 콘래드가 그 애를 집 안으로 데리고 들어갈 줄 알았는데, 둘은 반대편 테라스의 라운지체어에 누워서 놀았다. 말소리는 들리지 않았지만, 니콜이 미친 듯이 키득거리는 소리는 들렸다.

5분쯤 지나자 더는 견딜 수 없었다. 나는 캠에게 전화를 걸었다. 그는 30분 뒤 오겠다고 했지만, 15분 만에 도착했다.

캠과 내가 무슨 영화를 볼지 다투는데 그들이 집에 들어왔다. "너희 뭐 봐?" 콘래드가 반대편 소파에 앉으면서 물었다. 니콜은 콘래드 옆에 앉았다. 사실은 무릎 위에 앉은 셈이었다.

나는 그를 보지도 않고 대답했다. "우리는 고르는 중이야." '우리'를 강조했다.

"같이 봐도 돼?" 콘래드가 물었다. "너희 니콜 알지?"

여름 내내 방에 틀어박혀 지내던 콘래드가 갑자기 사교적인 사람이 되고 싶어졌나?

"안녕." 니콜이 지루한 말투로 말했다.

"안녕." 나도 그 말투를 최대한 흉내 내어 말했다.

"안녕, 니콜." 캠이 말했다. 그렇게 친한 척하지 말라고 말하고 싶었지만, 어쨌든 캠은 내 말을 듣지 않았을 것이다. "난 〈저수지의 개들(Reservoir Dogs)〉을 보고 싶은데, 벨리는 〈타이타닉(Titanic)〉을 보고 싶대."

"진심?" 니콜이 말하자, 콘래드가 웃었다.

"벨리는 〈타이타닉〉을 좋아하지." 콘래드가 놀리듯 말했다.

"내가 한 아홉 살 때 좋아했었어." 내가 말했다. "참고로, 지금은 웃으려고 보자는 거야."

나는 아주 침착하게 대처했다. 캠 앞에서 다시는 나를 놀리지 못하게 할 생각이었다. 그리고 사실, 나는 여전히 〈타이타닉〉을 좋아했다. 운명의 배 위에서 일어난 운명의 사랑 이야기인데, 좋아하지 않을 수 있나? 콘래드도 아닌 척하지만, 그 영화를 분명히 좋아했었다.

"난 〈저수지의 개들〉에 한 표." 니콜이 손톱을 살피며 말했다.

니콜에게 투표권이 있긴 한가? 대체 무슨 자격으로 말하는 거지?

"〈저수지의 개들〉에 두 표." 캠이 말했다. "콘래드는?"

"나는 〈타이타닉〉." 콘래드가 무표정하게 말했다. "〈저수지의 개들〉은 〈타이타닉〉보다 못해. 과대평가된 영화지."

나는 눈을 가늘게 떴다. "그거 알아? 나는 〈저수지의 개들〉로 바꿀래. 오빠가 진 것 같네." 내가 말했다.

니콜이 손톱을 보던 눈을 들더니 말했다. "음, 그럼 나는 〈타이타닉〉 으로 바꿀게."

"네가 뭔데?" 내가 숨죽여 중얼거렸다. "쟤가 여기서 투표권이 있긴 해?"

"쟤는 있냐?" 콘래드가 놀란 표정을 짓고 있는 캠을 턱으로 가리켰다. "농담이야, 친구."

"그냥 〈타이타닉〉 보자." 캠이 케이스에서 디브이디를 꺼내며 말했다.

우리는 뻣뻣하게 앉아서 시청했다. 잭이 배 위에서 "나는 온 세상의 왕이다."라고 말할 때 모두 웃음을 터뜨렸다. 나는 웃지 않았다. 중간쯤 에 니콜이 콘래드의 귀에 대고 뭐라고 속삭이더니 둘이 일어섰다. "나중 에 보자." 콘래드가 말했다.

그들이 가고 나자 내가 중얼거렸다. "쟤들 정말 역겨워. 위층에 그거 하려고 갔을 거야."

"그거? 누가 '그거 하려고'라고 말하냐?" 캠이 재미있다는 표정으로 말했다.

"시끄러워. 넌 쟤가 징그럽지 않아?"

"징그러워? 아니, 귀여운 것 같아. 브론저를 너무 많이 바른 것 같긴

하지만."

나는 그만 웃음이 났다. "브론저? 네가 브론저를 알아?"

"나한테 누나가 있다는 사실을 잊지 마." 캠이 수줍게 웃으며 말했다. "우리 누나는 화장품을 좋아해. 우리는 욕실을 함께 쓴다고."

캠이 누나가 있다고 말한 기억이 나지 않았다.

"음, 어쨌든, 쟤는 브론저를 너무 많이 쓰긴 해. 완전히 오렌지색이 됐잖아! 레드삭스 모자는 어디 됐는지 궁금하네." 내가 말했다.

캠이 리모컨을 들더니 영화를 정지시켰다. "왜 쟤한테 신경 써?"

"신경 쓰는 거 아니야. 내가 왜 신경을 쓰겠어? 개성도 없는 애한테. 아무 감정도 없는 사람 같아. 콘래드가 신이라도 되는 양 쳐다보잖아." 캠이 내가 심술부린다고 여기는 것을 알면서도 말을 멈출 수 없었다.

캠은 무슨 말인가 하고 싶은 표정이었지만 말하지 않았다. 대신 영화를 다시 켰다.

우리는 소파에 앉아 말없이 영화를 마저 봤다. 영화가 끝나 갈 무렵 계단에서 콘래드 목소리가 들려왔다. 나는 자동으로 캠에게 딱 붙어 앉아 그의 어깨에 머리를 기댔다.

콘래드와 니콜이 아래층에 내려왔고, 콘래드는 우리 둘을 잠시 보더니 말했다. "엄마한테 나 니콜 데려다주러 갔다고 해."

나는 고개도 들지 않고 대답했다. "알았어."

그들이 가자마자 캠이 똑바로 앉았고 나도 그랬다. 캠이 숨을 크게 들이쉬고는 말했다. "그가 질투하게 만들려고 날 불렀어?"

"누구?" 내가 말했다.

"누군지 알잖아. 콘래드."

나는 가슴에서 뺨까지 달아오르는 것을 느꼈다. "아냐." 콘래드와 나 사이를 모두 다 궁금해하는 것 같았다.

"아직도 콘래드를 좋아해?"

"아니."

캠이 한숨을 푹 쉬었다. "봐, 너 망설였어."

"아니라니까!"

내가? 그랬나? 확신이 없었다. 캠에게 말했다. "콘래드를 보면 역겹기만 해."

캠은 믿지 않았다. 나도 믿지 않았다. 사실, 콘래드를 보면 사라지지 않는 선망을 느꼈다. 언제나 같았다. 정말로 나를 좋아하는 멋진 남자가 있는데도, 나는 마음속 깊은 곳에서 여전히 콘래드를 잊지 못했다. 그것이 피할 수 없는 진실이었다. 나는 사실 포기하지 못했다. 살기 위해 임시로 만든 뗏목 위의 로즈(《타이타닉》의 여자 주인공—옮긴이)처럼.

캠이 헛기침을 하고 말했다. "넌 곧 돌아갈 거지? 나랑 계속 연락하고 싶어?"

그런 생각은 하지 못했다. 캠의 말이 옳았다. 여름은 거의 끝나 가고 있었다. 곧 나는 집으로 돌아갈 예정이었다. "음……. 너는?"

"음, 응. 나는 하고 싶어."

캠은 기대하는 눈빛으로 나를 봤고 나는 잠시 무엇을 하고 싶다는 말인지 알아듣지 못했다. 그러다가 깨닫고 말했다. "나도. 나도 하고 싶어." 하지만 너무 늦어 버렸다. 캠은 주머니에서 휴대전화를 꺼내 보더니 가봐야겠다고 말했다. 나는 붙잡지 않았다.

드디어 우리는 함께 영화 보는 시간을 가졌다. 엄마, 수재나 아줌마, 제러마이아, 나는 오락실에 모여 불을 다 끄고서 아줌마가 좋아하는 앨프리드 히치콕의 영화를 봤다. 엄마가 커다란 주물 냄비에 팝콘을 튀겼고 나가서 초콜릿 캔디와 젤리 곰, 솔트워터 태피 캐러멜을 사 왔다. 수재나 아줌마는 솔트워터 태피를 좋아했다. 예전으로 돌아간 느낌이었다. 스티븐 오빠와 저녁 시간에 일하는 콘래드가 없는 것만 달랐다.

아줌마는 가장 좋아하는 영화 〈오명(Notorious)〉을 반쯤 보다가 잠들었다. 엄마는 아줌마에게 담요를 덮어 줬고, 영화가 끝나자 조그맣게 말했다. "제러마이아, 엄마 좀 위층으로 옮겨 주겠니?"

제러마이아는 재빨리 고개를 끄덕였다. 아들 품에 안겨 계단을 오르는 동안에도 아줌마는 깨지 않았다. 제러마이아는 아줌마를 깃털처럼 가볍게 안아 올렸다. 그런 모습은 처음이었다. 우리는 동갑이었지만, 그 순간만큼은 그가 어른같아 보였다.

엄마도 기지개를 켜며 일어났다. "피곤하다. 너도 자러 갈래, 벨리?"

"아직 괜찮아. 여기 내가 치울게." 내가 말했다.

"착하다." 엄마가 내게 윙크하고 위층으로 올라갔다.

나는 카펫에 떨어진 태피 포장지와 팝콘 몇 개를 줍기 시작했다.

내가 영화 디브이디를 케이스에 넣고 있는데 제러마이아가 돌아왔다. 그는 소파에 털썩 앉았다.

"영화 한 편 더 볼래?"

"아니. 그냥 티브이나 보자." 제러마이아가 리모컨을 들어 채널을 아무렇게나 훑어보기 시작했다. "캠은 요즘 왜 안 와?"

나는 다시 앉으며 작게 한숨을 쉬었다. "몰라. 전화도 안 해. 나도 안했어. 곧 여름이 끝나 가잖아. 아마 다시 안 볼 거 같아."

제러마이아는 나를 보지도 않고 말했다. "너는? 걔 다시 보고 싶어?"

"글쎄……, 잘 모르겠어. 보고 싶은 것 같기도 하고. 아닌 것 같기도 하고."

제러마이아가 티브이 소리를 완전히 줄였다. 그러고 나서야 그는 고개를 돌려 나를 봤다. "걔는 너랑 어울리지 않는 것 같아." 진지한 눈빛이었다. 그렇게 진지한 모습은 처음이었다.

나는 가볍게 말했다. "응, 나도 좀 그래."

"벨리……." 제러마이아가 말했다. 숨을 크게 들이쉬어 뺨을 부풀리더니 너무 세게 숨을 내쉬어 앞머리가 흩날렸다. 심장이 두근거렸다. 무슨 일이 벌어지기 직전이었다. 그가 내가 듣고 싶지 않은 말을 할 것 같았다. 그 말을 해서 모든 것을 바꿔 놓을 것만 같았다.

내가 입을 열어 제러마이아가 돌이킬 수 없는 말을 하기 전에 막으려는데, 그가 고개를 저었다. "이 말은 들어 줘."

제러마이아는 또 심호흡을 했다. "넌 항상 나랑 가장 친한 친구였어. 하지만 이제 그 이상이야. 네가 그 이상으로 보여." 제러마이아가 내게 다가오며 말했다. "넌 내가 만나 본 여자애들 중에서 가장 멋지고, 내가 힘들 때 언제나 함께해 줬어. 늘 의지가 되어 줬지. 난…… 네게 의지할 수 있어. 그리고 너도 내게 의지할 수 있고. 너도 알잖아."

나는 끄덕였다. 그의 목소리가 들리고 입술이 움직이는 것을 봤지만 머릿속은 정신없이 내달리고 있었다. 상대는 제러마이아였다. 내 친구, 내 가장 친한 벗. 오빠나 다름없는 사람. 그 엄청난 상황에 숨도 쉬기 어려웠다. 그를 제대로 보지도 못했다. 나는 그럴 수 없었으니까. 그를 그렇게 보지 않았으니까. 내게 그런 상대는 단 한 사람, 바로 콘래드였다.

"그리고 네가 늘 형을 좋아한 것도 알아. 하지만 이제 형을 잊은 거지?" 간절히 기대하는 제러마이아의 눈빛을 보니, 원하는 대답을 들려주지 못해 마음이 아팠다.

"자…… 잘 모르겠어." 내가 속삭였다.

제러마이아는 숨을 쓱 들이쉬었다. 답답할 때 하는 버릇이었다. "왜? 형은 널 그렇게 안 보잖아. 나는 그렇게 보고."

눈물이 났다. 속상했다. 하지만 울 수 없었다. 제러마이아의 말이 옳았으니까. 콘래드는 나를 그렇게 보지 않았다. 나도 제러마이아를 같은 시선으로 볼 수 있었으면 싶었다. "알아. 그러고 싶지 않지만, 그래. 여전히 그래."

제러마이아는 내게서 떨어졌다. 나를 보지 않았다. 그의 눈길이 여기저기 옮겨 다녔지만, 내 눈은 보지 않았다. "형은 너에게 상처만 줄 거야." 갈라진 목소리였다.

"정말, 정말 미안해. 내게 화내지 말아 줘. 네가 나한테 화를 내면 견 딜 수 없어."

제러마이아가 한숨을 쉬었다. "너한테 화나지 않았어. 그냥…… 왜 항 상 형이어야 하나 싶어서."

그리고 제러마이아는 일어서더니 나를 두고 나갔다.

12세

피셔 아저씨는 그들을 데리고 밤샘 바다낚시 여행을 갔다. 그날 아침부터 몸이 좋지 않았던 제러마이아는 갈 수 없었다. 수재나 아줌마가 그에게 집에 있으라고 했으니까. 우리 둘은 그날 밤 지하실의 낡은 체크무늬 소파에 앉아서 감자칩을 소스에 찍어 먹으며 영화를 봤다.

〈터미네이터(The Terminator)〉와 〈터미네이터 2(Terminator 2)〉를 보는 사이, 제러마이아가 씁쓸하게 말했다. "아빠는 나보다 형을 더 좋아해. 너도 알지?"

나는 디브이디를 바꾸려고 일어났다가 돌아서서 되물었다. "뭐?"

"진짜야. 어쨌든 난 상관 안 해. 아빠는 재수 없어." 제러마이아가 무릎을 덮은 플란넬 담요에서 실밥을 뜯어내며 말했다.

나도 피셔 아저씨가 좀 재수 없다고 생각했지만, 그렇게 말하지는 않앉다. 남이 자기 가족을 욕할 때 동조하면 안 되니까. 그저 디브이디를 넣고 다시 앉아 담요 끝자락을 덮으며 말했다. "그렇게 나쁜 분은 아니야."

제러마이아가 나를 노려봤다. "나빠. 너도 알잖아. 형은 아빠가 신이라도 되는 줄 알아. 스티븐도."

"너희 아빠가 우리 아빠랑 달라서 그래." 내가 변명하듯이 말했다. "너희 아빠는 낚시도 데려가고, 함께 풋볼도 하잖아. 우리 아빠는 그런 거 안 해. 체스를 좋아하지."

제러마이아가 어깨를 으쓱였다. "나도 체스 좋아하는데."

그건 몰랐다. 나도 체스를 좋아했다. 아빠는 내가 일곱 살 때 체스를 가르쳐 줬다. 나는 꽤 잘했다. 체스 클럽에 가입하고 싶었지만, 안 했다. 체스 클럽은 콧구멍 파는 애들이나 들어가는 곳이었으니까. 테일러가 그렇게 말했다.

"콘래드 형도 체스 좋아해." 제러마이아가 말했다. "아빠가 원하는 사람이 되려는 것뿐이지. 게다가 형은 나처럼 풋볼을 좋아하지도 않아. 그냥 다 잘하니까 그것도 잘하는 거야."

나는 할 말이 없었다. 콘래드는 정말로 다재다능했다. 나는 감자칩을 한 주먹 쥐어 입에 쑤셔 넣었다. 아무 말 하지 않아도 되도록.

"언젠가 내가 형보다 더 잘하게 될 거야." 제러마이아가 말했다.

그런 일은 없을 것 같았다. 콘래드는 너무 잘났으니까.

"네가 형 좋아하는 거 알아." 제러마이아가 불쑥 말했다.

나는 감자칩을 삼켰다. 갑자기 감자칩에서 토끼 밥 맛이 났다. "아니, 아니야." 내가 말했다. "안 좋아해."

"아니, 좋아해." 제러마이아는 다 아는 사람의 눈빛으로 말했다. "사실

대로 말해. 비밀 없기, 잊었어?" 제러마이아와 나는 아주 어려서부터 비밀 없기를 원칙으로 삼았다. 내가 남긴 시리얼 우유를 제러마이아가 마셔 왔던 것처럼, 그것 역시 암묵적인 규칙이었다. 우리 둘만 있을 때 주고받는 말 중 하나가 그것이었다.

"아냐, 정말로 안 좋아해." 내가 우겼다. "친구처럼 좋아하는 거지. 콘래드를 그렇게 보지 않아."

"아냐, 그렇게 봐. 사랑하는 눈으로 보거든."

나는 다 안다는 제러마이아의 눈빛을 단 1초도 견딜 수 없었다. 내가 흥분해서 말했다. "넌 콘래드가 하는 건 뭐든 다 샘나니까 그렇게 말하는 거야."

"샘 안 나. 그냥 형처럼 잘하고 싶을 뿐이지." 제러마이아가 나직이 말했다. 그리고 트림을 하더니 영화를 켰다.

사실, 제러마이아 말이 옳았다. 나는 콘래드를 사랑했다. 콘래드를 사랑하게 된 순간을 나는 정확히 알고 있었다. 콘래드는 뒤늦은 아버지의 날 특별히 아침 식사를 준비하기 위해 일찍 일어났다. 그러나 피셔 아저씨는 그 전날 별장에 오지 못했다. 콘래드는 어쨌든 상관없이 요리를 했다. 열세 살 아이가 한 요리는 훌륭하지 못했지만, 우리는 모두 맛있게 먹었다. 덜 익은 달걀을 내놓으며 슬프지 않은 척하는 그를 보고 나는 생각했다. '쟬 영원히 사랑할 거야.'

콘래드는 조깅을 하러 해변에 갔다. 얼마 전부터 시작한 일과였다. 내 방 창문으로 이틀 아침 연달아 그를 봤기 때문에 알고 있었다. 운동용 반바지와 티셔츠 차림이었다. 한 시간 정도 조깅을 하고 그가 집으로 돌아오고 있었다. 등 가운데에 둥그렇게 땀자국이 나 있었다.

나는 아무 계획 없이 거기, 현관으로 걸어 나갔다. 그해 여름이 거의 끝났다는 생각뿐이었다. 조금 지나면 모든 기회가 사라질 것 같았다. 우리는 떠날 테고, 그에게 말할 기회는 사라질 것이었다. 제러마이아는 모든 것을 분명히 말했다. 그다음은 내 차례였다. 또 아무 말 없이 한 해를 보낼 수는 없었다. 변하는 것이, 우리 여름의 작은 돛단배를 흔드는 것이 두려웠다. 사실 제러마이아가 이미 흔들어 버렸지만, 보다시피 우리는 물에 빠지지 않았다. 우리는 여전히 벨리와 제러마이아였다.

나도, 나도 그렇게 해야 했다. 그렇게 하지 않으면 죽어 버릴 것만 같았다. 무엇이라도 해야 했다. 나를 좋아할 수도, 좋아하지 않을 수도 있는 사람을 계속 바라만 볼 수는 없었다. 확인해야 했다. 그때가 아니면 기회는 없었다.

그는 내가 다가가는 소리를 듣지 못했다. 허리를 숙이고 운동화 끈을 풀고 있었다.

"콘래드." 내가 말했다. 그가 듣지 못해서 나는 다시 더 크게 그를 불렀다. "콘래드."

콘래드는 놀란 표정으로 고개를 들었다. 그리고 똑바로 섰다. "어."

그가 방심하고 있었다니 좋은 신호 같았다. 그는 백만 개의 벽을 쌓고 살았다. 내가 그냥 말해 버리면 그가 새로운 벽을 칠 시간이 없을 것 같았다.

나는 혀를 한 번 깨물고서 이야기를 시작했다. 처음에는 생각해 둔 것, 처음부터 마음에 뒀던 말을 했다. "난 열 살 때부터 오빠를 사랑했어."

콘래드가 눈을 깜빡였다.

"내 머릿속에는 오빠뿐이었어. 평생, 항상 오빠였어. 오빠가 춤추는 법도 가르쳐 줬고, 내가 너무 멀리까지 헤엄쳐 가면 오빠가 와서 데리고 갔어. 그거 기억해? 오빠는 나랑 함께 있다가 모래사장 쪽으로 밀어 줬어. 계속해서 '다 왔어.'라고 말하면서. 그리고 나도 그 말을 믿었어. 오빠가 말하니까 믿었지. 오빠가 하는 말은 다 믿었으니까. 오빠에 비하면 다른 사람들은 다 크래커 같았어. 캠도. 그리고 난 크래커를 싫어해. 오빠도 알지? 오빠는 나에 대해 모든 걸 알잖아. 이것까지. 내가 오빠를 정말 사랑한다는 것까지."

나는 콘래드 앞에 서서 기다렸다. 숨이 찼다. 가슴이 벅차다 못해 터질 것 같았다. 나는 머리카락을 하나로 모아 쥐고서 그가 무엇이라고 할지,

무슨 말이라도 하기를 기다렸다.

천 년쯤 지난 느낌이 들고 나서야 그가 말했다.

"그러지 마. 나는 네 상대가 아니야. 미안."

콘래드가 한 말은 그것뿐이었다. 나는 크게 한숨을 내쉬고 그를 빤히 봤다. "그 말 안 믿어." 내가 말했다. "오빠도 날 좋아하잖아. 내가 알아." 내가 캠과 함께 있을 때 콘래드의 시선을 봤다. 내 두 눈으로 똑똑히 봤다.

"네가 바라는 식으로 좋아하는 건 아니야." 콘래드가 말했다. 그는 한숨을 쉬고서 미안하다는 듯이 슬픈 말투로 말했다. "넌 아직 어린애야, 벨리."

"난 이제 애가 아니야! 오빠는 내가 어린애이길 바라지. 이 상황을 회피하려고. 그래서 이번 여름 내내 내게 화가 났던 거야." 나는 점점 큰 소리로 말했다. "오빠는 나를 좋아해. 인정하라고."

"미쳤구나." 콘래드는 내게서 걸어가면서 조금 웃었다.

하지만 이번만큼은 그냥 넘어가지 않을 생각이었다. 그가 그렇게 쉽게 또 빠져나가도록 두지 않을 셈이었다. 그의 우울한 제임스 딘 놀이가 지겹고 지쳤다. 콘래드는 내게 감정을 느끼고 있었다. 확실했다. 인정하게 만들고 말 생각이었다.

나는 콘래드의 소매를 잡았다. "인정해. 내가 캠과 어울리기 시작해서 화가 났지? 내가 여전히 오빠의 꼬마 추종자이길 바랐던 거잖아."

"뭐?" 콘래드가 나를 뿌리쳤다. "벨리, 정신 차려. 세상이 너를 중심으로 돌아가는 건 아니야."

내 뺨이 새빨갛게 달아올랐다. 온몸이 뜨거워지는 것을 느꼈다. 태닝의 백만 배쯤 뜨거운 느낌이었다.

"아무것도 모르면서 그딴 소리 하지 마." 콘래드의 목소리에서 경고 신호가 느껴졌지만, 나는 멈추지 않았다. 너무 화가 났다. 내 진심을 말하기 시작하자, 돌이킬 수 없었다.

나는 계속 콘래드를 막아섰다. 이번만큼은 그가 그냥 가 버리게 두지 않을 작정이었다. "날 계속 붙잡아 둘 생각이지? 내가 따라다니면 기분 좋으니까. 내가 오빠를 잊으려고 하면, 오빠는 나를 또 잡아당겨. 오빠의 머릿속은 정상이 아니야. 하지만 진심으로 말해 두는데, 이제 끝이야."

콘래드가 쏘아붙였다. "대체 무슨 소릴 하는 거야?"

걸어가다가 핵 돌아섰더니 머리카락이 얼굴에 감겼다. "이제 끝이라고. 오빠는 이제 나랑 끝이야. 친구로서도, 짝사랑하는 남자로서도. 난 그만둘 테니까."

콘래드의 입술이 비틀어졌다. "나한테 원하는 게 뭐야? 너한텐 이제 남자 친구도 있잖아, 잊었어?"

나는 고개를 저으며 그에게서 뒷걸음질 쳤다. "그런 게 아니야." 내가 말했다. 콘래드는 전혀 이해하지 못했다. 내가 하려던 말은 그런 것이 아니었다. 그는 나를 평생 벗어나지 못하게 만들었다. 그는 내 감정을 알면서도 내가 자기를 사랑하게 뒀다. 그는 내가 그러길 원했으니까.

콘래드가 내게 다가왔다. "날 잠깐 좋아하더니, 그다음에는 캠……." 그는 말을 멈췄다. "그러더니 제러마이아. 그런 거 아니야? 넌 케이크도 먹고 싶고, 쿠키도 먹고 싶고, 아이스크림도 먹고 싶고……."

"시끄러워!" 내가 소리쳤다.

"장난질은 네가 한 거야, 벨리." 콘래드는 아무렇지 않게, 가볍게 말하려고 했지만, 온몸이 경직되어 있었다. 온몸의 근육이 그의 바보 같은 기타 줄처럼 팽팽했다.

"오빠는 여름 내내 재수 없게 굴었어. 자신밖에 생각 안 하고. 부모님이 이혼한다고? 그래서 뭐? 남들 부모도 이혼해. 그렇다고 주위 사람을 쓰레기 취급할 순 없어!"

콘래드는 내게서 고개를 휙 돌렸다. "입 다물어." 그의 턱이 부르르 떨렸다. 드디어 내가 해냈다. 그의 속마음을 끌어냈다.

"수재나 아줌마는 오빠 때문에 엊그제 울었어. 침대에서 나오지도 못했다고! 오빠는 신경 쓰기나 해? 오빠가 얼마나 이기적인지 알긴 하냐고?"

콘래드가 내게 다가왔다. 너무 가까워서 얼굴이 닿을 정도였다. 날 치거나 키스할 만큼 가까웠다. 내 심장 뛰는 소리가 들렸다. 너무 화가 나서 그가 날 치길 바랄 정도였다. 절대 그럴 리 없다는 것을 알았지만. 그는 내 팔을 잡고 흔들다가 갑자기 놓았다. 나는 눈물이 차오르는 것을 느꼈다. 한순간, 그가 그럴 거라고 생각했으니까.

그가 내게 키스할 것이라고.

제러마이아가 다가왔을 때 나는 울고 있었다. 인명 구조 요원 일을 하고 돌아오는 길이었다. 머리카락이 아직 젖어 있었다. 그의 차 소리도 듣지 못했다. 제러마이아는 우리 둘을 보자마자 안 좋은 일이 일어났음을 알아차렸다. 그는 거의 두려운 표정이었다. 그러더니 분노한 표정이 됐다. 제러마이아가 말했다. "대체 무슨 일이야? 형, 대체 왜 이래?"

콘래드가 제러마이아를 노려봤다. "쟤 좀 데려가. 난 이런 거 감당할 기분이 아니야."

나는 흠칫했다. 정말로 콘래드에게 맞은 기분이었다. 아니, 그보다 더 심했다.

제러마이아가 자리를 뜨려는 콘래드의 팔을 잡았다. "형도 이제 감당해야지. 재수 없게 굴지 마. 모두에게 화풀이 좀 그만해. 벨리 좀 그냥 놔두라고."

나는 몸을 떨었다. 다 나 때문이라고? 여름 내내 콘래드가 우울해하고 방에서 나오지 않은 것이, 실은 나 때문이었다고? 부모님의 이혼 때문이 아니라? 내가 다른 사람을 만난 것 때문에 콘래드가 속상해한 것이었다고?

콘래드는 제러마이아를 뿌리치려 했다. "너야말로 날 좀 그냥 놔두지 그래? 우리도 거리를 좀 둬 보자."

하지만 제러마이아는 손을 놓지 않았다. "우린 형을 놔뒀어. 형이 여름 내내 술에 취하고 어린애처럼 심술을 부려도 놔뒀다고. 형은 형이잖아. 가장 큰 형, 안 그래? 형답게 굴어, 바보야. 제발 남자답게 형 문제를 감당하라고."

"비켜." 콘래드가 으르렁거렸다.

"싫어." 제러마이아가 다가서자, 15분 전 나와 콘래드처럼 둘의 얼굴도 바짝 붙었다.

콘래드가 위태로운 목소리로 말했다. "경고한다, 제러마이아."

둘은 성난 개처럼 으르렁거리고 침을 튀기며 서로 견제하듯 맴돌았다. 그 둘은 내가 있다는 사실을 잊었다. 나는 보지 말아야 할 것을 훔쳐보는 기분이었다. 귀를 막고 싶었다. 내가 알고 지내는 동안 그들이 그렇게 적대적인 모습은 단 한 번도 본 적 없었다. 자리를 피해 줘야 한다는 것을 알았지만, 도저히 그럴 수 없었다. 나는 그저 그곳 주변에 서서 팔짱을 끼고 서 있을 뿐이었다.

"형은 꼭 아빠 같아, 그거 알아?" 제러마이아가 소리쳤다.

그 순간 그 상황이 나와 관계없는 일임을 깨달았다. 나와는 관계없는 더 큰 문제였다. 내가 전혀 모르는 문제였다.

콘래드는 제러마이아를 거칠게 밀쳤고 제러마이아도 맞받아쳤다. 콘래드가 휘청거리고 쓰러질 뻔했지만, 일어나더니 제러마이아의 얼굴을 정통으로 쳤다. 나는 비명을 지른 것 같다. 그리고 나서 둘은 서로를 붙잡고 치고 욕하고 헉헉거리며 레슬링을 했다. 그 바람에 수재나 아줌마의 커다란 아이스티 주전자가 쓰러지면서 깨졌다. 현관에 아이스티가 쏟아져 내렸다. 모래에는 피가 묻어 있었다. 누구 피인지 알 수 없었다.

두 사람은 깨진 유리 위에서 싸우고 또 싸웠다. 제러마이아의 슬리퍼가 벗겨지기 직전이었다. 내가 "그만해!"라고 몇 번이나 말했지만, 그 둘은 내 말을 듣지 못했다. 그 둘은 비슷해 보였다. 얼마나 비슷한지 전에는 몰랐다. 하지만 그 순간 그 둘은 형제처럼 보였다. 콘래드와 제러마이아가 계속 싸우던 도중, 갑자기 엄마가 나타났다. 반대편 문으로 들어온 것 같았다. 나도 모르는 사이, 엄마가 그 자리에 있었다. 엄마는 믿을 수 없이 센 힘으로 둘을 갈라놓았다. 엄마들만 지닌 힘으로.

엄마는 그 둘의 가슴을 각각 한 손으로 밀어 떼어 놓았다. "둘 다 그만해." 엄마가 말했다. 화난 목소리가 아니라 너무나 슬픈 목소리였다. 엄마는 울 것 같았다. 울지 않는 사람인데도.

둘은 헉헉거리며 서로 마주 보지 않았지만, 그 세 사람은 연결되어 있었다. 그들은 내가 모르는 무엇인가를 알고 있었다. 나는 그 주변에 서서 그 모든 상황을 지켜볼 뿐이었다. 테일러와 함께 교회에 갔을 때, 모두 찬송가 가사를 아는데 나만 모르던 때와 비슷했다. 사람들은 양팔을 들고 흔들며 모든 가사를 외워 노래했다. 나는 침입자가 된 느낌이었다.

"알잖니, 그렇지?" 엄마가 둘에게서 힘없이 손을 거두며 말했다.

제러마이아는 숨을 들이쉬었다. 울음을 참는 것이었다. 얼굴에 멍이 들기 시작했다. 하지만 콘래드는 무심하고 태연한 표정이었다. 마치 그 자리에 없었던 것처럼.

그러다 문득 그의 표정이 바뀌더니 마치 여덟 살짜리 꼬마처럼 보였다. 돌아보니 문 앞에 수재나 아줌마가 서 있었다. 흰색 면직 실내용 드레스를 입은 아줌마는 너무나 연약해 보였다. "미안하다." 아줌마는 양손을 기운 없이 들고서 말했다.

아줌마는 머뭇거리며 아들들에게 다가갔고 엄마는 뒤로 물러났다. 아줌마가 양팔을 벌리자 제러마이아는 바로 안겼다. 그는 아줌마보다 훨씬 컸지만, 작아 보였다. 그의 얼굴에서 흐른 피가 아줌마의 드레스에 묻었지만 두 사람은 떨어지지 않았다. 오래전 콘래드가 실수로 차 문을 닫는 바람에 손을 다쳤을 때 이후로, 제러마이아가 그토록 우는 것은 처음이었다. 그때는 콘래드도 제러마이아만큼 많이 울었지만, 그날은 울지 않았다. 콘래드는 아줌마가 머리를 만지게는 했지만, 울지는 않았다.

"벨리, 가자." 엄마가 내 손을 잡으며 말했다. 엄마가 내 손을 잡은 것은 참 오랜만이었다. 나는 어린아이처럼 엄마를 따라갔다. 위층, 엄마 방으로 갔다. 엄마는 문을 닫고 침대에 앉았다. 나는 옆에 앉았다.

"무슨 일이야?" 나는 엄마의 표정에서 대답을 찾으려 애쓰며 머뭇머뭇 물었다.

엄마가 내 손을 잡았다. 내가 엄마에게 의지하는 것이 아니라, 엄마가 내게 의지하듯 내 손을 꼭 쥐었다. "벨리, 수재나 아줌마가 다시 아파."

나는 눈을 감았다. 사방에서 우레 같은 파도 소리가 들렸다. 귀에 소라 껍데기를 꼭 붙여 놓은 느낌이었다. 사실이 아니었다. 그럴 리 없었다. 순간 나는 그 자리를 벗어나고 싶었다. 별빛 아래서 수영하고 싶었다. 학교에서 수학 수업을 듣고 싶었다. 우리 집 뒤쪽 오솔길에서 자전거를 타고 싶었다.

"오, 땅콩." 엄마가 한숨을 쉬었다. "눈을 떠 보렴. 엄마 말 들어 줘."

나는 눈을 뜨지 않았다. 나는 듣지 않았다. 그 자리에 있지도 않은 것처럼.

"수재나 아줌마가 아파. 오래됐어. 암이 재발했단다. 그리고 전이됐어. 간으로 퍼졌대."

나는 눈을 뜨고 엄마 손을 뿌리쳤다. "그만해. 아줌마는 안 아파. 멀쩡해. 변한 건 없어." 얼굴이 젖었지만, 언제부터 울었는지 알 수 없었다.

엄마는 고개를 끄덕이며 입술을 적셨다. "네 말이 맞아. 여전히 수재나 아줌마야. 수재나 아줌마 방식으로 대처하고 있어. 너희가 아는 것을 원하지 않았어. 이번 여름이, 완벽하길 바랐어." '완벽'이라는 말에서 엄마 목소리가 갈라졌다. 스타킹의 올이 나갈 때처럼 그렇게 갈라졌고 엄마도 눈물을 글썽였다.

엄마는 나를 가슴에 꼭 안고서 달랬다. 나는 가만히 있었다.

"하지만 쟤들도 알아." 내가 울먹이며 말했다. "나만 빼고 다 알았어. 나만 몰랐어. 누구보다 수재나 아줌마를 사랑하는데도."

그건 사실이 아니었다. 제러마이아와 콘래드가 아줌마를 가장 사랑했다. 그래도 내 말도 진실처럼 느껴졌다. 엄마에게 어쨌든 괜찮다고, 아줌마는 지난번에도 암에 걸렸지만 이겨 냈으니 이번에도 이겨 낼 거라고 말하고 싶었다. 아줌마는 다시 무사할 것이라고. 하지만 그렇게 소리 내어 말하면 아줌마가 정말 암에 걸렸다고, 그것이 현실이라고 인정하는 것처럼 느껴졌다. 그리고 나는 그 사실을 인정할 수 없었다.

그날 밤 나는 침대에 누워 울었다. 온몸이 욱신거렸다. 방 창문을 전부 열고 어둠 속에 누워 바닷소리를 들었다. 파도가 나를 데리고 떠나 되돌려 놓지 않기를 바랐다. 콘래드도 제러마이아도 그런 기분일까 싶었다. 엄마도 그런 기분일까?

세상이 끝나고 다시는 예전 같지 않을 것 같았다. 정말로 그랬다. 그 뒤로 모든 것이 달라졌다.

43

우리가 어릴 적, 집에 사람이 가득하던 시절, 아빠와 피셔 아저씨와 다른 친구들이 가득하던 시절, 제러마이아와 나는 한 침대를 쓰고 콘래드와 스티븐 오빠도 한 침대를 쓰곤 했다. 엄마가 우리를 재워 주곤 했다. 그들은 다 컸으니 재워 주지 않아도 된다고 했지만, 사실은 그들도 나만큼 좋아했다. 깔개 속의 벌레처럼 아늑하고, 부리토처럼 이불로 꼭 싸인 느낌이었다. 나는 침대에 누워 아래층에서 계단으로 흘러드는 음악을 들었고, 제러마이아와 잠들 때까지 무서운 이야기를 주고받곤 했다. 제러마이아가 항상 먼저 잠들었다. 나는 그 애를 꼬집어 깨우려고 했지만 소용없었다. 마지막으로 그렇게 잤을 때가 내가 세상에서 정말, 정말로 안전하다고 느낀 마지막이었을지도 모른다. 모든 것이 올바르고 튼튼한 것처럼.

그 둘이 싸운 밤, 나는 제러마이아 방으로 가 문을 두드렸다. "들어와." 그가 말했다.

제러마이아는 침대에 누워 양손을 베고 천장을 보고 있었다. 뺨이 젖었고 눈도 젖고 빨갰다. 오른쪽 눈두덩은 자주색과 회색으로 이미 부어오르고 있었다. 그는 나를 보자마자 손등으로 눈을 닦았다.

"안녕." 내가 말했다. "들어가도 돼?"

제러마이아가 일어나 앉았다. "응, 들어와."

나는 다가가서 침대 가장자리에 앉아 등을 벽에 붙였다. "미안해." 내가 입을 열었다. 무슨 말을 어떻게 할지 연습했었다. 내가 얼마나 미안한지 알리기 위해. 모든 것에 대해. 그러다가 눈물이 나서 다 망쳤다.

제러마이아가 손을 뻗어 어색하게 내 어깨를 문질러 줬다. 그는 나를 보지 못했고, 그 편이 더 나았다. "어쩌면 이럴 수가 있어?" 나는 이렇게 말하고 흐느끼기 시작했다.

제러마이아가 말했다. "여름 내내 생각했어. 이번 여름이 마지막이 될 것 같다고. 여긴 엄마가 가장 좋아하는 곳이잖아. 엄마를 위해 완벽하게 지내고 싶었는데, 형이 다 망쳤어. 내가 아는 형은 떠났어. 그래서 엄마가 걱정해. 형 걱정은 정말 할 필요 없는데……. 형은 내가 아는 사람 중에 가장 이기적인 인간이야. 아빠 빼고."

'콘래드도 마음이 아플 거야.'라고 생각했지만, 입 밖에 내지 않았다. 아무런 도움도 안 되는 말이니까. 그래서 이렇게 말했다. "나도 알았으면 좋았을걸. 내가 더 관심을 가졌다면 상황은 달랐을 거야."

제러마이아는 고개를 저었다. "엄마는 네가 아는 걸 바라지 않았어. 아무도 모르길 바랐지. 엄마가 예전 그대로이길 바랐기 때문에 우리는 그런 척했어. 엄마를 위해서. 하지만 너에게 말 못 한 것이 아쉬워. 그랬으면 좀 더 편했을 텐데." 제러마이아는 티셔츠 깃으로 눈을 닦았다. 강해지려고, 무너지지 않으려고 안간힘을 쓰는 것을 알 수 있었다.

나는 팔을 뻗어 제러마이아를 안았다. 그는 몸을 떨었다. 마음속에서 무엇인가가 무너지는 것 같았다. 제러마이아는 울기 시작했다. 정말로 많이 울었지만, 소리 없이 울었다. 우리는 그 모든 상황의 무게에 짓눌려 함께 울었다. 그렇게 오랫동안 울었다. 울음이 멈추자 제러마이아가 나를 놓더니 코를 닦았다.

"옆으로 좀 가 봐." 내가 말했다.

제러마이아가 벽 쪽으로 움직이자 나는 그 옆에 다리를 뻗었다. "여기서 잘 거야, 알았지?" 그의 의견을 물은 것은 아니었다.

제러마이아는 고개를 끄덕였고 우리는 그렇게 함께 잤다. 나이가 들었지만, 예전과 똑같았다. 예전처럼 얼굴을 마주 대고 잤다.

이튿날 아침 일찍, 침대 가장자리에 매달린 채 깨어났다. 제러마이아는 팔다리를 쭉 뻗고 코를 골았다. 내 쪽 이불을 그에게 덮어 침낭에 들어간 것처럼 해 줬다. 그리고 방을 나왔다.

내 방으로 돌아가 문손잡이를 잡는데 콘래드의 목소리가 들렸다. "잘 잤냐?" 그가 말했다. 제러마이아의 방에서 나오는 내 모습을 본 것이었다.

나는 천천히 돌아섰다. 그가 서 있었다. 나처럼 간밤에 입었던 옷차림 그대로 서 있었다. 그는 부스스한 모습으로 조금 휘청거렸다. 토할 것 같은 얼굴이었다.

"취했어?"

콘래드는 무슨 상관이냐는 듯 어깨를 으쓱였지만, 어깨가 딱딱하게 긴장되어 있었다. "이제 나한테도 상냥하게 굴어야 하지 않나? 어젯밤에 제러에게 한 것처럼?"

나는 변명을 하려고, 아무 일도 없었다고, 우린 울다 잠든 것뿐이라고 말하려고 했다. 하지만 내키지 않았다. 콘래드는 아무것도 알 자격이 없었다. "오빠는 이기적인 인간이야." 나는 천천히 의식적으로 말했다. 한 단어 한 단어 또박또박 말했다. 평생 남에게 그렇게 상처 주고 싶었던 적은 없었다. "내가 그런 사람을 사랑했다니 믿을 수가 없어."

콘래드의 얼굴이 하얗게 질렸다. 입을 벌리려다가 다물었다. 그리고 다시 입을 뻐끔거렸다. 그가 할 말을 잃은 모습은 처음이었다.

나는 방으로 들어왔다. 콘래드와의 대화가 내 말로 끝이 난 것은 처음이었다. 내가 해냈다. 마침내 그를 놓아 버렸다. 자유처럼 느껴졌지만, 무섭고 끔찍한 대가를 치르고 얻은 자유였다. 기분이 좋지 않았다. 내가 그에게 그런 말을, 그런 상처를 줄 권리가 있긴 했을까? 내가 그에게 무슨 권리가 있었을까? 그는 괴로워하고 있었고, 나도 마찬가지였다.

침대에 누운 뒤 이불 속으로 들어가 좀 더 울었고, 더는 흘릴 눈물도 없다고 느껴졌다. 모든 것이 잘못됐다.

어떻게 여름 내내 그 둘만 생각하고, 아무렇지 않게 수영하고 태닝하고 즐기며 지낼 수 있었을까? 수재나 아줌마가 아픈데? 어떻게 그럴 수가 있었을까? 수재나 아줌마가 없는 삶을 생각하는 것은 불가능한 일처럼 느껴졌다. 생각할 수도, 상상할 수도 없었다. 제러마이아와 콘래드는 어떤 기분일지 떠올릴 수조차 없었다. 두 사람의 엄마였으니까.

그날 오전, 나는 침대에서 일어나지 못했다. 자다 깨기를 반복하면서 11시까지 계속 누워 있었다. 아래층에 내려가 아무렇지 않게 수재나 아줌마를 마주하고, 나도 안다는 사실을 드러낼 수 없었다.

정오 무렵 엄마가 노크도 없이 들이닥쳤다. "일어나서 세수해." 엄마가 내 꼴을 보더니 말했다. 엄마는 반바지와 티셔츠를 집어 들었다.

"난 아직 못 나가겠어." 내가 돌아누우며 말했다. 나는 속은 것처럼 엄마에게 화가 났다. 엄마가 말해 주었으면 좋았을 텐데. 미리 주의를 주었으면 좋았을 텐데. 나는 평생 엄마가 거짓말을 할 줄은 몰랐다. 하지만 엄마는 거짓말을 했다. 아줌마와 쇼핑을 하거나 박물관에 가거나 당일치기 여행을 간다고 했던 그 말은 전부 거짓말이었다. 병원에 갔던 것임을 그제야 알 수 있었다. 좀 더 일찍 알지 못한 것이 아쉬웠다.

엄마가 다가와 침대에 앉았다. 엄마는 내 등을 쓸어 주었고, 엄마 손톱이 살갗에 닿는 느낌이 좋았다. "일어나야지, 벨리." 엄마가 부드럽게 말했다. "넌 아직 살아 있고, 수재나 아줌마도 마찬가지야. 수재나 아줌마를 위해 강해져야지. 아줌마에겐 네가 필요해."

엄마 말에 일리가 있었다. 아줌마에게 내가 필요하다면, 나는 가 줄 수 있었다. "그건 할 수 있어." 나는 엄마를 향해 돌아누웠다. "아줌마가 가장 필요할 때 피셔 아저씨는 어떻게 아줌마를 혼자 둘 수 있어?"

엄마는 창밖을 내다보다가 다시 나를 봤다. "벡이 이걸 바라. 그리고 애덤은 그런 사람이지." 엄마가 내 뺨을 어루만졌다. "우리가 정할 일이 아니란다."

수재나 아줌마는 주방에서 블루베리머핀을 만들고 있었다. 조리대에 기대서서 커다란 금속 혼합기에 든 반죽을 젓고 있었다. 아줌마는 또 다른 면직 실내용 드레스를 입고 있었고, 그제야 나는 아줌마가 여름 내내 그런 옷들을 입고 지냈다는 사실을 깨달았다. 옷이 헐렁해서였다. 덕분에 팔이 얼마나 가늘어졌는지, 쇄골이 얼마나 튀어나왔는지 가려 주니까.

아줌마는 나를 보지 못했다. 나는 달아나고 싶었다. 하지만 달아나지 않았다. 그럴 수 없었다.

"좋은 아침이에요, 아줌마." 높고 가식적인 내 목소리가 낯설었다.

아줌마는 나를 올려다보며 미소 지었다. "정오가 지났어. 이젠 아침이 아닌 것 같구나."

"그럼 좋은 오후예요." 나는 문 앞에서 머뭇거렸다.

"너도 나한테 화났니?" 아줌마가 가볍게 물었다. 하지만 눈에는 염려가 서려 있었다.

"아줌마한테 어떻게 화를 내요." 내가 아줌마 뒤로 다가가 배를 감싸 안으며 말했다. 나는 아줌마의 목과 어깨 사이에 얼굴을 파묻었다. 꽃향기가 났다.

아줌마는 여전히 가벼운 목소리로 말했다. "그 애를 돌봐 줄 거지?"

"누구요?"

아줌마 뺨이 미소 짓는 것이 느껴졌다. "누군지 알잖아."

"네." 나는 여전히 아줌마를 꼭 끌어안은 채 속삭였다.

"다행이다." 아줌마가 한숨을 쉬며 말했다. "그 애한테는 네가 필요해."

나는 '그 애'가 누군지 묻지 않았다. 그럴 필요가 없었다.

"아줌마?"

"응?"

"한 가지 약속해요."

"뭐든지 하지."

"떠나지 않겠다고 약속해요."

"약속할게." 아줌마는 망설임 없이 말했다.

나는 한숨을 내쉬고 팔을 풀었다. "머핀 만드는 거 도와드려도 돼요?"

"그래, 부탁해."

나는 갈색설탕과 버터, 귀리로 스트로이젤(밀가루, 설탕, 버터, 여러 가지 양념을 섞어 만든 큰 덩어리로, 주로 케이크, 빵, 머핀 등에 뿌려 먹는다-옮긴이) 토핑 만드는 것을 도왔다. 우리는 기다림을 참지 못하고 오븐에서 너무 빨리 꺼낸 머핀을 아직 김이 날 정도로 뜨겁고 속이 물컹할 때 먹었다. 나는 세 개를 먹었다. 아줌마 곁에 앉아 머핀에 버터를 바르는 아줌마의 모습을 보니 아줌마가 그곳에 영원히 있을 것 같았다.

어쩌다 보니 졸업 파티와 댄스 이야기가 나왔다. 수재나 아줌마는 여자아이들이 좋아하는 이야기는 뭐든 좋아했다. 그런 이야기를 할 사람은 나뿐이라고 했다. 엄마는 그런 이야기 상대가 아니었고, 콘래드나 제러마이아도 아니었으니까. 아줌마의 수양딸인 나뿐이었다.

아줌마가 말했다. "네 첫 댄스파티 사진 꼭 보내 줘."

나는 학교 동창회나 졸업 파티에 간 적이 없었다. 아무도 가자고 청하지 않았고, 사실 가고 싶지도 않았다. 함께 가고 싶은 단 한 사람이 나와 같은 학교에 다니지 않았으니까. 내가 말했다. "그럴게요. 아줌마가 작년에 사 주신 드레스 입을 거예요."

"무슨 드레스?"

"쇼핑몰에서 산 거요. 엄마랑 그때 싸웠잖아요. 내 가방에 넣어 둔 거, 기억 안 나세요?"

아줌마는 어리둥절한 표정으로 이맛살을 찌푸렸다. "그 드레스 내가 안 샀는데? 네 엄마가 난리 떨까 봐." 그리고 아줌마는 표정을 풀더니 미소를 지었다. "네 엄마가 돌아가서 사 온 모양이다."

"엄마가요?" 엄마가 그럴 리 없었다.

"네 엄마가 그렇잖니. 네 엄마다워."

"하지만 엄마가 그런 말……." 나는 말끝을 흐렸다. 엄마가 그 드레스를 사 주었으리라고는 생각해 본 적도 없었다.

"네 엄마는 말 안 하지. 그런 사람이 아니니까." 아줌마가 식탁 위로 손을 뻗어 내 손을 잡았다. "그런 엄마를 둔 너는 세상에서 가장 운 좋은 딸이란다. 그걸 알아줘."

하늘은 잿빛이었고 공기가 쌀쌀했다. 곧 비가 쏟아질 것 같았다.

안개가 너무 자욱해서 그를 찾는 데 시간이 걸렸다. 결국 800미터쯤 앞에서 그를 발견했다. 언제나 해변에 돌아가게 됐다. 그는 무릎을 모아 안고 앉아 있었다. 내가 옆에 앉아도 그는 쳐다보지 않았다. 그저 바다만 바라보고 있었다.

그의 눈은 눈두덩만 남은 듯, 황량하고 텅 빈 심연이었다. 거기에는 아무것도 없었다. 내가 그렇게 잘 안다고 생각한 사람은 사라지고 없었다. 그곳에 앉아 있는 그는 갈피를 잡지 못하는 것 같았다. 그 오랜 충동, 그 안에서 살고 싶은 중력과도 같은 끌림을 다시 느꼈다. 그가 이 세상 어디에 있든지, 어디 가면 찾을지 알 수 있고, 찾아낼 것이라는 느낌을. 나는 그를 찾아서 집에 데려올 생각이었다. 수재나 아줌마가 원하는 대로 그를 돌봐 줄 생각이었다.

내가 먼저 말했다. "미안해. 정말, 정말 미안해. 내가 알았더라면……."

"그만해." 그가 말했다.

"미안해." 나는 속삭이고 일어나려고 했다. 나는 언제나 적절한 말을 찾지 못했으니까.

"가지 마." 콘래드가 어깨를 축 늘어뜨리고서 말했다. 얼굴도 일그러졌다. 그는 양손으로 감싸 얼굴을 감췄고, 다섯 살짜리로 돌아갔다. 우리 둘 다 마찬가지였다.

"엄마가 너무 짜증 나." 한 마디 한 마디가 몰아쉬는 한숨처럼 힘겹게 나왔다. 콘래드는 고개를 숙였고 어깨를 구부리고 있었다. 결국 울고 있었다.

나는 잠자코 그를 지켜봤다. 혼자만의 시간에 침범한 느낌이었다. 슬프지 않았다면 그가 절대 보여 주지 않을 모습이었으니까. 예전의 콘래드는 감정을 절제할 줄 알았다.

예전의 끌림이, 밀물과 썰물 같은 힘이 나를 다시 당겼다. 나는 그 파도에 계속 휩쓸렸다. 첫사랑이라는 파도에. 첫사랑은 나를 이 감정으로, 그에게로 자꾸 돌아오게 했다. 그를 보면 나는 여전히 숨이 멎었다. 곁에만 있어도. 그 전날 밤, 자유로워졌다고 생각하고, 그를 놓아 버렸다고 생각한 것은 나 자신을 속인 것이었다. 그가 무슨 말을 하고 무슨 행동을 하든, 나는 그를 놓아 버리지 못했다.

누군가의 아픔을 키스로 덜어 줄 수 있는지 궁금했다. 그렇게 하고 싶었다. 그의 슬픔을 전부 가져가고 슬픔을 쏟아 내고 위로하고 내가 알던 그로 되돌려 놓고 싶었다. 나는 손을 뻗어 그의 목덜미를 만졌다. 그는 살짝 고개를 숙였지만 나는 손을 떼지 않았다. 손을 거기 얹어 두고 머리카락을 쓰다듬은 뒤, 목덜미를 잡고 내 쪽으로 당겨 그에게 키스했다. 처음에는 조심스러웠고, 다음에는 그도 내게 키스하기 시작했고, 우리는 함께 키스했다. 그의 입술은 따뜻하고 집요했다. 그에게는 내가 필요했다. 머릿속이 새하얗게 변했고, 한 가지 생각뿐이었다. '콘래드와 키스하고 있어. 그도 내게 키스해 주고 있어.' 수재나 아줌마가 죽어 가는데, 나는 콘래드와 키스하고 있었다.

그가 먼저 떨어졌다. "미안." 갈라지고 쉰 목소리였다.

나는 손가락 쪽 손등을 입술에 가져다 댔다. "뭐가?" 숨을 고를 수가 없었다.

"이럴 수는 없어." 콘래드는 말을 멈췄다가 다시 이어 나갔다. "너를 생각하긴 해. 너도 알잖아. 하지만 도저히 그럴 수가……. 너…… 여기서 함께 있어 줄 수 있어?"

나는 끄덕였다. 입을 열기가 두려웠다.

나는 그의 손을 꼭 잡았고, 아주 오랜만에 옳은 일을 하는 느낌이었다. 우리는 그곳 모래사장에 앉아서 전부터 그랬던 사람들처럼 손을 잡고 있었다. 비가 부슬부슬 내리기 시작했다. 첫 빗방울이 모래에 닿자, 모래알이 뭉쳐 굴러갔다.

빗줄기가 드세지자 나는 일어나서 집으로 돌아가고 싶었지만, 콘래드는 움직이지 않을 것 같았다. 그래서 나도 그와 함께 앉아서 그의 손을 잡은 채 아무 말도 하지 않았다. 다른 모든 것이 아주 멀게 느껴졌다. 우리 둘뿐이었다.

여름이 끝나 가자 모든 것이 느리게 돌아갔다. 이 여름을 마무리할 때
가 된 것 같았다. 눈이 오는 날과 비슷했다. 큰 눈보라가 와서 2주 내내
학교에 안 간 적이 있었다. 조금 지나면 무조건 밖에 나가고 싶어졌다. 그
것이 학교라 할지라도. 여름 별장 생활이 그렇게 느껴졌다. 낙원도 숨 막
힐 수 있었다. 아무것도 하지 않고 해변에 오래 있다 보면 떠나고 싶어졌
다. 매번 떠나기 일주일 전이 되면 그런 느낌이 들었다. 그리고 물론 떠
날 때가 되면 떠나고 싶지 않았다. 영원히 머물고 싶었다. 완전히 딜레
마, 모순 그 자체였다. 차에 타서 달리기 시작하면 뛰어내려 별장으로 돌
아가고 싶은 마음뿐이었으니까.

캠이 두 번 전화했다. 두 번 다 받지 않았다. 음성 메시지로 넘어가도
록 뒀다. 처음에 캠은 메시지를 남기지 않았다. 두 번째는 이렇게 말했다.
"안녕, 캠이야……. 우리 둘 다 떠나기 전에 보고 싶어. 하지만, 못 만난다
면, 음, 만나서 정말 좋았어. 그럼, 응. 네가 원하면 전화해 줘."

그에게 뭐라고 해야 할지 알 수 없었다. 콘래드를 사랑했고 아마 계속 그럴 것 같았다. 어떤 식으로든 평생 콘래드를 사랑할 것 같았다. 콘래드가 결혼을 하고, 가족을 이루게 된다 해도 상관없을 것 같았다. 내 마음 한 조각은, 여름이 깃든 한 조각은 언제나 콘래드의 것일 테니까. 그런 소리를 캠에게 어떻게 한단 말인가? 캠의 조각도 있긴 하다고 어떻게 말한단 말인가? 캠은 내게 처음으로 아름답다고 말해 준 남자였다. 그건 분명 소중한 일이었다. 하지만 그런 이야기를 캠에게 할 수는 없었다. 그래서 나는 내가 할 수 있는 유일한 방법을 찾았다. 그냥 두는 것. 캠에게 전화하지 않았다.

제러마이아의 경우는 더 쉬웠다. 그가 나를 편하게 해 줬다는 뜻이다. 제러마이아는 나를 놓아줬다. 아무 일도 없었던 것처럼, 별장 오락실에서 그런 이야기를 나눈 적 없는 것처럼 행동했다. 제러마이아는 계속 농담을 했고, 나를 벨리 버튼이라고 부르며 제러마이아답게 굴었다.

나는 결국 콘래드를 이해했다. 나에 대해 아무것도 감당할 수 없다는 말이 무슨 뜻인지 이해했다는 말이다. 나도 마찬가지였다. 내가 원하는 것은 그곳에서 수재나 아줌마와 함께 매 순간을 보내는 것이었다. 여름의 마지막 한 방울까지 누리며 이전의 모든 여름과 달라진 것 없는 척하고 싶었다. 원하는 것은 그뿐이었다.

떠나기 전날은 싫었다. 청소하는 날이었고, 어릴 때는 모래를 더 묻혀 올까 봐 해변에 나가는 것이 금지였다. 우리는 시트를 전부 세탁하고 모래를 쓸고 보드와 튜브는 전부 지하실에 보관한 뒤, 냉장고를 청소하고 집에 가면서 먹을 샌드위치를 쌌다. 그날은 엄마가 지휘했다. 엄마는 모든 것을 그렇게 정돈해야 한다고 주장했다. "내년 여름 준비가 끝났네." 엄마가 말했다. 그런데 엄마가 모르는 게 있었다. 우리가 떠난 뒤, 그리고 우리가 돌아오기 전 수재나 아줌마는 항상 가사 도우미를 부른다는 사실이었다.

나는 수재나 아줌마가 전화로 도우미를 예약하는 것을 본 적이 있었다. 아줌마는 수화기를 손으로 가리고 몰래 속삭였다. "엄마한테 말하지 마. 알았지, 벨리?"

나는 끄덕였다. 우리만의 비밀이 생긴 것 같아서 좋았다. 엄마는 실제로 청소를 즐겼고 가정부나 파출부, 가사 도우미를 믿지 않았다. 엄마는 이렇게 말하곤 했다. "남에게 이도 닦아 달라고 하고 신발 끈도 묶어 달라고 할래?" 대답은 '아니요.'였다.

"모래는 너무 걱정하지 마." 주방 바닥을 빗자루로 세 번째 쓸고 있는 내게 아줌마가 속삭이곤 했다. 그래도 나는 계속 쓸었다. 발바닥에 모래알이 밟히면 엄마가 뭐라고 할지 아니까.

그날 밤 저녁 식사로 우리는 냉장고에 남은 음식을 전부 다 먹었다. 그것이 전통이었다. 엄마는 냉동 피자 두 판과 볶음면과 볶음밥을 데우고 흰 셀러리와 토마토로 샐러드를 만들었다. 클램차우더와 립 절반, 일주일도 전에 수재나 아줌마가 만든 감자샐러드도 있었다. 오래된 음식으로 만든 스모가스보드(온갖 음식이 다 나오는 뷔페식 식사 —옮긴이)였지만, 아무도 식욕이 없었다.

하지만 우리는 먹었다. 식탁에 둘러앉아 포일로 덮은 접시 위의 음식을 깨작거렸다. 콘래드는 자꾸 나를 훔쳐봤고, 내가 마주 볼 때마다 시선을 피했다. "나 여기 있어."라고 말하고 싶었다. 나 아직 있다고.

별말 없이 먹고 있는데 제러마이아가 크렘브륄레의 설탕 막을 깨듯이 침묵을 깼다. "이 감자샐러드에서 썩은 냄새가 나는데."

"네 입에서 나는 냄새겠지." 콘래드가 말했다.

우리는 모두 웃었고, 마음이 놓였다. 웃어도 괜찮으니까. 슬프지 않아도 되니까.

그리고 콘래드가 말했다. "이 립에는 곰팡이가 피었어." 우리는 다시 웃기 시작했다. 참 오랜만에 웃는 느낌이었다.

엄마가 어이없다는 표정을 지었다. "곰팡이 좀 먹는다고 죽니? 그냥 떼어 내면 돼. 이리 줘. 내가 먹을게."

콘래드는 항복의 표시로 양손을 들더니 립을 포크로 찍어 과장된 동작으로 엄마 접시에 옮겨 담았다. "맛있게 드세요, 로럴 아줌마."

"있잖아, 애들을 너무 오냐오냐 키운 것 같다, 벡." 엄마가 말하자 모든 것이 여느 때와 같아졌다. 며칠 전 밤으로 돌아간 것 같았다. "벨리는 남은 음식을 먹여 키웠는데. 그렇지, 땅콩?"

"그럼." 내가 맞장구쳤다. "나는 아무도 안 먹는 오래된 음식만 먹이는 방임 아동이었지."

엄마가 웃음을 꾹 참고 감자샐러드를 내게 밀었다.

수재나 아줌마가 콘래드의 어깨와 제러마이아의 뺨을 어루만지며 말했다. "천사 같은 애들이잖아. 오냐오냐 안 할 수가 있나."

두 아들은 식탁을 가로질러 잠시 눈을 마주쳤다. 그리고 콘래드가 말했다. "나는 대천사. 제러는 날개 달린 꼬마 천사에 가까워." 그는 손을 뻗어 제러마이아의 머리카락을 헝클어뜨렸다.

제러마이아가 형의 손을 쳐 냈다. "형은 천사 아니야. 악마지." 싸움은 삭제된 것 같았다. 남자애들은 그랬다. 싸우고 나면 지난 일은 금방 잊었다.

엄마는 콘래드가 준 립을 들고 살펴보더니 도로 내려놓았다. "나도 못 먹겠다." 엄마가 한숨을 쉬며 말했다.

"곰팡이 먹는다고 안 죽어." 수재나 아줌마가 잘라 말하더니 웃으면서 눈을 가리는 머리카락을 넘겼다. 그리고 포크를 들어 올렸다. "뭐 때문에 죽는지 아니?"

우리 모두 아줌마를 빤히 봤다.

"암이지." 아줌마가 당당히 말했다. 아줌마는 포커페이스의 대가였다. 무려 4초 동안이나 무표정을 유지하더니 키득거리기 시작했다. 아줌마는 콘래드가 미소를 지을 때까지 머리를 쓰다듬었다. 콘래드는 웃고 싶지 않았지만, 그래도 웃었다. 자기 엄마를 위해서.

"잘 들어." 아줌마가 말했다. "이제 이렇게 할 거야. 나는 한의원에 다니면서 약을 먹고 있어. 여전히 최선을 다해 싸우고 있어. 의사는 현재로서는 그게 최선이래. 내 몸속에 이젠 독을 주입하고 싶지도, 더 입원하고 싶지도 않아. 나는 여기서 지내고 싶어. 내게 가장 소중한 사람들과. 알겠니?" 아줌마가 우리를 둘러봤다.

"좋아요." 우리 모두 말했다. 어느 모로 보나 좋은 상황은 아니었지만. 앞으로도 좋아질 것 같지 않았지만.

수재나 아줌마가 계속 말했다. "내가 영원을 향해 서서히 떠나가게 된다면, 그리고 그렇게 될 때 나는 평생 병원에 틀어박혀 지낸 사람처럼 보이고 싶지 않아. 적어도 피부를 태닝하고 싶어. 벨리처럼." 아줌마는 포크로 나를 가리켰다.

"벡, 벨리처럼 태닝하려면 시간이 더 필요할걸. 한 해 여름으로는 저렇게 될 수 없어. 내 딸이 태어날 때부터 저런 건 아니거든. 몇 년이 걸렸어. 그러니까 너도 아직 멀었어." 엄마가 말했다. 엄마는 간단히, 논리적으로 말했다.

수재나 아줌마에겐 시간이 더 필요했다. 우리 모두 마찬가지였다.

저녁 식사 후 우리는 저마다 짐을 싸러 갔다. 집이 조용했다. 너무 조용했다. 나는 방에서 옷가지와 신발, 책을 챙겼다. 수영복을 넣을 차례가 됐다. 하지만 아직이었다. 한 번 더 수영하고 싶었다.

원피스 수영복으로 갈아입고 제러마이아와 콘래드에게 각각 쪽지를 썼다. "한밤의 수영. 10분 뒤에 만나." 쪽지를 각 방문 밑으로 밀어 넣고는 타월을 깃발처럼 휘날리며 최대한 빠르게 아래층으로 달려 내려갔다. 여름을 그렇게 끝낼 수 없었다. 우리 모두가 단 한 번의 좋은 기억도 없이 그 집을 떠날 수 없었다.

집은 어두웠고 나는 전등을 켜지 않고 밖으로 나갔다. 켤 필요도 없었다. 방향을 기억하고 있었으니까.

밖으로 나가자마자 수영장으로 다이빙했다. 다이빙이라기보다는 벨리 퐁당에 가까웠다. 그해 여름의 마지막, 어쩌면 그 후로도, 적어도 그곳 별장에서는 마지막 다이빙이었다. 하얀 달빛이 밝았고 콘래드와 제러마이아를 기다리는 동안 배영을 하며 별을 세고 바닷소리를 들었다. 이렇게 썰물일 때 파도는 잔잔히 속삭이는 자장가 같았다. 그 순간에 영원히 머물고 싶었다. 플라스틱 스노볼 속에 얼어붙어 있는 한순간처럼.

콘래드와 제러마이아가 함께 나왔다. 계단에서 마주친 모양이었다. 둘 다 수영복을 입고 있었다. 여름 내내 콘래드의 수영복 차림은 한 번도 보지 못했다는 생각이 들었다. 첫날 이후 수영장에서 함께 논 적이 없었다. 그리고 제러마이아와는 바다에서 한두 번 수영했을 뿐이다. 캠과 수영하거나 나 혼자 수영한 것 말고는 함께 수영하지 않은 여름이었다. 그렇게 생각하니 이루 말할 수 없이 슬펐다. 이것이 마지막 여름일 수도 있는데, 함께 수영도 못 했다니.

"어서 와." 나는 계속 떠다니며 말했다.

콘래드가 발가락을 물에 담갔다. "수영하기엔 좀 춥지 않아?"

"겁쟁이." 나는 크게 말하고 놀렸다. "그냥 들어와서 견뎌."

그 둘은 서로 마주 봤다. 그리고 제러마이아가 뛰어올라 풍덩 빠졌고 콘래드도 곧 뒤따라 들어왔다. 둘이 크게 물을 튕겼고 나는 웃고 있어서 물을 잔뜩 먹었지만 상관없었다.

우리는 깊은 쪽으로 헤엄쳐 갔고 나는 떠 있으려고 물장구를 쳤다. 콘래드가 손을 뻗어 눈을 가린 내 앞머리를 쓸어 넘겼다. 작은 행동이었지만, 제러마이아가 보더니 돌아서서 수영장 가장자리로 헤엄쳐 갔다.

한순간 슬펐지만, 문득 떠올랐다. 책갈피에 넣어 둔 나뭇잎처럼, 내 마음속에 넣어 둔 기억이 있었다. 나는 워터 발레리나처럼 양팔을 들고 빙빙 돌았다.

그러면서 암송하기 시작했다. "매기와 밀리와 몰리와 메이 / (하루는 놀러) 바닷가에 갔다네 / 매기가 노래하는 조개껍데기를 찾았지 / 노래가 달콤해 고생을 잊었네 / 밀리는 길 잃은 별과 친구가 됐지 / 그 별의 빛은 늘어진 다섯 손가락"

제러마이아가 씩 웃었다. "몰리는 무서운 것에 쫓겼네 / 거품을 물고 옆으로 달리는 것 / 메이는 동그란 돌을 가지고 돌아갔지 / 온 세상처럼 작고 혼자처럼 큰 돌……."

콘래드까지, 우리는 함께 암송했다. "(너처럼 나처럼) 우리가 무엇을 잃든지 / 바다에서 발견하는 것은 언제나 우리 자신" 그리고 우리 사이에 침묵이 내려앉았고, 아무도 입을 열지 않았다.

수재나 아줌마가 가장 좋아하는 시였다. 아줌마는 오래전 우리가 어렸을 때 그 시를 가르쳐 주었다. 아줌마는 우리를 데리고 산책을 나가 조개껍데기와 불가사리를 보여 줬다. 바다로 나가 그 시를 하도 크게 암송

해 물고기들이 잠에서 깰 것 같았다. 우리는 그 시를 국기에 대한 맹세처럼 외고 있었다.

"이번이 여기서 보내는 마지막 여름일지도 몰라." 내가 불쑥 말했다.

"그럴 리가." 제러마이아가 내 옆에서 떠다니며 말했다.

"올가을에 콘래드는 대학에 가고, 너는 풋볼 캠프가 있잖아." 내가 말했다. 콘래드가 대학에 가고 제러마이아가 2주 동안 풋볼 캠프에 간다고 해도 다음 해 우리가 다시 모이는 것과는 사실 상관없었다. 우리 모두 생각하던 것, 수재나 아줌마가 아프고, 나아지지 않을지 모른다는 사실, 아줌마가 우리 모두를 묶어 주는 끈이라는 사실은 말하지 않았다.

콘래드가 고개를 저었다. "상관없어. 우린 다시 모일 테니까."

나는 잠시 그 '우리'가 콘래드 자신과 제러마이아를 말하는 건가 싶었다. 그때 그가 말했다. "우리 모두."

다시 조용해졌다. 그때 내게 한 가지 생각이 떠올랐다. "소용돌이 만들자!" 나는 손뼉을 치며 말했다.

"넌 정말 어린애구나." 콘래드가 고개를 흔들고는 미소를 지으며 말했다. 처음으로 그가 나를 어린애라고 불러도 아무렇지 않았다. 칭찬처럼 느껴졌다.

나는 수영장 가운데로 갔다. "이리 와, 다들!"

그 둘도 내게로 헤엄쳐 다가왔고 우리는 원을 만든 뒤 있는 힘껏 달리기 시작했다. "더 빨리!" 제러마이아가 웃으며 외쳤다.

그러다가 우리는 멈추고, 몸에 힘을 뺀 뒤 우리가 만든 소용돌이에 휩쓸렸다. 나는 고개를 젖히고 물살에 몸을 맡겼다.

그가 전화했을 때 누군지 곧바로 알아차리지 못한 것은, 예상 못 한 일이기도 했고 잠이 덜 깼기 때문이기도 했다. 그가 말했다. "너희 집으로 가는 중이야. 만날 수 있어? 커즌스에 가자."

새벽 12시 30분이었다. 보스턴은 다섯 시간 반 거리였다. 밤에 계속 운전한 것이었다. 나를 만나고 싶어서.

나는 그에게 길 아래 차를 세우고 기다리라고 했다. 엄마가 잠든 뒤 만나자고 했고, 그는 기다리겠다고 했다.

나는 불을 끄고 창가에서 미등을 찾으며 기다렸다. 그의 차가 보이자마자 밖으로 달려 나가고 싶었지만 기다려야 했다. 엄마가 방에서 움직이는 소리가 났다. 엄마가 잠들기 전 적어도 30분은 책을 읽는다는 것을 알고 있었다. 그가 밖에서 나를 기다리고 있다는 걸 알면서도 그에게 갈 수 없다니 고문처럼 느껴졌다.

어둠 속에서 나는 할머니가 크리스마스 선물로 짜 준 목도리를 두르고 모자를 썼다. 그리고 방문을 닫고 살금살금 복도를 지나 엄마 방으로 가서 문에 귀를 댔다. 불은 꺼져 있었고 엄마가 가볍게 코 고는 소리가 들렸다. 스티븐 오빠가 아직 귀가 전이라 다행이었다. 아빠처럼 오빠도 잠귀가 밝기 때문이다.

엄마가 드디어 잠들었다. 집 안은 고요하고 조용했다. 크리스마스가 지나도 트리는 여전히 있었고, 밤새 불을 켜 뒀다. 그러면 계속 크리스마스 기분이 들고, 언제라도 산타가 선물을 들고 나타날 것 같았으니까. 나는 엄마에게 쪽지도 남기지 않았다. 아침에 엄마가 일어나 내가 어디 갔는지 궁금해할 때쯤 전화할 생각이었다.

나는 삐걱거리는 가운데 부분을 조심하며 살금살금 계단을 내려갔지만, 일단 밖으로 나간 뒤에는 현관 계단을 날듯이 뛰어내리고 서리 내린 잔디밭을 내달렸다. 운동화 신은 발을 내딛자 서리가 바스락거렸다. 아, 코트 입는 것을 깜박했다. 모자와 목도리는 기억했지만, 코트는 입지 않았다.

그의 차는 예상대로 모퉁이에 서 있었다. 차 안은 어둡고 라이트도 꺼져 있었다. 8월 이후 그를 처음 보는 것이었다. 머리만 빼꼼 들이밀고 차에 타지는 않았다. 아직은. 먼저 그를 보고 싶었다. 그래야 했다. 겨울이라 그는 회색 플리스 점퍼를 입고 있었다. 추워서 뺨은 분홍빛이고 그을렸던 피부색은 옅어졌지만, 전과 다름없는 모습이었다. "안녕." 나는 이렇게 말하고는 차에 탔다.

"코트 안 입었네." 그가 말했다.

"그렇게 춥지는 않네." 추우면서도, 말하며 덜덜 떨면서도 나는 이렇게 말했다.

"자." 그가 플리스 점퍼를 벗어 내게 건넸다.

나는 그것을 입었다. 따뜻한 데다 담배 냄새도 나지 않았다. 그의 냄새만 났다. 그렇다면 콘래드는 담배를 끊은 것이었다. 그렇게 생각하니 미소가 떠올랐다.

그는 시동을 걸었다.

내가 말했다. "정말 여길 오다니 믿기지 않아."

콘래드는 수줍은 말투로 말했다. "나도 마찬가지야." 그러더니 머뭇거리다가 물었다. "나랑 같이 갈 거야?"

그것을 물어봐야 안다니 어이없었다. 어디라도 갈 수 있었다. "응." 내가 말했다. 그 말, 그 순간 말고는 그 무엇도 존재하지 않는 느낌이었다. 온 세상에 우리뿐이었다. 지난여름과 그 전의 모든 여름에 있었던 일들이 하나하나 모여 이 순간이 됐다. 지금이 됐다.

내가 예뻐진 그 여름

지은이 제니 한
옮긴이 이나경

1판 1쇄 인쇄 2023년 6월 12일
1판 1쇄 발행 2023년 6월 28일

펴낸이 김영곤
이사 은지영
멀티콘텐츠팀 이장건 김의헌
마케팅영업본부장 변유경
마케팅1팀 김영남 황혜선 이규림 정성은 마케팅2팀 임동렬 이해림 최윤아 손용우
영업팀 한충희 오은희 강경남 황성진 김규희
교정교열 한지연 디자인 김미정
해외기획팀 최연순 이유경 제작팀 이영민 권경민

펴낸곳 ㈜북이십일 아르테
출판등록 2000년 5월 6일 제406-2003-061호
주소 (10881) 경기도 파주시 회동길 201(문발동)
대표전화 031-955-2100 팩스 031-955-2177 홈페이지 www.book21.com

아르테는 ㈜북이십일의 문학 브랜드입니다.

ISBN 978-89-509-3883-3 04840
ISBN 978-89-509-3747-8 04840(세트)